Ralf Kra[illegible]

Rabenschwarz

Fast jeder zwischen Euskirchen und Bad Münstereifel kennt das ungleiche Paar: Seit dem Klinikaufenthalt vor vielen Jahren wandelt an Herbie Feldmanns Seite ein großer, fetter Kerl namens Julius, der jedoch für alle anderen unsichtbar ist. Gemeinsam kämpfen die beiden gegen die Widrigkeiten des Lebens und nicht zuletzt gegen Tante Hetti, Herbies Vormund, die kleinlich und unnachgiebig über sein nicht unbeträchtliches Erbe wacht.

Ralf Kramp, geboren 1963, arbeitet als freischaffender Karikaturist, Krimiautor und Veranstalter von Krimiwochenenden in Mechernich-Glehn, wo er mit seiner Frau und seinen beiden Söhnen die Freuden des beschaulichen Dorflebens genießt. Nach „Tief unterm Laub“, für den ihm 1996 der Eifel-Literaturförderpreis verliehen wurde, und „Spinner“ ist „Rabenschwarz“ sein dritter KBV-Krimi.

Ralf Kramp

Rabenschwarz

KBV
KRIMI

Die Deutsche Bibliothek - CIP-Einheitsaufnahme

Kramp, Ralf:
Rabenschwarz / Ralf Kramp. - Elsdorf : Klein und Blechinger, 1998
(KBV Krimi ; 35)
ISBN 3-89711-005-9

2. Auflage

Postfach 1711
59007 Hamm
Telefon 0 23 81/49 20 20
Fax 0 23 81/49 20 22
e-mail:info@kbv-verlag.de
www.kbv-verlag.de
Redaktion: Norbert Metzger
Umschlagillustration: Ralf Kramp
Satz und Ausstattung: Satzstudio Bernd Kreuer, Bornheim
Druck: Fuldaer Verlagsagentur, Fulda
Printed in Germany
ISBN: 3-934638-35-X

„Nachtprophet, erzeugt von Zweifeln,
seist du Vogel oder Teufel –
Bei dem göttlichen Erbarmen,
lösch nicht diesen letzten Schimmer!
Sag' mir, find ich nach dem trüben Erdenwallen
einst dort drüben
Sie, die von dem Engelschore
wird geheißen Leonore?
Werd' ich sie dort einst umarmen,
meine Leonore?"
– „Nimmer,"
krächzte da der Rabe, „nimmer!"

Edgar Allan Poe, *Der Rabe*

*Für Moritz: Herzlich willkommen auf dieser,
der verrücktesten aller Welten!
Kinder unter einem Meter haben freien Eintritt!*

*Und für Maximilian de Winter, das beste alte
Katervieh, das je an meiner Seite geschnurrt hat.
Viele Mäuse in den Ewigen Jagdgründen!*

1951

(In schwarz und weiß und beunruhigenden Graunuancen. Farblos-freudlos. Schattenfinster.)

Es war ein unaufhörliches Hecheln, Schnaufen und Rascheln, wenn sich die beiden düsteren Gestalten ihren Weg durch das hohe Gestrüpp entlang des Ackerrains bahnten. Sie schienen immer und überall gleichzeitig zu sein. Nie war man sicher, ob die beiden riesenhaften Schatten nicht im nächsten Augenblick aus dem Dickicht herauswachsen und erbarmungslos zuschlagen würden. Man fürchtete sie schon als Kind, und selbst als Erwachsener mußte man auf der Hut sein, verhieß doch ihr Erscheinen stets skrupellose Behandlung und harte Bestrafung. Krechels Griff war hart und unbarmherzig. Gerade so, wie es die tiefen Furchen waren, die sich links und rechts seines verkniffenen, schmallippigen Mundes tief in sein Gesicht gegraben hatten. Furchen, vom rauhen Wind über den Eifelhöhen so grob und kantig geschnitzt wie die Rinde der alten Bäume, die sich unten im Rothensief um den sumpfignassen Wiesengrund der Sonne entgegenreckten.

Wenn Krechelfränz erschien, hatte es fast den Anschein, als wählte er seinen Standort gerade so aus, daß sich jedes Licht, ganz gleich, ob es sich um fettes, gleißendes Sommerleuchten oder nur um das magere Zwielicht nahender Winterabende handelte, stets hinter seinem Rücken und dem struppigen Nacken seines stetigen Begleiters, eines riesenhaften, verkommenen Wolfshundes, ausbreitete. Das machte die beiden Spukgestalten noch düsterer, noch bedrohlicher. Das malte ihm Schatten ins Gesicht und ließ die Angst der erwischten Missetäter wachsen – und ihre Verzweiflung.

Seine Augen lagen tief begraben in einem undurchdringlichen Gewirr harter, schnörkelloser Falten, überschattet von einem Paar buschiger Augenbrauen, grau und störrisch wie das Haar, das dicht und ungepflegt unter seinem breitkrempigen Hut hervorwuchs. Krechelfränz, der Feldschütz, den jeder mied und alle fürchteten, erschien, in der Einheit mit dem bösartigen Vieh an seiner Seite, jedem im Dorf wie eine nicht ganz reale Erscheinung, wie ein düsterer Schatten aus grauer Vorzeit, wie eine Sagenfigur, die normalerweise nur am heimischen Herdfeuer in abendlichen Erzählungen zu furchteinflößendem Leben erwacht. Den Kindern, die man zur Vernunft bringen wollte, drohte man damit, daß der Feldschütz sie hole. Weder die Menschen aus dem Dorf, die stets in der Furcht lebten, von ihm bei einer noch so kleinen Untat in Feld und Wald erwischt zu werden, noch die Herrschaften in der Gemeinde, bei denen er in Brot und Lohn stand, suchten den Umgang mit dem Mann mit dem schmutziggrünen Lodenmantel und dem schwieligen Eichenknüppel.

Sein Hund wurde von ihm mit knapp bemessenem Futter verpflegt, doch ebenso wie das Vieh bei passender Gelegenheit nicht gezögert hätte, ihm die Kehle zu zerreißen, so würde auch er nicht mit der Wimper zucken, wenn es eines Tages daran ginge, dem widerlichen Untier mit einem kräftigen Schlag des schweren Knüppels den Schädel zu spalten.

Man hatte alles verloren. Das Land war verwüstet, das Saatgut knapp, die Maschinen zerstört. Die Eifel war arm, immer schon ein bißchen ärmer als andere Landstriche gewesen. Doch jetzt, nach dem Krieg, der bis zuletzt in greifbarer Nähe am Westwall getobt hatte, war es um diese Landschaft noch ärger bestellt. Der Hunger nagte unbarmherzig an den Mägen der Einwohner Buchscheids, und allzu deutlich mußte man jeden Tag aufs neue erfahren, daß Gotteslob und Frömmigkeit allein nicht satt machten.

So trieb es die Menschen in die Sünde. Besonders Mutige überquerten die neue Grenze nach Belgien. Zu Fuß. Bei Nacht. In kleinen Trupps und auf eigene Faust. Tagelang blieben sie fort. Oft genug kam es vor, daß sie nicht zurückkehrten. Statt Lebensmitteln und dem erträumten Stück Schokolade erhielt man nur Nachricht von der Verhaftung.

Andere schlugen sich in die Wälder, bauten Fallen, jagten

Kaninchen, schlichen sich angsterfüllt auf die Felder, gruben Kartoffeln aus, stahlen Kohlköpfe.

Krechel fing sie. Er packte sie beim Nacken und zerrte sie an ihrem Kragen zu sich hinauf, so daß sie in Todesangst, nach Luft schnappend, um ihr Leben winselten. Niemand traute sich zur Gegenwehr. Das tiefe, rollende Knurren des gemeinen Köters, der Schatten des hocherhobenen Knüppels, Krechels eiserne Umklammerung, all das machte sie wehrlos. Und Krechel sorgte gnadenlos dafür, daß jeden von ihnen die gerechte Strafe ereilte. Er war wie eine Maschine, die schnaufend und bösartig ihre Bahnen zieht, die nichts aufhalten kann, die sich nicht etwa an ihrer Aufgabe erfreut, sondern unbeirrt fortfährt, ihr grausames Handwerk zu verrichten. Solange, bis irgend jemand kommt und sie zu Fall bringt.

*

»Er kommt!« Der Junge mochte sechzehn oder siebzehn Jahre alt sein. Sein Freund, der noch rasch etwas Laub verteilte, vielleicht drei oder vier Jahre älter.

»Er sieht et«, dachte der jüngere. »Er wird et sehen. Sofort, auf den ersten Blick!« Das Laub an der Unterseite war feucht gewesen. Die trockene, deckende obere Schicht war zerstört, wo sie die Schnur verlegt hatten und wo das Eisen lag. Jemand, der Tag und Nacht im Gelände herumstreifte, der mußte es sehen, der konnte Fährten lesen. Der sah, was hier getan worden war. Aber der Schein des flackernden Feuers würde den Blick ablenken.

Es war ein kleines Feuerchen. Gerade groß genug, um Krechel anzulocken. Sie hatten ihn zuletzt unten auf der Bank am Eichbaum entdeckt, wo er eine Rast eingelegt hatte. Der Wind stand günstig. Wahrscheinlich hatte er das Feuer gerochen, noch bevor er es gesehen hatte.

Krechel war schnell. Sie konnten von Glück sagen, daß sie mit den Vorbereitungen fertig geworden waren, bevor seine schweren Schritte den Pfad zum Leeßenpesch hinauf ertönten.

Sie hörten das Hecheln des Köters. Dann schnaufte Krechel heran. Er gab sich keine Mühe, leise zu sein. Der Feldschütz war wütend. Ein Feuer war eine offene Herausforderung. Kein Mensch durfte sich ungestraft derlei Frechheiten erlauben! Wie konnte dieses lichtscheue Gesindel es wagen, mitten in der Nacht ein lustiges Lagerfeuerchen anzuzünden, um sich gestohlene Kartoffeln zu braten?

Krechels Gesichtszüge waren verkniffen wie eh und je. Auf seiner fliehenden Stirn standen Schweißperlen, seine harten Wangenknochen traten gerötet hervor. Unter dem Dickicht seiner eisgrauen Augenbrauen sandte er den schneidend scharfen Blick eines Besessenen in die Nacht, als er um die Ecke bog.

Die beiden Jungen glaubten, er müsse sie durch den schützenden Vorhang des reifen, dürren Maisfeldes hindurch sehen, als er an ihnen vorüberstapfte. Aber weder er noch sein Hund nahmen Notiz von ihnen, sie hasteten auf das mickrige Feuerchen zu, die nackte Wut im Blick, keuchend den Atem in die kühle Nacht hinausstoßend. Unaufhaltsam liefen sie bergan, auf das Feuer zu. Krechel begann, den Blick nun nach rechts und links auszusenden. Er hielt hastig nach den Übeltätern Ausschau, seine Augen sondierten das Gelände rund um die Feuerstelle. Er erreichte schließlich das kleine Plateau, auf dem mit sachtem Knistern und leisem Knacken die Flammen ab und an einen munteren Funkenwirbel in die Nacht aufsteigen ließen.

In diesem Moment zerriß das schmerzverzerrte Aufheulen des Köters die klare Nachtluft. Der schrille Ton ließ den Jungen in ihrem Versteck das Blut in den Adern gefrieren, und der ältere erinnerte sich nur mit Mühe daran, daß es nun Zeit war, die Schnur anzuzünden. Während Krechel hastig auf seinen winselnden Hund zustolperte, brachte der Junge es mit zitternden Fingern fertig, das Streichholz zu zünden. Er hielt es an das Ende der Lunte, die sofort mit leisem Zischen in Brand geriet. Das prasselnde Flämmchen begann mit atemberaubender Geschwindigkeit seine Reise, bahnte sich seinen Weg durch struppiges Gras und klebriges Laub und marschierte unaufhörlich den Weg hinauf, den soeben noch der Feldhüter und sein Hund genommen hatten.

Der gellende Schrei des Mannes verhieß den beiden Jungen, daß auch der zweite Teil ihres Plans reibungslos funktionierte. Sie rannten los.

Krechel war neben seinem Hund zusammengebrochen. Ein scharfer Schmerz durchfuhr seinen linken Knöchel. Die Zähne des Fangeisens hatten sich tief in das sehnige Fleisch seines Fußes geschlagen, genauso wie das andere Eisen wenige Augenblicke zuvor dem Hund mit einem Schlag beinahe den rechten Vorderlauf zerfetzt hatte. Der Hund winselte und heulte, Krechel versuchte hastig und mit zitternden Händen, seinen Fuß aus der eisernen Umklammerung zu lösen. Seine Hand rutschte an dem blutigen Metall ab, er verlor das Gleichgewicht und stürzte nach hinten. Ein drittes Eisen sprang mit einem metallischen Schnappen ein paar Zentimeter in die Höhe, als es sich um seine rechte Hand schloß. Krechel heulte auf. Es war ein unmenschlicher Schrei, tief und röhrend, wie ein sterbendes Tier ihn in die Tiefe der Nacht hinausschreit.

»Wir hätten et net tun dürfen!« Der kleinere heulte, während sie auf den Bunker zurannten. »Halt dein Maul, un renn!« rief der andere. Die heftigen Laufbewegungen ließen ihre Stimmen erbeben. Dürres Maisgestrüpp raschelte um ihre nackten Waden. Der Bunker tauchte vor ihnen auf. Lange Zeit hatte er Soldaten Schutz vor den feindlichen Truppen geboten.

Durch den hämmernden Schmerz hindurch bemerkte Krechel wie im Fieber etwas Fremdes, etwas, das nicht hergehörte. Das Zischen kam näher. Er sah das kleine Rauchwölkchen, das unter dem Laub hervorquoll. Er sah die kleine Wölbung im Maisfeld, die erst kürzlich jemand aufgeschüttet haben mußte. Als er begriff, was geschehen würde, war es schon zu spät. Trotz des unbändigen Schmerzes versuchte er, auf die Zündschnur zuzurobben. Mit der ausgestreckten Linken versuchte er, danach zu greifen, die kleine Flamme mit der bloßen Hand zu löschen. Seine Hand griff ins Leere, wirbelte Laub auf, krallte sich verzweifelt in die feuchte Erde, kratzte, griff, zitterte …

Die Jungen warfen sich in dem Moment hinter die meterdicken Trümmer des zerbombten Bunkers, in dem der Sprengsatz explodierte. Keuchend blieben sie für einige Sekunden am Boden liegen. Die Detonation war ohrenbetäubend laut gewesen, hatte sich hundertfach in der lautlosen Schwärze der Nacht fortgepflanzt. Ein Schwarm Krähen war aus seinen Schlafbäumen hochgeschreckt worden und flatterte hektisch kreischend ins Dunkel davon. Das war keine kleine Explosion gewesen, die dazu diente, jemandem wie Krechel einen gehörigen Schrecken einzujagen. Dies war ein todbringendes Inferno gewesen, wie sie es nicht beabsichtigt hatten. Schweigend sahen sie sich durch die beinahe undurchdringliche Finsternis an.

Als alles still wurde, spähte der ältere über den Rand der Bunkerruine hinweg zu der Stelle, wo eben noch Krechel mit dem Tode gerungen hatte. Das Feuer war in alle vier Winde zerstoben. Kleine Flammen flackerten hier und da rund um den entstandenen Krater auf. Im schwachen Mondlicht konnte man die Leiche des Feldhüters und den Tierkadaver nur ungenau ausmachen. Zerfetzt und zersprengt lagen sie mehrere Meter weit von der Stelle der Explosion entfernt.

»Wat hammer da jetan? Wir hätten et net tun dürfen! Dat durften mer net!« Der kleinere kauerte unterhalb des fetten Betonblocks und heulte Rotz und Wasser.

»Dat konnte ja keiner wissen, dat dat Zeuch so stark is …«, bekräftigte sein Freund tonlos. »Un trotzdem … Verdient hat dat Schwein et. Denk an unsere Väter! Wenn die im Knast sterben, is dat nur de Krechel schuld!« Beruhigend legte er dem jüngeren die Hand auf die Schulter. »Komm, mir müssen weg, bevor einer kommt! Die Fangeisen müssen noch weg. Ich mach dat schon.« Seine Kiefer mahlten verbissen, seine Hände zitterten, und als er sich aus dem Schutz des Bunkers hinausbegab, flüsterte er unaufhörlich: »Der tut keinem mehr wat zuleide! Dat Schwein is tot!«

Erstes Kapitel

(Zwar wieder im Dunkel, doch diesmal in tröstliche Farbschattierungen getaucht.)

So ein Bahnhof bei Nacht hat etwas Trostloses. Hie und da lungerten noch ein paar abgerissene Gestalten in der Dunkelheit zwischen den grellen Lichtflecken herum, die die Beleuchtung auf den Vorplatz malte. Eine Flasche zersplitterte klirrend, ein Auto raste mit laut dröhnenden Bässen vorbei. Aus der Halle des Euskirchener Bahnhofs erscholl Männergeschrei. Kley seufzte tief. So hatte er sich seine Heimkehr nicht vorgestellt. Als er auf dem Köln-Bonner Flughafen gelandet war, da hatte ihn der Anblick des erleuchteten Rheinland noch freudig erregt. Sauber und glitzernd hatte Köln ihm zu Füßen gelegen, als er aus dem Fenster der Boeing geschaut hatte. Millionen von kleinen Lichtern funkelten entlang der verworrenen Straßenzüge und erinnerten an den Alptraum eines jeden Familienvaters vor dem Weihnachtsfest: Verknotete Lichterketten, die es galt zu entwirren, um sie um den Tannenbaum zu drapieren.

Die Zugfahrt nach Euskirchen allerdings hatte das Bild rasch zerstört. Schmutziggelblicher Lichtschein umwusch die kleinen Bahnhöfe, die, abwechselnd mit Schrottplätzen, wild wucherndem Gestrüpp und verödetem Industriegelände, am Fenster vorbeiflogen. Er war viel unterwegs, und trotzdem schockierte ihn immer wieder, daß sich jedes Land entlang der Bahnstrecke von seiner unwirtlichsten Seite zeigte.

Jetzt stand er an einer der Bushaltebuchten und versuchte angestrengt, im Halbdunkel den Fahrplan der Strecke Euskirchen-Bad Münstereifel zu studieren. Aber so oft er auch die einzelnen Spalten durchforstete: Der letzte Bus in die Kurstadt war längst abgefahren. Kley seufzte und ergriff resignierend seine beiden Koffer. Er mußte ein Taxi nehmen. Das hätte er von Münstereifel aus ohnehin tun müssen, um nach Buchscheid zu kommen. Er tröstete sich damit, daß das am Ende sowieso die bequemere Lösung war.

Er wollte sich gerade auf den Weg zu dem Taxistand am anderen Ende des Bahnhofsgebäudes machen, als ihn aus dem Zwielicht heraus jemand ansprach.

»Ist das nicht Kley? Richard Kley?«

Er fuhr herum und entdeckte eine kleine Gestalt am anderen Ende der Bushalteinsel. Der Mann kam ihm bekannt vor. Ein junger Kerl, Mitte Dreißig, blond, unscheinbar … Kley erinnerte sich zögernd. »Herbie?« fragte er zaghaft und versuchte, sich zu erinnern. Es war die Abiturklasse. Es war das Gymnasium in Bad Münstereifel gewesen. »Du bist Herbert Feldmann!«

Der junge Mann eilte auf ihn zu, und Richard Kley bemerkte den raschen Blick, den Herbie Feldmann nach hinten warf. Nur für den Bruchteil einer Sekunde huschte der Blick zur Seite, aber Kley erinnerte sich sofort an alles: An Herbies Nervenzusammenbruch nach der Schulzeit, an die Nachricht, daß er in psychiatrischer Behandlung war, an Julius, einen großen, fetten, bärtigen Mann, den Herbie von da an stets neben sich wähnte. Dieser kurze Seitenblick sagte ihm alles: Es war Herbie Feldmann, der harmlose, kleine Kerl, den sie immer alle gemocht hatten und den später dieses furchtbare Schicksal ereilt hatte. Er war Vollwaise, hatte beide Eltern bei einem Autounfall verloren und war in den Genuß eines immensen Vermögens gelangt, von dem er allerdings nie viel zu sehen bekam, weil seine Tante wie ein Zerberus treuhänderisch darüber wachte, seit Herbie vorübergehend in der Psychiatrie gelandet war. Als Kley die Eifel verlassen hatte, lebte Feldmann in Euskirchen, teilte eine kleine Wohnung mit dem bärtigen Hünen namens Julius, den niemand jemals sah oder hörte, außer Herbie selbst. Ein Hirngespinst, gegen dessen Existenz die Bemühungen sämtlicher herbeizitierter Psychiater machtlos waren.

Sie schüttelten einander herzlich die Hand.

»Du bist zurückgekommen?« Herbie lächelte ihn an. Ehrlich erfreut, wie es schien. Sie hatten nach der Schule keine wirkliche Freundschaft aufrechterhalten, aber trotzdem vermittelte Herbie immer, wenn sie sich getroffen hatten, das Gefühl echter Wiedersehensfreude. »Du warst lange weg!«

»Zwei Jahre. Fast. Nächsten Monat wären es genau zwei Jahre. Und ehrlich gesagt ... nach der Zugfahrt ... nach dem, was man da so aus dem Fenster betrachten kann, da hätte ich mir fast gewünscht, ich wäre in Australien geblieben.« Herbie lachte pflichtschuldig. Er hatte nie verstehen können, warum es überhaupt irgend jemanden für einen solch langen Zeitraum in die Ferne ziehen konnte. Richard Kley hatte seine eigenen Gründe gehabt. Geheime Gründe, die aber doch jedermann kannte. Beim letzten Klassentreffen, vor einem knappen Jahr, war diese Geschichte ausführlich debattiert worden. Es war eine Flucht gewesen. Jetzt war er zurückgekehrt.

Erneut bahnte sich ein Golf GTI mit großem Getöse und dröhnender Musik, die nur aus Bässen zu bestehen schien, den Weg durch den späten Abend.

»Ich weiß gar nicht, wie ich jetzt von hier nach Hause kommen soll. Der letzte Bus nach Münstereifel ist weg, und ich fürchte fast, ich werde mir ein Taxi nehmen müssen.« Richard fuhr ratlos mit dem Finger auf dem Fahrplan hin und her.

»Da wird dir nichts anderes übrigbleiben. Wir können uns eins teilen, wenn du willst. Ich muß auch unbedingt nach Münstereifel. Tante Hetti ... Ich weiß nicht, ob ich dir schon mal von meiner Tante erzählt habe. Sie macht es immer sehr dringend. Ich habe genau noch eine halbe Stunde, um bei ihr auf der Matte zu stehen, bevor sie mir die Polizei oder die Feldjäger auf den Hals hetzt.«

»Ist *er* auch immer noch dabei?« Richard Kley deutete mit dem Finger in die Dunkelheit hinter Herbie. Dieser wurde ein wenig unsicher.

»Julius? Na ja, klar! Julius ist immer noch da. Weicht mir nicht von der Seite. Scheint einen richtigen Narren an mir gefressen zu haben.« Herbie kicherte verlegen.

Nicht ganz der richtige Ausdruck, mein Teuerster. Was mich an dich bindet, habe ich in all den Jahren nie so recht herausgefunden. Nenne es Mitleid, nenne es Schadenfreude, aber nenne es nie Sympathie, wenn jemand zuhört! Mit geziertem Schritt balancierte Julius seinen riesigen Körper hinter den beiden jungen Leuten her, während sie zum Taxistand schlenderten. Herbie hatte einen von Richards Koffern genommen, und beinahe augenblicklich mündete ihr Gespräch in einen nicht endenwollenden Fluß von Erinnerungen an vergangene Schultage in der kleinen Kurstadt. Richard Kley war wieder da. Der einzige aus ihrer Klasse, der ein Glas Bier im Kopfstand austrinken konnte.

Das Taxi war einer dieser mit gräßlicher Baumarktreklame zugekleisterten Neuimporte aus England, eine dieser Altweißversionen der berühmten Londoner Beförderungsmittel, in deren Innerem man britisch steif und aufrecht sitzen konnte, ohne den berühmten Bowlerhat vom Kopf zu nehmen. Weder Richard noch Herbie trugen irgendeine Form von Kopfbedeckung, aber mit raschem Seitenblick stellte Herbie fest, daß sein Begleiter Julius den selbst für seine üppigen Körpermaße komfortablen Innenraum des Fahrzeugs mit anerkennendem Kopfnicken bewertete.

»Der alte Scharrenbroich ist im letzten Herbst gestorben«, knüpfte Herbie an dem kurzfristig unterbrochenen Gespräch über ehemalige Mitschüler und Lehrpersonen an.

»Scharrenbroich … Scharrenbroich?« Richard Kley grübelte. »Der, der den Mädels immer so in den Ausschnitt geguckt hat. Besonders der Rischmann, du erinnerst dich doch. Die mit den dicken ...« Herbie imitierte einen stieren Blick über den Rand einer imaginären Lesebrille und formte mit den Händen zwei melonengroße Halbkugeln in der Luft. »Weißt du, der, von dem wir immer angenommen hatten, die Elke Beck hätte damals, nach diesem Kurstreffen, bei ihm ... na, du weißt schon.«

Richard schien sich zu erinnern. »Mathe, stimmt's? Den hatte ich ja selber nie. War'n anderer Kurs. Ich hatte Mathe-Leistung bei Kögel.«

Und dann entglitt Herbie ein Name, den er eigentlich nicht hatte erwähnen wollen. Ein Name, mit dem Richards Schicksal der letzten Jahre eng verknüpft war und der stets mit Richards eigenem Namen in einem Atemzug genannt wurde. Beinahe so, wie man mit dem von Herbie immer auch gleich grinsenderweise den von Julius nannte.

»Mathe-Leistung? Zusammen mit Rosi?« Und als es heraus war, da hätte Herbie sich ohrfeigen können, und er stellte doch insgeheim fest, daß er den Namen mit voller Absicht ins Spiel gebracht hatte. Um die Reaktion zu testen. Um etwas aus Richards Seelenleben zu erfahren. Oder einfach nur, weil er eben auch einer von denen war, die Richard und Rosi immer wieder gemeinsam erwähnten, so, als sei alles immer noch so wie früher.

Gratuliere. Du bist wieder ein Ausbund an Takt und Feingefühl. Julius schenkte ihm ein herablassendes Lächeln als Ausdruck seiner Geringschätzung.

Rosis Name verfehlte seine Wirkung nicht. Roswitha Brabender, die spätere Frau Kley. Und nicht nur vor Herbies Augen entstand plötzlich die kleine, zierliche Gestalt eines stupsnasigen Mädchens mit dunkelbraunen, schulterlangen Locken und einem Lachen, das allein schon Grund genug gewesen war, daß sie damals zur Schulsprecherin gewählt worden war. Dieses Lachen war wohl auch für Richard Grund genug gewesen, sich als einer der begehrtesten Jungs der Schule das begehrteste Mädchen der Schule zu angeln.

Es hätte alles so schön werden können. Eine richtige Bilderbuch-Lovestory war es gewesen. Zu schön, um wahr zu sein. So intensiv, daß sie über das Abitur hinaus dauerte. So fest, daß sie auch die Trennung während des Studiums schadlos überstand. So ernst, daß sie schließlich sogar in einer Traumhochzeit mündete.

Aber der Alltag stellt oftmals eine Prüfung dar, die härter und unbarmherziger ist als jeder Astronautentest.

Das Taxi hatte Rheder erreicht.

»Die Rosi ...«, murmelte Richard, und sein Blick wurde starr. »Ach ja, die Rosi. Hast du sie mal gesehen?«

Herbie nickte stumm. Er war Rosi erst vor ein paar Wochen im Café T in Bad Münstereifel begegnet. Sie sah gut aus. Sie hatte immer gut ausgesehen. Erstaunlich gut, selbst damals, als Richard seine Koffer gepackt hatte. Seit anderthalb Jahren arbeitete sie in einem Kindergarten in Bad Münstereifel. Eine Arbeit, die sie ganz auszufüllen schien.

Richards Beruf hatte ihnen wohl einen fetten Strich durch die Rechnung gemacht, so vermutete man damals. Auch beim letzten Klassentreffen hatte Herbie wieder diese Version gehört. Richard war immer ein echter Technikfreak gewesen. Auf den Computerboom war er als einer der ersten voll abgefahren, was seinen Berufsweg von vornherein fest vorgezeichnet hatte. Er hatte sein Hobby schon bald zum Beruf gemacht und ging in seiner Arbeit voll auf. Der Computerjob in Köln vereinnahmte ihn ganz und gar. All die Schulungen, die Seminare. Die Reisen kreuz und quer durch die Republik, in die Staaten ...

Richard Kley war nie ein Streber gewesen. Seine schulischen Erfolge kassierte er mit der zufriedenen Gelassenheit eines serienmäßigen Gewinners ab. Wenn er seine Mitschüler jemals mit etwas genervt hatte, dann war es eher seine schamlose Tiefstapelei, die die anderen beschämte. Ein echter *winner,* dieser Richard Kley. Herbie selber hatte immer neidvoll zu ihm emporgeblickt und hatte verständnislos mitverfolgt, wie Richard seine Freundinnen wechselte wie Herbie das kleine metallene Monatskalenderchen an seiner Armbanduhr.

Herbie selbst flüchtete sich damals in die absolute Unscheinbarkeit, und es schien ihm nichts erstrebenswerter, als farblich und strukturell mit der Tapete zu verschmelzen, vor der er sich gerade eben befand.

Du warst ein echter Draufgänger, was? Jammerschade, daß ich dich damals nicht kannte. Du hättest gewiß ein paar meiner aufbauenden Ratschläge gebrauchen können, sagte Julius näselnd und schickte ein schnarchendes Kichern hinterher, um die ironische Note seiner Bemerkung zu unterstreichen.

Der Taxifahrer betätigte kurz das Fernlicht und schimpfte halblaut einem entgegenkommenden Fahrzeug hinterher, das nicht rechtzeitig abgeblendet hatte. Sie überquerten hoppelnd die Eisenbahnschienen bei Kirspenich. Über Bad Münstereifel leuchtete der Himmel gelblich vom warmen Licht der Burg- und Stadtbeleuchtung.

Als Herbie so an seine Schulzeit zurückdachte und sich die ein oder andere der allzu häufigen Gelegenheiten ins Gedächtnis zurückrief, bei denen er am liebsten vor Scham im Fliesenboden oder oftmals auch im Kunststoffbodenbelag der Turnhalle versunken wäre, da wußte er plötzlich, warum Richard geflohen war. Er wußte, daß es in einem kleinen Dorf tödlich sein konnte, ins Gerede zu kommen. Er wußte, was das für ein Gefühl war, wenn man verlacht wurde, und er ahnte, wieviel schlimmer es sein mußte, wenn es zum erstenmal geschah. Wenn man es nicht gewohnt war, traf es einen vermutlich viel härter. Da konnte man vielleicht gar nicht anders, als die Flucht ergreifen.

»Ich habe mit Rosi telefoniert.« Richard blickte aus dem Fenster. Sein Gesicht war ausdruckslos und verschlossen.

Herbie war verblüfft. Was hatte Richard vor? Sollte nach zwei Jahren das Kriegsbeil begraben werden? War diese Liebe stark genug gewesen, um sich jetzt zu regenerieren?

»Sie hat mich in Sydney in der Firma erreicht. Es geht um den Tod meines Onkels. Onkel Paul aus Buchscheid. Du kennst ihn nicht, glaube ich.« Er steckte sich eine Zigarette an. »Fand ich nett.«

»Ihr habt die ganze Zeit nicht miteinander gesprochen?«

Richard schüttelte den Kopf und blickte wieder aus dem Fenster. Die kantigen Strukturen des Iversheimer Lärmschutzwalls rauschten an ihnen vorbei. »Ich hab's nicht fertiggebracht. Ich bin noch nie gut im Verzeihen gewesen. Ich wollte einfach nicht zurückblicken. Schließlich hat sie ...«

Er ließ den Satz unvollendet in der Luft hängen. Er wußte, daß Herbie im Bilde war. Es hatte sich im Nu herumgesprochen. Sie hatte ihn zum Gespött des Dorfes gemacht. Wäre Richard alleine nach Hause gekommen, hätte vielleicht niemals jemand etwas erfahren. Aber soweit Herbie sich an das ihm Erzählte erinnerte, war irgend jemand bei ihm gewesen. Irgend jemand aus dem Dorf, der den Mitgliedsbeitrag für den Karnevalsverein kassieren wollte. Das machte man noch so in Buchscheid. Von Tür zu Tür. Und dann hatten sie es gesehen. Das, was der Kassierer und auch Richard bestenfalls aus irgendwelchen Filmen kannten, was auf der Leinwand und auf dem Bildschirm ganz natürlich daherkam, was Männerherzen vor Freude hüpfen ließ.

Richards Herz hatte nicht gehüpft, als er Rosi entdeckte. Vollkommen nackt. In trauter Zweisamkeit mit ihrer besten Freundin Bea. Auf dem Sofa und mit einer Flasche Wein. »Softporno live«, so hatte es der Kassenwart der Karnevalsgesellschaft ›Löstige Höhner Bösched 1956 e.V.‹ später grölend bei irgendeiner Gelegenheit in der Dorfkneipe formuliert. Vermutlich war es dem Überraschungseffekt zu verdanken, daß Rosi und ihre Freundin es schafften, sich rechtzeitig wieder in ihre Textilien zu hüllen, bevor sich der Rest der karnevalistischen Vereinigung zusammenfand.

»Ich weiß noch gar nicht so richtig, wie ich ihr gegenübertreten soll«, murmelte Richard und zog gierig an seiner Zigarette.

»Rauchverbot!« rief der Taxichauffeur von vorne und deutete auf ein entsprechendes Schildchen am Türpolster.

Nervös warf Richard den Rest der Zigarette aus dem Fenster, das er für eine Sekunde einen Spalt öffnete. Der Fahrtwind rauschte herein und zerriß die Stille.

»Na, ich glaube, ich werde einfach hineinspazieren und so tun, als sei nichts gewesen. Wir werden reden ... später. Aber zuerst müssen wir einen Waffenstillstand schließen. Oder?«

Er lächelte Herbie dünn an.

Julius räusperte sich und schlug das Revers hoch. Seine Reaktion auf das für Bruchteile von Sekunden geöffnete Fenster. *Der junge Mann hat ausgesprochen weiche Knie. Ihr sitzt gewissermaßen im selben Boot. Nur fürchte ich beinahe, daß seine Mission die schwierigere ist.*

Herbie hätte fast entgegnet, daß sich das erst herausstellen müsse, bremste sich aber sofort und bedachte Richard mit einem ausgesprochen schwachen Trost: »Mach dir mal keine Sorgen! Das wird schon wieder.«

Das wird schon wieder ... das wird schon wieder ... Du solltest zur Telefonseelsorge gehen, bei deinem ausgeprägten Seelentrösertalent.

Unterdessen lenkte der Taxifahrer sein cremeweißes Vehikel die steil ansteigende Windhecke hinauf, die, spärlich von Straßenlaternen illuminiert, verlassen und fast ein wenig geheimnisvoll dalag.

Tante Hettis protziges Anwesen war schon von weitem zu entdecken. Irgend etwas hatte die alte Dame dazu veranlaßt, die gesamte Außenbeleuchtung einzuschalten, was zur Folge hatte, daß die Einfahrt schon durch das herbstlich lichte Strauchwerk zu erahnen war, noch bevor sie um die Ecke bogen.

Ein gutes Dutzend schmiedeeiserner Laternen schickten ihr Licht in die Nacht, zwei extrem starke Scheinwerfer, die sonst mit Hilfe eines Bewegungsmelders jeden Einbrecher in die Flucht schlugen, waren auf Dauerbetrieb umgestellt, und in dem Teil des Gartens, den man von der Straße aus einsehen konnte, wurden Sträucher und Beete von einer Niedervoltlichtanlage in milchiges Gelb getaucht. Selbst der Springbrunnen plätscherte vollständig illuminiert vor sich hin, und auch an der Straßenfront des Hauses war kein Fenster zu entdecken, hinter dem nicht mindestens eine Lampe brannte.

»Fete?« fragte der Taxifahrer vorlaut.

»Glaub ich kaum«, murmelte Herbie, der staunend versuchte, die Situation zu erfassen. Zu Richard gewandt erklärte er: »Diesmal scheint es etwas wirklich Dringendes zu sein. Ich meine, sie macht ja immer viel Wind und so, aber so was hat mich noch nie erwartet.«

Vielleicht pflegt sie Kontakt zu Außerirdischen, und wir müssen nur ein paar Momente warten, bis sie mit Hilfe ihrer Hauptsicherung ein paar kryptische Morsesignale ins All schickt.

Richard zeigte Herbie den hochgestreckten Daumen, als dieser ausstieg. Er wünschte viel Glück und bestand darauf, die Kosten des Taxis zu übernehmen. »Ich hätte ohnehin über Münstereifel fahren müssen.«

Herbie reichte ihm durch die heruntergekurbelte Scheibe die Hand. »Auch für dich viel Glück. Sehen wir uns?«

Richard grinste gequält. »Kommt ganz drauf an, wie lange ich in Deutschland bleibe. Kommt wirklich ganz drauf an.«

»Bestell Rosi viele Grüße!«

»Mach ich.«

Herbie und Julius blickten für einen Moment den kurios geformten Umrissen des englischen Taxis nach, bis es hinter dem dichten Gesträuch an der nächsten Straßenecke verschwunden war. Dann wandten sie sich wieder dem Haus zu und betraten tapfer die hellerleuchtete Einfahrt.

»Irgendwie habe ich den Eindruck, daß es hier wärmer ist. Kann das sein?«

Julius zuckte mit den tweedverhüllten Schultern. *Das liegt durchaus im Bereich des Möglichen. Wenn man grob die Wattzahlen addiert … Es wäre zweifellos interessant herauszufinden, inwieweit sich die Beleuchtung auf die Motten- und Mückenpopulation in der Umgegend auswirkt.*

Sie schritten nebeneinander die rötlichen Steinplatten entlang auf die Haustüre zu. Herbie zaghaft und unsicher,

Julius mit hinter dem Rücken verschränkten Armen und munter summend.

Noch bevor sie das kleine Podest am Eingang erreicht hatten, wurde die schwere Holztüre aufgerissen, und Tante Hettis zierliche Figur trat in das Flutlicht hinaus.

Irgend etwas war heute abend anders an ihr. Nervös fummelte ihre Rechte am Knauf ihrer orientalischen Krücke herum, und ihr obligatorisches »Da bist du ja endlich!« hatte diesmal einen ungewohnt gebrochenen Klang. Sie wirkte fahrig und hilflos. Ein Zustand, in dem sie sie in all den Jahren der Bitt-, Bettel- und Demutsbesuche noch niemals vorgefunden hatten. Doch da war noch etwas oder vielmehr, etwas war nicht da. Irgend etwas fehlte in dem gewohnten Bild.

Zweites Kapitel

Richard Kley bezahlte den Taxifahrer und stieg aus. Als er die Autotüre hinter sich zugeschlagen hatte, wandte er sich nicht mehr um. Er konnte den Blick nicht von seinem früheren Eigenheim abwenden. Nur noch mit halbem Ohr hörte er, wie sich das Fahrzeug langsam entfernte, die Anhöhe hinunterfuhr und wieder in Richtung Euskirchen verschwand. Dann umfing ihn die spärlich flüsternde Geräuschkulisse des nächtlichen Dörfchens. Ein schwacher Wind strich durch das kaum mehr belaubte Geäst der beiden alten Buchen, die das Grundstück zur Straße hin säumten. Von links erklang für einen Moment das hysterische Geschrei zweier Katzen, die einander anscheinend ins Gehege gekommen waren.

Das Haus lag unterhalb des Straßenniveaus am Ende einer flach abfallenden Steintreppe. Es gab keinerlei Zaun. Sträucher und Büsche wucherten wild. Gärtnern war noch nie Rosis Stärke gewesen. In seiner Abwesenheit schien sich die Natur endgültig den Vormarsch erkämpft zu haben. Richard lächelte wehmütig und blieb minutenlang schweigend stehen. Das Haus selber war alt. Nicht alt genug, um wirklich schön zu sein. Es hatte Verwandten von Rosi gehört, die es irgendwann in den Fünfzigern hier oben am Ortsrand errichtet hatten. Den schmucklosen Rauhputz hatte man damals vermutlich für sehr attraktiv gehalten.

Für sie beide war es ein Traum gewesen. Die eigenen vier Wände mitten in der Natur. Dank Rosis Erbschaft verfügten sie schon in jungen Jahren über ein eigenes Heim. Vielleicht war alles zu früh gewesen. Vielleicht hätten sie erst einmal miteinander gegen die Widrigkeiten des täglichen Lebens ankämpfen müssen, um für immer und ewig miteinander verschweißt zu werden. Vielleicht war aber auch alles vorherbestimmt gewesen, so, wie Rosi es vermutlich mit irgendeiner ihrer fernöstlichen Weisheiten, die sie so faszinierten, erklärt haben würde.

Es brannte kein einziges Licht im Haus. Er sah auf die Leuchtziffern seiner Uhr. Gleich elf. Im nächsten Haus, das ungefähr zweihundert Meter weiter die Straße hinunter stand, schimmerte hinter einem orangefarbenen Vorhang noch Licht in die Nacht hinaus. Der alte Kirsch konnte bestimmt noch nicht schlafen.

Richard gab sich einen Ruck.

Er drückte den Klingelknopf neben der schmucklosen braunen Haustüre. Ein schrilles Klingelgeräusch zerriß die Nacht. Es war noch lauter, als Richard erwartet hatte. Er hatte es immer gehaßt, und sie hatten sich schon damals fest vorgenommen, sich irgendeine harmonisch klingende Hausglocke zuzulegen. Hätte er damals doch nur geklingelt, bevor er mit diesem Hans-Willi … wie hieß der doch gleich …?

Im Haus rührte sich nichts.

Er klingelte erneut. Es schrillte und schepperte, und er war sich sicher, daß man es noch im Haus des alten Kirsch hören konnte.

Nach weiteren nervenaufreibenden Minuten in der Dunkelheit, in denen der Strom der Erinnerungen sich ungehemmt seinen Weg bahnte und es beinahe schaffte, daß Richard die Tränen in die Augen traten, fischte er aus dem Schlüsselbund, mit dem er seit geraumer Zeit nervös in der Jackentasche herumgespielt hatte, einen kleinen BKS-Schlüssel heraus. Er wog ihn einen Augenblick in der Rechten, bevor er ihn schließlich ins Schloß steckte und drehte. Mit einem leisen Schnappgeräusch öffnete sich die Türe und schwang ein paar Zentimeter auf. Dahinter herrschte Finsternis. Zögernd trat er ein. Die Luft roch abgestanden, beinahe ein wenig säuerlich. Seine Hand ertastete den Lichtschalter, als habe seine Abwesenheit höchstens zwei Wochen und nicht zwei Jahre betragen.

Die Diele schien ihm nicht nennenswert verändert. Richard versuchte, sich an die Farbe der Vorhänge zu erinnern. Es schien ihm, als ... aber möglicherweise spielte ihm das künstliche Licht einen Streich. Im angrenzenden Wohnzimmer ging es ihm ähnlich. Ein paar Bilder erschienen ihm ungewohnt, ein neuer Teppich schien auf dem Boden zu liegen. War das noch der alte Fernseher? Er registrierte alles mit wenig Sorgfalt. Etwas anderes machte ihn unruhig. Rosi war nicht da. Er kehrte zurück in ein verlassenes Zuhause, das nicht mehr das seine war. Dann sah er die Fotografie.

Der zierliche Metallrahmen stand auf der Durchreiche zur Küche, ein wenig abgewinkelt, so daß er von der Sitzgruppe aus am besten zu sehen war. Er enthielt eine Schwarzweißaufnahme von Rosi. Richard ging näher heran und nahm das Foto in beide Hände. Sie hatte ihr dunkelbraunes langes Haar hochgesteckt. Das Licht fiel von rechts auf ihr Profil und tauchte die andere Hälfte des Gesichts in einen düsteren Schlagschatten. Es handelte sich um eine meisterliche Fotografie. Rosi blickte ihn mit melancholischem Gesichtsausdruck an. Aus seinem linken Augenwinkel löste sich eine Träne.

Ein Geräusch hinter ihm ließ ihn jäh herumfahren. Es hätte nicht viel gefehlt, und er hätte die gerahmte Fotografie fallen lassen.

Aus der Diele ertönte erneut ein Geräusch. Er hatte die Türe nicht hinter sich geschlossen, als er hereingekommen war. Ein leises Rufen ertönte.

»Hallo!«

Verunsichert trat Richard auf den Durchlaß zur Diele zu.

Ein Schopf wirrgelockter grauer Haare wurde zur offenstehenden Haustüre hereingesteckt. Darunter zwinkerte ein Augenpaar nervös hinter dicken Brillengläsern. Richard erkannte Frau Stoffels sofort wieder. Ein Dutzend Falten mochte sich in der Zwischenzeit zusätzlich in ihr Gesicht gegraben haben, aber ansonsten schien sie unverändert. Selbst ihr Auftritt war typisch. Ihr gestreckter Hals, der sich um die Kante der Türe herumwand, war symptomatisch für ihre unbeschreibliche Neugier, für die die alte Haushälterin des Pastors weit über Buchscheids Grenzen hinaus verschrien war. Im Halbdunkel hinter ihr konnte Richard schemenhaft die Umrisse ihres Bruders, des alten Kirsch, erkennen. Was für ein Empfangskommando.

»Richard«, hauchte sie, während er den beiden die Türe vollends öffnete, ohne daß er erkennen konnte, welcher Art die Emotionen waren, die in ihrer Äußerung mitschwangen.

»Ja, ich bin's. Gerade angekommen.«

»Haben wir uns schon gedacht. Da war ja deine Nachricht auf dem Anrufbeantworter. Du hast gesagt, du kämst heute abend … hat man uns erzählt.«

»Sie wissen nicht zufällig, wo meine … wo die Rosi ist?« Wenn überhaupt jemand wußte, wo sich wer wann in Buchscheid aufhielt, dann war es Agnes Stoffels.

Und sie wußte es.

»Die Rosi? Ja, wie soll ich das sagen, Junge?« Hilfesuchend schickte sie einen Blick zu ihrem Bruder. »Weißt du, da war dieser Unfall. Heute morgen. Und die Rosi … ja, die Rosi, die ist ja jetzt tot.«

*

Tante Hettis Hand zitterte, als sie den Briefumschlag öffnete und hineingriff. Sie förderte schweratmend etwas zutage, das vom anderen Ende des goldverbrämten Couchtischs etwa so wie ein Büschel türkisfarbener Haare aussah. Als Herbie sich hinüberbeugte und es aus ihrer knochigen Hand entgegennahm, stellte sich heraus, daß es ein türkisfarbenes Büschel Haare war.

»Das soll ein Beweis sein!« zeterte seine Tante. »Wofür, bitte schön, ist das ein Beweis, frage ich dich!« Sie trank nervös einen weiteren Schluck Pfefferminzlikör.

Es könnte sich um den schlagenden Beweis im Rechtsstreit gegen eine Haarwaschmittelfirma handeln, näselte Julius mit wichtigtuerischem Tonfall und näherte seine Nasenspitze dem flauschigen Objekt. Herbie sah kurz und unsicher zu ihm hinauf, was seine Tante stutzen ließ. Sollte ihr meschugger Neffe am Ende wieder diesen Wahnvorstellungen in Gestalt eines fetten, bärtigen Lebensgefährten verfallen sein?

»Was um alles in der Welt ist das, Tantchen? Sieht aus wie ein Büschel türkisfarbener Haare.«

Das ist ein Büschel türkisfarbener Haare! grunzte Julius.

»Das ist ein Büschel türkisfarbener Haare!« echote Henriette Hellbrecht, ohne daß sie es ahnte. »Ein Beweis dafür, daß sie noch lebt. Daß ich nicht lache!« Wieder füllte sie das zierliche Glas mit der giftgrünen, öligen Flüssigkeit und trank erneut. Herbie hatte sie lange nicht mehr so aufgeregt gesehen, ohne daß es sich dabei um ihn gehandelt hatte.

»Du mußt mir schon ein bißchen mehr erzählen, Tantchen. Es scheint dich furchtbar aufzuregen, aber versuch doch einfach mal in Ruhe zu erzählen, worum es sich hierbei handelt. Ich bin schließlich kein Hellseher oder so was.«

»Natürlich.« Sie legte die Hand flach auf das faltige Dekolleté und zwang sich, ruhiger zu atmen. »Diese Haare lagen dem Erpresserbrief bei, den man mir heute morgen in den Kasten geworfen hat. So ein schäbiger, gemeiner Brief! So eine abgeschmackte ...«

Herbie hob beschwichtigend die Hand und bremste damit für einen Augenblick den haßerfüllten Redeschwall. »Was will man von dir erpressen und vor allem: Mit welchen Mitteln will man dir etwas abknöpfen? Hat man etwa eine Geisel?«

In demselben Augenblick, in dem er die Worte ausgesprochen hatte, dämmerte ihm plötzlich, was seine Tante hier ganz dicht an den Rand eines Nervenzusammenbruchs trieb. Unsicher blickte er sich im Wohnzimmer um. Er hatte schon vor der Haustüre gespürt, daß etwas nicht so war, wie es sein sollte oder vielmehr, wie es sonst immer gewesen war. Kein hektisches Hecheln, kein feindseliges Knurren bei seiner Ankunft. Keine hinterlistigen Bißattacken oder heimtückischen Überraschungsangriffe. Oder konnte es sein, daß Bärbelchen, das ondulierte Pudelmistvieh, nur irgendwo im Hinterhalt lauerte, um im richtigen Moment seinem Erzfeind Herbie Feldmann die kleinen, spitzen Hauer in die Wade zu schlagen? Das wäre nicht einmal ungewöhnlich.

Er sah zu seiner Tante hinüber, die sich die Augenwinkel trockentupfte und fortwährend »Mein Liebling, mein armes, armes kleines Mädelchen« vor sich hin murmelte. Kein Zweifel: Der Hund war weg!

Er zwang sich krampfhaft, Ansätze eines Strahlens oder den Hauch eines seligen Lächelns im Zaum zu halten.

Wäre ich nicht pausenlos an deiner Seite, würde ich argwöhnen, daß du hinter all dem steckst. Wenn irgend jemand die Schlechtigkeit besitzt, ein unschuldiges, zartes Schoßhündchen seinem treusorgenden Frauchen zu entreißen, dann doch wohl du! Julius schickte ein säuerliches Grinsen durch seinen grauen Bart, wohlwissend, daß es sich bei Bärbelchen keineswegs um ein bedauernswertes Hundefräulein, sondern vielmehr um die personifizierte Arglist und Boshaftigkeit im Hundepelz handelte.

»Man hat das kleine, dumme Ding entführt.« Tante Hetti trank erneut und begann, stockend zu erzählen. »Es war gestern abend, im Hotel Eifelhöhe, du weißt schon, das bei Buchscheid, das, in dem ich damals meine Leute zum Fünfundsiebzigsten untergebracht hatte. Nebenbei bemerkt, das einzig akzeptable Haus weit und breit, wenn auch ein wenig abgelegen. Nun, auf jeden Fall hatte mich Hiltrud gestern abend zur Vernissage von irgendeinem dieser seltsamen Künstler mitgenommen, der seine Werke dort im Foyer des Veranstaltungssaales ausstellt. Es war kurz nach neun, wir wollten gerade wieder los, weil Hiltruds neuer Verehrer, dieser unsägliche Dr. Rogge, ein wirklich extrem anstrengender Emporkömmling, uns noch in irgendein zweitklassiges Lokal an der Ahr einladen wollte, da ist plötzlich der Hund weg! Ich kann dir sagen ... wir haben alles abgesucht. Mit Hilfe des Hotelpersonals haben wir zweieinhalb Stunden das ganze Gelände durchkämmt und haben nichts gefunden! Kannst du dir vorstellen, wie ich mich fühle?« Sie schluchzte laut auf und schneuzte vehement und ganz und gar undamenhaft in ein zartes Taschentuch. »Und heute morgen das!« Herbie hatte Mühe, das Blatt Papier aus ihrer heftig zitternden Hand zu erhaschen.

»Ihrem Hund geht es gut ...« las er laut vor.

Sie ist mit dem Inhalt vertraut, brummte Julius.

Stumm las Herbie weiter: »Wenn Sie ihn gesund wiedersehen wollen, dann lassen Sie uns 20.000 DM zukommen! Weitere Anweisungen folgen.« Die Buchstaben waren klischeehaft aus Zeitungslettern zusammengepuzzelt, und der folgende Zusatz »Keine Polizei!« las sich wie eine launige Reminiszenz an Hunderte von Erpressungsnummern aus Film und Literatur.

Herbie starrte auf das Haarbüschel. »Türkis«, murmelte er gedankenverloren. »Als Bärbelchen mich das letzte Mal gebiss ... als ich sie zum letzten Mal gesehen habe, da war sie doch noch pinkfarben oder rosa oder malve oder wie immer man das bezeichnen mag.«

»Wir haben eine Typberatung mitgemacht. Bei einem ganz neuen, tollen Hundecoiffeur in Düsseldorf. Er fand heraus, daß Bärbelchen eher der kühle Typ sei und nicht der Kuscheltyp.«

Was du am eigenen Leibe erfahren durftest.

»Er meinte, wir sollten auf mint und türkis und lindfarben umsteigen. Körbchen, Decke, Schleifchen und Halsband, alles hat er darauf abgestimmt. Und jetzt …« Erneut schüttelte sie ein konvulsivisches Schluchzen.

»Willst du das Geld bezahlen?«

»Natürlich!« rief sie mit dem Brustton der Überzeugung. »Das und noch mehr, wenn es meinen armen, armen Liebling retten kann!«

»Dann drücke ich dir natürlich ganz fest die Daumen!«

Sie erhob sich ruckartig und nahm den reichverzierten Krückenknauf fest in die Linke, während ihre Rechte beschwörend das grünschillernde Likörglas erhob. »Ich werde zahlen! Da führt gar kein Weg dran vorbei! Aber ich will wissen, welcher herzlose Schurke es wagt, einer wehrlosen Frau so etwas anzutun. Ich will herausfinden, welches niederträchtige Subjekt meinem harmlosen Hündchen und mir solches Leid um des schnöden Mammons willen zufügt.« Dann folgte eine bedeutungsschwangere Pause, in der sie das Glas leerte. »Ich will, daß du das Lösegeld übergibst und es keinen Augenblick aus den Augen läßt, daß du dich an die Fersen dieses infamen Verbrechers heftest und mir sagst, wer diese Person ist, die sich so etwas ausdenkt. Willst du das für mich tun?«

Es hatte etwas von einem Fahneneid oder einem Bibelschwur, der einem vom Hohen Gericht abverlangt wurde, wie Herbie fand. Er wägte kurz ab, daß Tante Hetti einerseits wohl kaum als wehr- und die Töle keinesfalls als harmlos bezeichnet werden konnte, daß er aber, wenn er das Lösegeld bewachen und den Erpresser dingfest machen würde, durchaus einen wichtigen Sprung nach oben auf der Beliebtheitsskala seiner hartherzigen Tante machen konnte.

Sie würde dich enterben, wenn du's nicht annimmst. Was aller-

dings nicht heißt, daß sie's nicht tut, wenn du einwilligst, half Julius mit weisem Ratschlag.

»Nun gut, Tantchen. Wenn ich dir helfen kann ...«

Ein schiefes Lächeln kämpfte sich auf ihre zerfurchten Züge. »Endlich eine Chance, mir zu beweisen, daß du nicht der Volltrottel bist, für den ich dich seit Jahr und Tag halte!« Sie kam um den Couchtisch herum zu ihm hinüber. »Das könnte sich durchaus positiv auf deinen späteren Lebensstandard auswirken. Bisher, das mußt du zugeben, hast du mir nicht gerade oft Anlaß gegeben, darüber nachzudenken.« Als sie ihm die Hand auf die Schulter legte, blickte er hilflos zu Julius hinüber, der nachdenklich ans Fenster getreten war und in den hellerleuchteten Garten hinausblickte.

»Du wirst dich gleich morgen im Hotel Eifelhöhe einmieten. Ich habe dort unter dem Namen Hans-Bert Lohse ein Zimmer für dich reservieren lassen.«

»Hans-Bert Lohse?«

»Natürlich, natürlich. Dein Name war im vergangenen Jahr unglückseligerweise des öfteren im Zusammenhang mit dieser grausigen Mordserie in der Zeitung zu lesen. Nicht, daß du nun gerade ein Prominenter bist, aber wir wollen doch jegliches Aufsehen von Anfang an ausklammern! Schließlich geht es um das Leben meines geliebten Hundchens.« Der Anblick des Haarbüschels in Herbies Hand warf erneut den düsteren Schatten tiefster Zerknirschung auf ihr Gesicht. Für einen Augenblick war Herbie versucht, den Arm tröstend um ihre Schultern zu legen, aber im selben Moment fuhr sie ihn auch schon wieder an: »Versagst du allerdings, Herbert Feldmann, dann weiß ich nicht, was ich mit dir anstellen werde!«

Spontan fielen Herbie ein paar Dinge zur Auswahl ein, aber er verdrängte sie beherzt. »Gut«, rief er kraftvoll, »es wäre doch gelacht, wenn wir das nicht in den Griff bekommen! Was mache ich wohl am besten als erstes?«

Rate ihr, die Außenbeleuchtung um ein paar Millionen Watt her-

unterzufahren, murmelte Julius vom Fenster her. *Sonst landet womöglich noch eine Boeing auf ihrem Anwesen.*

Drittes Kapitel

Hausmacher-Leberwurst! Pfui Deibel!« Pastor Rövenstrunck schob das kleine Einmachglas mit dem blauweiß karierten Deckel weit von sich an die gegenüberliegende Tischkante. Gegen die Geschenke der frommen Gemeindeschäfchen war man nicht gefeit. Seit einer verheerenden Magen-Darm-Grippe in seiner frühesten Kindheit, die er am Niederrhein verbracht hatte, verabscheute er Wurstwaren, in denen nicht auch jede noch so kleine Fleischfaser gewissenhaft zu Brei püriert worden war.

Er strich sich also Marmelade aufs Brötchen und verzog erneut das Gesicht. »Vierfrucht! Ewig und drei Tage lang Vierfruchtmarmelade!« Widerwillig kaute er auf dem Bissen herum und blätterte in der Zeitung.

Zum wiederholten Male las er den Artikel über den grauenvollen Unfall vom Vortag. Zuerst hatte er die Zeilen nur gierig überflogen, nach Schlagworten gesucht, die Bildunterschriften studiert. Dann hatte er ihn zweimal gewissenhaft von der ersten bis zur letzten Zeile durchgelesen. Roswitha Kley war tot.

Die kleine, zierliche junge Frau, die er kannte, seit er sie über dem Taufbecken mit einem Schwall zimmertemperierten Weihwassers zum Christenkind gemacht hatte. Er hatte ihr die erste Kommunion gespendet, hatte sie gefirmt und schließlich sogar mitgeholfen, diese unfruchtbare eheliche Verbindung zustande zu bringen.

Er kratzte sich auf dem glänzenden kahlen Schädel und schob sich die klobige Hornbrille zurecht.

Die Abbildung des Fundorts zeigte nicht besonders viel von

Roswitha Kley, geborene Brabender. Ein unscheinbarer Leichnam, zugedeckt von einem dunklen Tuch, umstellt von ein paar Menschen in signalfarbenen Kunststoffwesten und weißer Kleidung. Den Hintergrund zu diesem Szenario bot der alte, stillgelegte Steinbruch im Scheebenbachtal in Richtung Pitscheid. Tonnen von nutzlos abgesprengter Grauwacke lagen hier herum wie in einem überdimensionierten Steingarten und harrten der Erosion. Pastor Rövenstrunck war schon ein paarmal in diesem Steinbruch gewesen. Ein oder zwei Sternwanderungen mit den Meßdienern und der ein oder andere Spaziergang. Der Flecken war ihm immer besorgniserregend leblos vorgekommen. Nur dürres Unkraut wucherte zwischen den Steinen, die eine passable Kulisse für einen ollen Karl-May-Schinken abgegeben hätten. Ein paar magere Bäume, ein wenig Müll. Ansonsten war der Platz tot. So tot wie Roswitha Kley, geborene Brabender.

»Ich weiß gar nicht, was das arme Kind da gesucht hat«, plapperte Frau Stoffels in enervierend weinerlicher Tonlage, als sie nunmehr zum fünften Mal durch die Türe zur Küche hereingepoltert kam.

»Was kochen sie da drinnen?« maulte der knurrige Priester und zog die hohe Stirne kraus. »Das riecht ja furchtbar.«

»Grünkohl«, lautete die knappe Auskunft. »Nein, aber jetzt mal ehrlich, was machte die da bloß? Was kann das Kind da bloß gewollt haben?« Sie schob das Glas Hausmacher-Leberwurst ordentlich in die Mitte das Tisches zurück. »Die Rosi war doch ein so umsichtiges Mädchen, die kann doch nicht so einfach einen steilen Abhang hinunter ...«

»Dinge passieren eben«, sagte Pastor Rövenstrunck barsch, nahm das Leberwurstglas, trug es zur Anrichte, wo er es absetzte, und kehrte wieder zum Tisch zurück. Er dachte daran, daß Rosi nicht immer vorsichtig gewesen war. Sonst hätte sich ihre Ehe nicht so rasch in nichts aufgelöst. Zwei Frauen ... Er schüttelte sich und schob das auf die Hausmacher-Leberwurst, denn der Gedanke an zwei Frauen beim sogenannten

Geschlechtsakt hatte ihn schon damals im Priesterseminar keineswegs erschauern lassen.

»Als die Rosi vorige Woche hier war, da war sie doch, weiß Gott, das sprühende Leben selbst«, brabbelte Frau Stoffels und begann, das Frühstück abzuräumen.

»Habe ich vielleicht gesagt, daß ich schon fertig bin?« raunzte der Pastor grimmig.

»Ich dachte nur, wo sie doch schon die Leberwurst ...« Seufzend stellte sie die Kaffeekanne wieder ab. »Also, ich meine, die Rosi hat nie frischer ausgesehen als in den letzten Tagen. Ein bißchen besorgt vielleicht, als sie vorige Woche ... Na ja.«

Der Pastor wünschte sich inständig, Fräulein Stoffels möge doch den ein oder anderen Satz einmal mit Anstand zu Ende bringen, und sagte: »Vielleicht war sie ja so munter, weil ihr Mann angekündigt hatte, sie zu besuchen. Ihr Mann ... ha!« Er schob den Teller mit dem halbverzehrten Marmeladenbrötchen von sich. »Jetzt bin ich fertig!« Dann erhob er sich ächzend und klopfte sich die Krümel vom schwarzen Schoß.

»Kann es sein, daß Sie nur ein halbes Brötchen gegessen haben? Also, daß der Richard und die Rosi sich nicht wiedergesehen haben ... Was wollte sie denn eigentlich, vorige Woche?«

Rövenstrunck fischte eine Zigarre aus einem kleinen Kästchen direkt neben der Leberwurst und steckte sie mit genüßlichem Saugen in Brand. Die Qualmentwicklung war gewaltig. »Glauben Sie mir vielleicht, wertes Fräulein Stoffels, ...« Er zog heftig, und der graue Dunst um ihn herum nahm rasch an Umfang und Dichte zu. »... daß das unter das Beichtgeheimnis fallen könnte?«

»Glaube ich nicht«, kam es blitzschnell von seiner Haushälterin, die seine Antwort bereits im vorhinein erahnt hatte. Sie gab sich damit zufrieden, da sie wußte, daß in solchen Situationen nichts aus dem schwarzberockten alten Mann herauszuholen war, und verschwand mit einem vollbeladenen Tablett in der Küche. Ein neuer Schwall Küchendunst wehte in den Raum und vermengte sich mit dem hochnebelartigen Zigarrenmief.

Rövenstrunck flüchtete ins Freie. Von seinem Pfarrhaus waren es nur wenige Schritte bis zur Kirche.

Nein, zum Beichten war die Rosi schon seit Kindertagen nicht mehr bei ihm gewesen. Auch die Geschichte mit ihrer Freundin und ihre gemeinsamen Bemühungen auf dem heimischen Sofa hatte sie nicht gebeichtet. Schade eigentlich.

Als er auf die Türe zur Sakristei zuschritt, sah er in der Ferne, am anderen Ende des Friedhofs, den fetten Nücken, der mit seinem winzigen Bagger um ein halbausgehobenes Grab herumkariolte. Morgen würde der olle Raben-Päul beerdigt, der vorgestern gestorben war. Unwillkürlich wandte er den Kopf nach oben und betrachtete interessiert den Flug mehrerer Krähen, die nervös um die Kirchturmspitze flatterten, mit der festen Absicht, das Nest eines Turmfalkenpärchens aufzubringen, das dieses sich dort oben gebaut hatte. Die Krähen krakeelten proletenhaft herum, und die Falken wehrten sich kampflustig und mit eiserner Entschlossenheit. So ging das Tag für Tag.

Der Raben-Päul ist tot, dachte Rövenstrunck in stummer Zwiesprache mit den Krähen. Jetzt habt ihr freie Bahn. Der hätte euch schon den Garaus gemacht, der Raben-Päul.

Er schloß die Sakristei auf und trat in den kühlen Raum, in dem es nach Kerzenwachs und altem Holz roch. Zwanzig Sekunden später stank es nach verbrannten Blättern. Pfarrer Rövenstrunck hatte es längst aufgegeben, seine Zigarren jedesmal auszumachen, wenn er die Kirche betrat. Irgendwann hatte er es vergessen, später dann hatte er vergnügt schmunzelnd zur Kenntnis genommen, daß ihn nicht, wie zu erwarten, der Blitz getroffen hatte, und dann hatte er sich zurechtgelegt, daß im alten Israel sicher auch dauernd irgend etwas gepafft worden war und daß Christus sich – wer weiß? – vielleicht auch schon mal einen Zug aus der Wasserpfeife genehmigt hatte. Außerdem kokelte man in der Kirche ja auch mit Weihrauch rum, und bei der Papstwahl in Rom wurde jede Menge

Rauch produziert. Zudem waren in Buchscheids Gotteshaus die Decken schon rußgeschwärzt. Zänkisch pustete er eine heftige Qualmwolke in die ungefähre Richtung des Marienaltars.

Zwei Tote kurz nacheinander. »Sonndaachsleich määt de Kirchhoff reich«, murmelte er vor sich hin. Vielleicht wäre Rosi ja noch am Leben, wenn die olle Oma Friedrichs nicht übers Wochenende da gelegen hätte. Er grinste frech zum Kruzifix hinauf. »Schon in Ordnung. Purer Aberglaube! Ich weiß schon. Du holst dir deine Leute, wann immer du sie haben willst. Nimmst keine Rücksicht auf Sonntage, was?« Er schnaufte verächtlich und wackelte durch die Bankreihen zum hinteren Teil der Kirche. »Und warum, bitte schön, müssen deine armen Menschen dann am Sonntag plötzlich alles stehen und liegen lassen?«

Das Kruzifix schwieg beharrlich. Das hier war kein Dörfchen in der Toskana, und er war nicht Don Camillo. Trotzdem war Pastor Rövenstrunck es nach all den Jahrzehnten manchmal leid, Tag für Tag die barschesten Beschwerden in die Stille der Kirche zu brummeln, während Christus dauerhaft stumm und mit leidendem Gesichtsausdruck all seinen Unmut über sich ergehen ließ. Manchmal wünschte sich Pastor Rövenstrunck ein tosendes Donnerwetter als Antwort auf seine unziemlichen Mosereien, vielleicht auch nur ein zaghaftes Widerwort. Aber nichts rührte sich.

Er ließ sich in die letzte Bankreihe fallen. »Irgendwann werde ich wohl die Quittung kriegen«, dachte der böse, alte Pfarrer, »irgendwann.« Dann machte er sich daran, über die Abläufe der Beerdigungen nachzudenken. Über die von dem alten, versponnenen Zausel Paul, der seine Tage damit zugebracht hatte, schwarze Vögel auszurotten, und über die einer jungen Frau, deren Fehler es gewesen war, sich zum falschen Zeitpunkt mit den falschen Leuten zusammenzutun.

*

Zum Glück wußte der Fahrer des Taxis ganz genau, wo sich das Hotel Eifelhöhe befand. Herbie hatte keine Ahnung, wie lange es her sein mochte, daß er zuletzt hier oben in einer Gegend, die man die Mutscheid oder auch im Volksmund *de Mötsched* titulierte, gewesen war. Julius und er saßen diesmal nicht in einer dieser englischen Karossen, sondern wurden in einem Benz mit angenehmer Kurvenlage über die gut ausgebaute Straße von Bad Münstereifel in Richtung Schuld und, von dieser abbiegend, über nahezu kreislaufschädigende Serpentinen durch den Wald in einen abgelegenen Winkel des Münstereifeler Höhengebiets spediert.

»Natürlich hätte ich auch über Buchscheid fahren können, aber hier rum ist es näher«, sagte der Taxichauffeur und neigte den Kopf halbwegs nach hinten. Auch er war ein anderer als am Vorabend. Herbie hatte bemerkt, wie er ungefähr auf der Höhe von Eicherscheid den Rückspiegel unmerklich verstellt hatte, so daß er Herbie beinahe unbemerkt beobachten konnte.

Es lag wohl kaum an Herbies Äußerem, denn zu der Mission ›Dognapping‹ war er in seinem besten Anzug aufgebrochen, da ihm seine Tante versichert hatte, bei dem Hotel Eifelhöhe handele es sich um ein Haus der gehobenen Klasse. Zugegeben, sein abgeschabter gelblicher Plastikkoffer ließ möglicherweise Schlüsse auf seine wahre Identität zu, und beim Betrachten seiner blankgescheuerten Wildlederschuhe kamen Herbie auch Zweifel, ob er seine Verwandlung in Hans-Bert Lohse auf Dauer mit der nötigen Überzeugungskraft versehen konnte. Vermutlich aber war dem Fahrer lediglich aufgefallen, daß Herbie sich flüsternderweise zu ein paar kurzen Antworten auf die Fragen seines unsichtbaren Kompagnons hatte hinreißen lassen.

Lohse! murmelte Julius verächtlich. *Hans-Bert! Das klingt für meine Ohren nach einem diplomierten Volltrottel.*

Herbie registrierte verärgert, daß die Neugier des Taxifahrers keine Antwort zuließ.

Du solltest dir vielleicht eine entsprechende Vita zulegen, falls jemand dich aushorchen will, mein Bester. Wie wär's mit: Versicherungsagent oder Tapetenfachhandelsreisender oder aber … Außendienstler in Sachen Toilettenbürsten? Letzteres würde deine durchgelatschten Treter erklären. Julius kicherte albern und deutete mit seinem speckigen Zeigefinger auf Herbies Füße.

Plötzlich, ohne daß irgend etwas darauf hatte schließen lassen, tauchte das Hotel aus der Ummantelung des Münstereifeler Forsts auf.

Schon auf den ersten Blick strahlte das Anwesen einen Hauch von Extravaganz aus. Es schien sich um einen Bau aus der Zeit der Jahrhundertwende zu handeln, der mit modernen Anbauten zu einem riesenhaften Komplex erweitert worden war. Stuckverziertes Alter und stahlbewehrte Jugend gingen hier eine akzeptable Symbiose ein, wie Herbie sie selten entdeckt hatte. Es gab einen kleinen, überdachten Haupteingang, wie man ihn von den großen Hotels dieser Welt kannte.

Wer um alles in der Welt hätte das hier inmitten dieser Eifelkäffer erwartet?

Ein Haus dieser Kategorie lebte von dem Nimbus des Geheimtips, von der Nähe zum touristisch stark frequentierten Ahrtal und von den Kongreß- und Tagungsräumen, von denen Tante Hetti nebenbei erzählt hatte. Das alles hätte Herbie ihm gerne erläutert, aber er war in diesem Moment nur froh, dem Taxi und der permanenten Überwachung durch den Chauffeur entkommen zu können. Er bezahlte und addierte ein akzeptables Trinkgeld dazu. Die Scheine, die er dem jungen Mann in die Hand drückte, waren abgezählt. Tante Hetti hatte nichts dem Zufall überlassen. Seine Tätigkeit als verdeckter Ermittler beinhaltete keineswegs irgendwelche Freifahrtscheine in finanzieller Hinsicht. Die Hotelrechnung inklusive Vollpension gingen auf das Konto seiner Tante, für Getränke und Telefonate kam sie ebenfalls auf. Vor ihm lagen ein paar Tage der Entspannung mit formidabler Unterkunft und vorzüglicher Küche, gewürzt mit einer Prise Abenteuer.

Du glaubst also tatsächlich, daß du es zuwege bringen wirst, den kleinen Augentrost deiner Tante wiederzufinden?

Herbie nutzte den Moment, in dem der Taxifahrer den gelben Koffer aus dem Kofferraum holte. »Mein Auftrag lautet: Übergabe des Lösegelds mit anschließender Identifizierung des Erpressers. Und genau diese Erwartungen meiner Tante habe ich vor zu erfüllen!«

Der Fahrer überreichte ihm das bunte Gepäckstück und musterte ihn ein letztes Mal fragend, bevor er davonfuhr.

»Ein livrierter Dienstmann am Portal wäre doch etwas Erhebendes gewesen, oder?« murmelte Herbie, während er durch die gläserne Tür eintrat.

Nun werd mal nicht größenwahnsinnig, mein Lieber.

Die Eingangshalle war mit einer hochmodernen Einrichtung ausgestattet. Es gab jede Menge blankpolierten Stahl in Kombination mit getöntem Glas. Indirekte, warme Beleuchtung und diverse farnüberwucherte Grünecken retteten das ganze Ensemble davor, in unwirtliche Kühle abzudriften.

»Einen wunderschönen guten Tag«, flötete die Dame mit Pagenschnitt und dunkelblauer Fliege aus der Rezeption heraus.

Herbie schritt eilends auf sie zu, um sein Schuhwerk möglichst rasch aus ihrem Blickfeld zu entfernen.

»Lohse ist mein Name.« Er wunderte sich, wie selbstverständlich es sich aussprach. »Hans-Bert Lohse.«

Reisender in Sachen Autopolitur.

»Man hat ein Zimmer für mich reserviert.«

Die Bedienstete klapperte behende auf der Tastatur ihres Computers herum, studierte in leicht vorgebeugter Haltung den Bildschirm, verglich etwas mit einer Liste vor ihr auf dem Tresen, kritzelte etwas und murmelte beiläufig: »Ja, Looooohse. Hmmmmm, stimmt.« Dann sah sie ihn wieder mit strahlendem Lächeln an. »Sie wissen schon, wann sie uns wieder verlassen werden?« Herbie zuckte verunsichert mit den Schultern. »Tja, ich weiß nicht so recht. Sagen wir, ich logiere hier erst einmal auf unbestimmte Zeit.« Hilfesuchend sah er sich nach Julius um, der zwischen den Sesseln einer chromblitzenden Sitzgruppe bedächtig Slalom schritt. »Na ja, eine Woche bleibe ich sicherlich«, schickte er eilig hinterher. Das schien der Dame zu genügen. Sie betätigte irgendwo außerhalb des Sichtfeldes eine Klingel. »Gleich wird Ihnen jemand Ihre Zimmer zeigen. Einen kleinen Augenblick bitte.« Dann eilte sie rasch zu einem klingelnden Telefon. Herbies Platz an der Rezeption wurde von einer hektischen Dame mittleren Alters mit akkurater Hochsteckfrisur eingenommen, die ihn augenzwinkernd mit »Hallöchen« begrüßte und sich dann mit wilder Gebärdensprache an die telefonierende Empfangsdame wandte. Eine Teilnehmerin eines Kongresses, wie sich wenige Sekunden später herausstellte, die mitteilen wollte, daß »der Coffeebreak sich roundabout ein viertel bis halbes Stündelchen verzögern würde«.

Herbie bummelte zu Julius hinüber und machte rasch ein paar nutzlose Versuche, seine verstaubten Schuhe durch Scheuern an den Hosenbeinen ein wenig zu säubern. Dann folgten seine Augen Julius Blick auf den kleinen Glastisch und blieben an der Titelzeile des Lokalteils einer Tageszeitung haften.

›Tragischer Unfall im Steinbruch‹

Er erkannte Rosi auf der Stelle. Das Foto war untypisch ernst und hätte locker von ihrer Erstkommunion sein können, aber trotz allem waren das Rosis strahlende Augen, die ihm druckschwarz entgegenblickten. Hastig griff er nach dem Blatt und überflog den Untertitel: ›Junge Frau aus Buchscheid kam beim Sturz im Steinbruch ums Leben‹. Er schickte sich gerade an, in den Kleintext einzusteigen, als sich jemand neben ihm vernehmlich räusperte.

Herbie blickte auf und mußte den Blick noch höher richten. Die junge Frau maß sicherlich einen Meter neunzig. Sie hatte schulterlanges braunes Haar mit einer Dauerwelle, bei der das Wort *durchgeschlagen* eine ganz neue Bedeutung gewann. Rechts und links einer furchterregend krummen und klobigen Nase blickten ihn zwei Augen treuherzig an, deren Sanftmut nicht über eines hinwegtäuschen konnten: Die junge Frau, der Livree nach eine Angestellte des Hauses, war über alle Maßen häßlicher als alle anderen Menschen, denen Herbie in seinem bisherigen Leben begegnet war. »Guten Tag. Darf ich Sie zu Ihrem Zimmer bringen?« kam es überraschend wohlklingend irgendwo aus dieser bedauernswerten Anhäufung von Muttermalen und Akne.

»Äh, natürlich ... gerne«, stammelte Herbie und ließ die Zeitung sinken. Er griff mechanisch nach seinem Koffer, den die junge Dame aber bereits in ihrer Rechten trug. Sie bedeutete ihm, ihr zum Aufzug zu folgen. »Es ist im dritten Stock.« An die Rezeption gewandt erklärte sie im Vorbeigehen: »Der Axel ist in fünf Minuten wieder da.«

Kaum zu glauben. Irgendwo in den Tiefen der Eifelwälder laboriert ein später Nachfahre des legendären Doktor Frankenstein. Sieh nur, mein alter Knabe! Da vorne vor uns, da trampelt gerade der lebendige Beweis für meine Theorie durch die Halle.

Dann betraten sie zu dritt den engen Fahrstuhl. »Ich mache nur aushilfsweise Dienst in der Halle, weil der Axel mal eben weg mußte. Sonst bin ich eigentlich eher hinter den Kulissen«, erklärte die junge Frau schief lächelnd.

Das wundert mich nicht im mindesten. Eine echte Medusa! Weitere fünf Minuten dieser Anblick, und wir werden noch hier im Lift zu Stein erstarren!

Herbie vernahm Julius' Nörgeleien nur mit halbem Ohr. Seine Gedanken schwirrten um die Schlagzeile des ›Kölner Stadt Anzeiger‹. Er dachte an Rosi und ihre letzte Begegnung. Er erinnerte sich an einen Karnevalsball in der Schule, auf dem er einen der schnell durchzunumerierenden Küsse seines Lebens von ihr erhalten hatte. Und er dachte an Richard, der seine Rosi jetzt doch nicht mehr hatte sehen können.

Der Lift hatte die dritte Etage erreicht, und sie schritten einen schummrig beleuchteten Flur entlang, in dem ein flauschiger, blaßroter Teppichboden verhinderte, daß auch nur ein einziges Absatzklappern von ihnen zu hören war.

Im Zimmer 317 setzte die junge Frau den knallgelben Koffer ab, von dem Julius bei anderer Gelegenheit einmal vermutet hatte, daß er im Dunkeln leuchte.

Gedankenverloren drückte Herbie ihr ein paar Münzen in die Hand und schloß hinter ihr die Türe.

Die Aussicht war gigantisch. Gleißendes Sonnenlicht beschien die farbenfrohe Kulisse des herbstlichen Eifelwaldes zu ihren Füßen. Feurig schickte das rote und gelbe Laub einen herbstlichen Schein zu ihnen herauf, der auch in weiter Entfernung, über den sanft geschwungenen Kuppen der Berge, nicht an Intensität verlor. Der Aremberg ragte imposant aus dem Flammenmeer empor. Talwärts und in großer Entfernung entdeckte Herbie ein paar Häuser. Das mußte Buchscheid sein.

Buchscheid, in dem Rosi gelebt hatte.

Herbie versuchte, sich daran zu erinnern, wo dieser Steinbruch gewesen war, in dem es passiert sein mußte.

Ich bin gespannt, wie der Rest des Personals beschaffen ist. Vielleicht wird uns ja bei Tisch ein Buckliger servieren. Würde mich nicht wundern, wenn die ihr Personal saisonweise an die Geisterbahn vermieten.

»Was interessiert mich deren Personal? Du hast doch auch die Zeitung gelesen, stimmt's? Gib's ruhig zu!«

Gewiß. Eine tragische Geschichte, aber ich möchte deine geschätzte Aufmerksamkeit doch noch einmal für einen kurzen Augenblick auf unser Tausendschönchen von vorhin lenken.

»Was ist mit ihr? Sie ist häßlich, na und? Ich habe nicht vor, mit ihr ins Kino zu gehen.«

Trotzdem …

»Rosi ist tot, verstehst du? Sie telefoniert mit Richard, er kommt nach Hause, und sie ist tot. Sieht so aus, als habe das Schicksal unbedingt verhindern wollen, daß die beiden aufeinandertreffen.«

Sicherlich, sie ist häßlich wie die Nacht, aber hättest du für einen

Moment deinen Blick einmal woanders hingelenkt als beständig auf ihren abstrakten Riecher …

»Das Schicksal oder vielleicht irgendwer anders?«

Ihre Hände.

»Ich muß diesen Artikel lesen, Julius. Unbedingt! Vielleicht enthält er was Genaueres. Erst räum ich mein Zeug aus, dann mache ich mich frisch … das tut man doch nach der Anreise, oder?«

Ihre Hände, wie ich bereits sagte. Und auch die Unterarme.

»Und dann gehe ich in die Halle und hole mir diesen … Was ist denn mit ihren Händen, zum Teufel? Sind sie angenäht? Würde mich nicht wundern, wenn Reißverschlüsse dran wären, so, wie in den alten Boris-Karloff-Filmen.«

Kratzer, mein Teuerster. Lange, kurze, blutverkrustete. Und Pflaster. Das ließe den Schluß zu, daß sie entweder in der Küche arbeitet und vor lauter Nase nicht sehen kann, wo sie gerade mit dem Fleischmesser rumfuhrwerkt, oder aber …

»Oder was?«

Das graue Telefon, das in einer Wandhalterung neben dem Kopfende des Betts befestigt war, sandte einen unmelodischen Piepton aus. Verunsichert blickte Herbie seinen Begleiter an. Dieser brachte mit gerunzelter Stirne und heruntergezogenen Mundwinkeln zum Ausdruck, daß er gleichfalls keinerlei Ahnung habe, wer das sein könnte. Dabei wußten sie es doch beide bereits.

»Ja, Tantchen«, sagte Herbie nervös nickend in den Hörer. »Nein, wir … ich bin gerade erst angekommen. Wir? Nein, nein … ein Versprecher, nichts sonst. Nein, habe ich noch nicht. Wie gesagt: ich bin gerade eben erst … ja, natürlich. Sofort!«

Viertes Kapitel

»So, der wäre also jetzt unter der Erde«, grummelte Pastor Rövenstrunck, als die Meßdiener abgezogen waren, und entzündete eine fette, billige Zigarre an der noch schwach glimmenden Glut in der Weihrauchampel. Er sog gierig an der graubraunen Kuppe der Tabakstange. Sein Mund schmiegte sich nuckelnd um das Ende, und seine Wangen wölbten sich bei jedem heftigen Saugen tief nach innen.

»Oller Raben-Päul. Jetzt bist du endgültig weg vom Fenster!« Und bei dem Gedanken daran, wann wohl die erste Krähe triumphierend auf das erbärmliche Holzkreuz schiß, das das Grab des alten Irren zierte, kam seine Atemtechnik für den Bruchteil einer Sekunde aus dem Gleichgewicht, und er hustete kräftig.

Durch die halb offenstehende Türe der Sakristei erkannte er Richard Kley, der, vom Friedhof kommend, den Kiesweg zur Straße entlangschritt. Wo hatte dieser Kerl bloß so rasch den dunklen Mantel aufgetrieben? Aber richtig, er war ja eigens zu dieser Beerdigung wieder zurückgekehrt.

Der Pastor streifte sich hastig das Gewand ab und warf es unachtsam über einen Stuhl. Er beeilte sich, die Sakristei zu verlassen und abzuschließen, um Richard noch zu erwischen.

»Richard, Momentchen noch«, rief er zwischen zwei Zigarrenzügen und drehte eilig den klobigen Schlüssel im alten Schloß der Sakristeitüre. »Warte einen Augenblick!«

Richard Kley blieb stehen und setzte einen halbwegs freundlichen Gesichtsausdruck auf, als er dem Pastor entgegensah, der auf kurzen Beinen geschäftig angewackelt kam.

»Ich dachte schon, du wärst längst wieder zu Hause.« Der Pastor spuckte ein Zigarrenbröckchen in den Kies und fuhr sich mit den wulstigen Fingern über die Lippen. »Warst noch in der Leichenhalle, stimmt's?«

Richard nickte zerknirscht und strich mit der Spitze seiner Schuhe sanft über ein Häuflein bunten Laubs auf dem Gehweg. »Als ich in Sydney abgeflogen bin, dachte ich noch, ich käme nur zu einer Beerdigung hierher. Heute ist alles anders.« In seine Stimme mischte sich ein zitternder Unterton.

»So geht das, mein Junge.« Er blickte Richard unverwandt in die Augen. »Hättest sie gerne wiedergesehen, was?« Eine Antwort wartete er nicht ab. Die beiden Männer setzten sich gleichzeitig in Bewegung. Der Kies knirschte unter ihren Ledersohlen.

»Den schwarzen Mantel hatte ich noch hier.« Richard schnüffelte an einem Ärmel. »Rosi hatte ihn im Schrank auf dem Speicher. Riecht scheußlich nach Mottenkugeln.«

Der Pastor blies eine Qualmwolke in die klare Herbstluft. »Die Rosi hat sich in den letzten Wochen sehr um den ollen Päul gekümmert, wußtest du das?«

»Hat sie mir am Telefon erzählt.«

»Der alte Knacker war nicht mehr ganz richtig in der Birne.« Rövenstrunck tippte vielsagend mit dem Zeigefinger an die Stirne. Zigarrenasche rieselte auf sein Kolarhemd. »All die Jahre da oben in seiner Hütte, das hat seine Gedanken ganz schön durcheinandergebracht. Und trotzdem: Er hat zwar viel Unfug gefaselt. Aber irgendwas war immer dran, wenn der alte Päul das Schandmaul aufgemacht hat.«

»Als ich ihn zuletzt gesehen habe, da ging's ihm noch ganz gut. Ich hatte immer den Eindruck, daß er ganz zufrieden da oben gehaust hat. Er hat mir immer gezeigt, wie man Elstern mit dem Luftgewehr kaltmacht, als ich noch klein war. ›Elstern‹, hat er immer gesagt, ›das ist ein echtes Drecksvolk. Die warten, bis andere sich den Arsch aufgerissen haben mit der Nestbauerei, und dann reißen sie sich den ganzen Kram unter den Nagel!‹ Genau das waren seine Worte.«

»Erst zweiundsechzig Jahre war der Sauhund alt. Ich hätte ihn älter geschätzt.«

»Ein richtiger Onkel war er eigentlich gar nicht. Nur irgendein Vetter zweiten Grades meiner Mutter. Aber immerhin der einzige Verwandte, den ich noch hatte.« Richard vergrub die Hände tief in den Taschen seines Mantels. Sie hatten die Treppe zur Hauptstraße erreicht. Pastor Rövenstrunck lehnte sich lässig und mit verschränkten Armen gegen das Bruchsteinmauerwerk der seitlichen Treppeneinfassung. »Erbst du was?«

»Kann schon sein. Ein paar Kröten wird er gespart haben. Hat ja sparsam gelebt da oben.«

»Ich meine von Rosi.«

»Klar. Wir waren ja noch verheiratet. Das Haus gehört jetzt mir. Aber sonst ... Wenn ich es verkaufe, kann ich den Kredit mit Anstand tilgen, und das war's. Dann geht's wieder ab nach Sydney.«

»Du willst wieder weg?«

»Mal ehrlich, Herr Pastor: Vorher gab es nichts, was mich hierher zurückzog. Jetzt ... jetzt gibt es überhaupt nichts mehr.« Dann schüttelte er dem Pastor wortlos die Hand und begann, die Steinstufen hinabzuschreiten. Der Priester blickte ihm lächelnd nach. »Nach Australien«, rief er ihm hinterher, »da wollte ich immer mal hin. Ist da jetzt nicht Sommer?«

Richard schickte ihm ein schweigendes Lächeln über die linke Schulter hinauf. Er winkte stumm.

»Bevor du abreist, Junge, sag mir Bescheid! Ich muß dir unbedingt noch ein Glas Vierfruchtmarmelade mitgeben! So was kriegst du da unten bestimmt nicht!« Und leise murmelte er: »Noch ein Grund, nach Australien zu gehen.«

*

Es gab Tulpen in den verschiedensten Farben und Techniken. Es gab Treppen und Wolken in Öl, Kreide oder ausgeschnitten aus buntlackiertem Kunststoff. Und es gab nackte Frauenkörper, die, mit Farbe bepinselt, als lebende Stempel benutzt, über überdimensionale Leinwände gekullert worden waren. Dieser Künstler Kruse aus Floisdorf schien ein sinnenfroher Mensch mit einem unerschütterlichen Hang zu weiblichen Rundungen und kraftvollen Farbnuancen zu sein, nur eines war er mit Sicherheit nicht: Ein Maler, der auch nur annähernd den Hauch einer Chance hatte, jemals eines seiner Werke in

Tante Hettis Villa zwischen ›Münstereifel im Schnee‹ und diversen Jagdszenen unterbringen zu können.

Hat sich deine Tante zu dieser Ausstellung geäußert? Julius betrachtete versonnen ein paar der der Erdanziehung besonders stark ausgelieferten Brüste auf grob strukturiertem, vornehmlich blauem Untergrund.

Herbie verneinte. »Ich glaube nicht, daß sie überhaupt eines dieser Bilder wahrgenommen hat. Du kennst sie. Die Gesellschaft ist ihr wichtiger als der Anlaß.«

Sie befanden sich in einem geräumigen Foyer, das von einem rückseits des Gebäudes angebrachten zweiten Eingang Zutritt zu einem Veranstaltungsraum bot, aus dem in diesem Moment laute Stimmen ertönten. Es schien sich hinter der verschlossenen zweiflügeligen Türe allerdings nicht um eines der anscheinend pausenlos stattfindenden Seminare, sondern vielmehr um eine Probe zu irgendeiner Bühnendarbietung zu handeln.

Es war bereits später Nachmittag. Herbie hatte am Mittag in dem sehr mondän eingerichteten hauseigenen Restaurant eine mehrgängige, wenngleich ziemlich übersichtliche Mahlzeit zu sich genommen, eine ganze Weile mit der Reihenfolge der zu benutzenden Bestecke gekämpft und sich permanent die geringschätzigen Blicke Julius' und sein bedauerndes Kopfschütteln eingehandelt. »Julius«, hatte er vor dem Dessert gezischt, »ich weiß, daß du das natürlich alles viiiel versierter hinkriegen würdest als ich, aber deine kritische Überwachungsnummer trägt nicht gerade dazu bei, daß ich es besser mache!«

Der Kellner hatte Herbie tuscheln sehen und versäumte es nicht, seinen Kollegen mit einem Stoß in die Rippen und einem vielsagenden Wink des Kopfes auf den eigenartigen Neuankömmling hinzuweisen. Bei der Weinbestellung hatte Herbie nichts dem Zufall überlassen und, angesichts der Tatsache, daß Tante Hettis Konto strapazierfähig war und es seinem Ansehen in diesem Hause eigentlich nur nutzen konnte, zielsicher das teuerste Getränk der Karte geordert.

Und schlecht hatte das Tröpfchen dann auch nicht mal geschmeckt.

Wenn deine Tante die Rechnung serviert bekommt, solltest du dafür sorgen, daß du dich im Ausland befindest. Oder du läßt dich umtaufen und ziehst in die neuen Bundesländer. Wie wär's mit Hans-Bert Lohse? Julius prustete albern.

»Wenn ich erst mal diese Misttöle Bärbelchen wiedergefunden habe, wird meine Tante mir die Füße küssen.«

WENN du sie wiedergefunden hast!

Später dann hatte er begonnen, das Gelände zu inspizieren. Zweimal war ihm die überdrehte Kongreßdame über den Weg gelaufen, hatte, hektisch mit den Augen zwinkernd, gegrüßt und war hinter irgendwelchen Türen verschunden, hinter denen sie sofort wieder verwirrt auftauchte, um dann die nächstbeste auszuprobieren.

Der Tatort! Nur gut, lieber Holmes, daß nicht eine Armee vertrottelter Polizisten mit ihren Quadratlatschen alle Spuren vernichtet und alle Indizien zermalmt hat! Traurig allerdings, daß diese Aufgabe von einem Heer kunstliebender Schnösel übernommen wurde. Hier wird sich kaum noch etwas finden lassen.

Herbie sah sich in dem Ausstellungsraum um. »Das mach ich schon! Hier also ist dieses Vieh abhanden gekommen.« Er ging zu der gläsernen Ausgangsfront und warf einen Blick hinaus. Sie selber hatten den Raum durch einen Zugang vom Restaurant aus betreten. Hinter dem Gebäude bot sich beinahe der gleiche Ausblick wie aus Herbies Zimmerfenster. Nur aus einer anderen Perspektive. Die buntbelaubten Buchen erlaubten keine Fernsicht. Die Gartenanlagen, die über eine breite Treppe von der großzügigen Terrasse aus zu erreichen waren, lagen weitläufig vor ihnen, ließen jeden Schnickschnack wie Blumenrabatten und Springbrunnen oder ähnliches Zeugs vermissen und waren herbstlich ungeordnet, ohne verödet zu wirken. Ein paar schlichte Steinbänke hie und da waren das einzige, was an Zierat zu finden war.

Herbie wandte sich um. Er versuchte, sich den Raum vorzustellen, wie er während der Vernissage ausgesehen haben mochte. Tante Hetti hatte etwas von hundert Personen gesagt. Das würde bedeuten, daß der Raum restlos überfüllt war. »Dazu die Kellner und die Dienstmädchen. Kein Wunder, daß so ein Köter unbemerkt verschwinden kann.«

Hat sie ihn denn nicht, wie üblich, auf dem Arm gehabt? Der lief doch Gefahr, totgetrampelt zu werden. Schließlich ist er kein Neufundländer.

»Auch eine Möglichkeit!« Herbie fuchtelte bedeutungsschwanger mit dem Zeigefinger in der Luft herum. »Vielleicht hat ihn jemand plattgesessen.«

Es gab sicherlich keine Bestuhlung, wenn sich hier hundert Leute getummelt haben.

Nebenan wurde erneut Tumult laut. Jemand rief zornig einen Namen durch den Raum. »Haffner!« schallte es durch die Türe, an der ein Schwarzweißplakat eine Aufführung von Dürrenmatts ›Die Physiker‹ ankündigte.

Herbie öffnete die großflügelige Glastüre nach draußen. Kalte, klare Herbstluft strömte herein. Sie traten auf die Terrasse hinaus.

»Der einzige Weg, wenn du mich fragst. Und der einfachste zugleich. Mit Sicherheit ist Bärbelchen hier rausgeschmuggelt worden.«

Dann den Gartenpfad hinunter, durch den Wald, zu dem Auto, das mit laufendem Motor wartet, und ab in die Fleischerei und hinein in die Wurst.

»Klingt zu schön, um wahr zu sein. Hat nur einen Schönheitsfehler, Julius: So gerne ich diese linke Bazille von Pudel auch ins Kühlregal wünsche, so sehr ängstigt mich aber auch der Gedanke daran, was Tante Hetti mit mir anstellt, wenn das Vieh erst wieder auf ihrem Frühstücksbrot auftaucht.«

In diesem Moment wäre die Verarbeitung zu Wurst für dich dann wahrscheinlich eine vergleichsweise tröstliche Vorstellung.

»Du sagst es.«

Herbie begann, die Treppe zu inspizieren.

Was hoffst du, da zu finden?

Herbie antwortete nicht. Hoch über ihnen krähten ein paar

schwarzgefiederte Vögel durch die Luft. Mangels ornithologischer Grundkenntnisse war ihnen eine Identifizierung unmöglich. Herbie fegte ein wenig Laub mit den Füßen umher und schlenderte, anscheinend gedankenverloren, mit gesenktem Blick umher.

Er erhaschte durch ein kleines Fenster einen Blick in den großen Saal. Eine Gruppe junger Leute turnte dort auf und vor der Bühne umher. Anscheinend war man im Begriff, ein Theaterstück einzustudieren. Ein dicker junger Mann mit rötlichem Kinnbart mühte sich auf der Bühne ab und deklamierte einen Text, mit dem er offensichtlich sein Gegenüber, eine junge Dame mit schulterlangem blondem Haar, beeindrucken wollte. Vor dem Bühnenpodest sprang entnervt ein anderer Bursche mit fliehendem Haaransatz und Schnurrbart herum, wedelte mit einem kleinen roten Heft, das augenscheinlich den Theatertext enthielt, und herrschte unentwegt einen bebrillten Schauspieler an, der hinter den anderen herumhampelte, aber offensichtlich dort nichts zu suchen hatte. »Haffner!« drang es leise aus dem Inneren des Hauses.

Herbie wandte sich wieder der Treppe zu. »Oho!«

Julius wandte sich seinem Begleiter zu. Herbie hatte mittlerweile eine hockende Haltung auf den Treppenstufen eingenommen und fingerte im Laub herum.

Triumphierend fischte er etwas hervor, das Julius nicht erkennen konnte. Über seine Wangen huschte eine erhebende Mischung aus Überraschung und Stolz. Er hielt den kleinen Gegenstand in die Höhe, und seine Umrisse zeichneten sich scharf gegen den sich mittlerweile verdunkelnden Nachmittagshimmel ab. Was Herbie da zwischen Daumen und Zeigefinger hin und her drehte, war ein Hundekuchen.

Steck ihn in ein Tütchen, damit keine Fingerabdrücke verwischt werden, und dann müssen wir unbedingt herausfinden, wo dieser Kuchen hergestellt wurde, und wer ihn wo und wann gekauft hat. Der Rest ist ein Kinderspiel.

»Gib zu, daß es sich hier um ein wichtiges Indiz handelt!«

Könnte sein. Julius gab sich betont gelassen. *Um noch einmal auf die Kratzer auf den Händen zurückzukommen …*

»Was ist mit denen?«

Die junge Dame, oder wie immer man diese Kreatur bezeichnen will, biegt dort gerade um die Hausecke.

Die Dämmerung brach langsam herein. Die Hausecke, von der Julius sprach, befand sich bereits im langen Schatten des hohen Buchenwaldes. Als er die Bedienstete entdeckte, die sich ihrerseits rückwärts schleichend um besagte Hausecke tastete, ging Herbie instinktiv in Deckung. Nur das Laub raschelte leise, als er sich hinter dem steinernen Podest bückte, das am Fuße der Treppe eine riesenhafte, jetzt unbepflanzte Blumenschale trug.

Die junge Frau, die er jetzt vorsichtig um die Ecke des Podests herum observierte, zuckte zusammen, als aus dem Veranstaltungsraum erneuter Lärm ertönte. Rasch schlich sie die Hauswand entlang zu einer kleinen Türe, die zwei Stufen unterhalb der Terrassenebene in die Mauer eingelassen war. Das verhielt sich bei ihrer Gestalt so unauffällig wie eine Giraffe im Streichelzoo.

Julius hatte sich unterdessen zwanglos auf dem Podest niedergelassen und baumelte ungeniert mit den Beinen.

Leise wurde ein zaghaftes Klopfen hörbar. Sie gab offensichtlich jemandem ein Zeichen, der hinter der Türe wartete. Im nächsten Moment öffnete sich die dunkelgrün gestrichene Holztüre, und irgend jemand, den Herbie von seiner Position aus nicht erkennen konnte, reichte ihr eine gefüllte Aldi-Tüte heraus. Wenige Augenblicke später wurde die Türe wieder verschlossen, und die junge Frau begann, hastige Blicke nach rechts und links werfend, einen zügigen Sprint über den Rasen.

Wenn das keine Spur ist! Schluck deinen Hundekuchen runter, und häng dich dran, Teuerster!

Herbie tat wie ihm geheißen. Bis auf den Hundekuchen. Als sie im Schutz der ersten Bäume verschwunden war, lief er in gebückter Haltung hinterher. Er war neugierig, was die junge Frau da durch die Landschaft schleppte, wo es doch offensichtlich brisant genug war, daß niemand es zu sehen bekommen durfte.

Wie ich bereits sagte. Aus dem Haus, über die Wiese, in die Wälder … hörte Herbie Julius hinter sich.

»Laß es nicht der Fleischereiwagen sein, bitte, bitte!« keuchte Herbie, als er die erste Baumgruppe erreicht hatte. Weiter vorne machte er die Gestalt der jungen Frau aus, die über eine Lichtung fegte. Glücklicherweise war ihr Laufschritt dermaßen ungelenk und geräuschvoll, daß sie nicht Gefahr liefen, sie aus den Augen zu verlieren, selbst wenn sie in gemessenem Abstand folgten.

Sie lief nun ein wenig den Berg hinan, und Herbie kam ins Schwitzen. Ihre Beine waren länger, und er war schon zu Schulzeiten stets derjenige gewesen, der wie ein nasser Sack die Tartanbahn entlangkroch, wenn ihm die anderen seiner Klasse bereits wieder fröhlich winkend entgegengelaufen kamen.

Wenige Minuten später ließen sie das ausgedehnte Waldstück hinter sich, und die Jagd führte sie aufs freie Feld hinaus. Sie folgten nun einem schmalen, asphaltierten Wirtschaftsweg. Die ungehinderte Weitsicht veranlaßte Herbie, den Abstand zu vergrößern. Die junge Frau allerdings glaubte sich nun ihrerseits unbeobachtet und dachte gar nicht mehr daran, sich umzuschauen. Der Feldweg führte geradewegs auf eine Kuppe zu, hinter der Herbie das Tal vermutete, das nach Buchscheid hinunterführte. Dann machte sie eine scharfe Biegung und lief im rechten Winkel weiter, parallel zum Talverlauf in Richtung Osten.

Und plötzlich wußte Herbie, wo sie sich befanden.

Keuchend erreichte er das Schild, das sich in der Biegung des Weges scharf gegen den rötlich werdenden Himmel abzeichnete.

Du verlierst sie aus dem Blickfeld! Sie ist bereits da hinten hinter den Büschen verschwunden.

»Ich weiß, ich weiß«, murmelte Herbie abwesend.

Nur gut, daß das hier nicht ›French Connection‹ ist und du keinem Drogendealer auf den Fersen bist. Dank deiner tatkräftigen Mithilfe wäre Europa bald fest in den Händen des Medellin-Kartells.

Herbie entzifferte auf dem verwitterten Schild die letzten Buchstaben, die der Rost noch nicht weggefressen hatte: ›Betreten verboten! Das Betreten des Steinbruchs … eigene Gefahr … Zuwiderhandlungen …‹ Zaghaft kletterte er über den kniehoch am Boden niedergetrampelten Zaun aus Maschendraht.

Gottlob handelt es sich ja nur um das abgöttisch geliebte Schoßhündchen deiner eiskalten, unberechenbaren und rachsüchtigen Tante. Wenn du mich fragst, wärst du mit der Drogenmafia besser bedient. Brummelnd folgte ihm Julius auf die wildbewachsene Anhöhe.

Dann sahen sie ihn. Richard stand auf einem Stück vorspringenden Fels und hatte den Blick starr in die Tiefe gerichtet. Als sie näher kamen, fuhr er erschrocken herum. Ein paar Steinchen prasselten den Abgrund hinunter. Er hatte Herbie nicht kommen hören und trat rasch ein paar Schritte vom Abgrund zurück. »Hallo, Herbie«, sagte er tonlos. Richard sah schlecht aus. Ein unrasiertes Gesicht, durchzogen von düsteren Schatten der Verzweiflung, blickte Herbie fragend an und signalisierte desinteressierte Verwunderung über ihr Treffen an diesem ungewöhnlichen Ort.

Herbie trat zögernd näher. Er hatte Angst, nicht die richtigen Worte finden zu können. Was sagte man in so einer Situation? Bezeugte man sein Beileid? Tat man so, als sei überhaupt nichts geschehen, als habe nie eine Rosemarie Kley existiert? Rosi … Wer? Und was machst du hier an diesem Steinbruch?

Richard nahm ihm die Entscheidung ab. Er holte die Rechte aus den Tiefen seines Trenchcoats hervor und wies in die Tiefe. »Da unten …«

Herbie trat näher an den Abgrund und riskierte einen Blick hinunter. Ihm schwindelte auf der Stelle. Wenige Zentimeter von seinen Schuhspitzen entfernt ging es etwa fünfzehn Meter in die Tiefe. Erschrocken wich Herbie zurück. Julius schlenderte arglos auf den Abhang zu und beugte sich weit vor, um einen noch besseren Blick zu gewinnen. Das war für Herbie beinahe noch schlimmer. Andere am Rande eines Abgrunds zu beobachten war für ihn immer der Gipfel des Entsetzens gewesen. Sein Magen rebellierte auf der Stelle.

»Ich war heute morgen bei der Polizei. Sie haben mir Fotos gezeigt.« Richard kramte ein Päckchen Zigaretten hervor, steckte sich eine an und blies gedankenverloren den bläulichen Qualm in Richtung Sonnenuntergang. »Sie haben auch von hier oben fotografiert. Selbst wenn ich das vergessen wollte, was ich dort gesehen habe, ich könnte es nicht. Ich habe die Stelle sofort gefunden, von wo sie das Foto gemacht haben. Genau hier.«

Herbie trat an seine Seite und vermied es, näher als drei Schritte an den Abhang heranzukommen.

»Sie hat ganz komisch dagelegen. Irgendwie gar nicht so, wie man das aus Filmen kennt, oder so. Ein Wandererpärchen aus dem Ruhrgebiet hat sie gefunden.«

»Sie lag komisch da?«

»Na ja, nicht mit abgewinkelten Armen und Beinen, sondern eher so zusammengekrümmt. Sie muß die letzten paar Meter gerollt sein, siehst du, da unten ist eine kleine Böschung. Auf die muß sie zuerst …« Seine Stimme bekam einen kieksigen Tonfall, und er verstummte. Er zog an seiner Zigarette und inhalierte tief.

Schade, daß so etwas gerade hier passiert. So ein idyllisches Fleckchen. Erinnert ein bißchen an Caspar David Friedrich, findest du nicht? Julius seufzte schmachtend. Herbie fand, daß dies keineswegs der rechte Zeitpunkt für seine Späßchen war. Es handelte sich jedoch in der Tat um eine bemerkenswert schöne Landschaft, auf die sie hinabblickten. Der sanft ansteigende gegenüberliegende Hang war bereits von abendlichem Halbdunkel bedeckt. Nur hie und da warf noch ein alter Obstbaum mit seinem wirren Geäst bizarre Schatten auf die bucklige Wiese. Von ihrem Platz aus war der kleine Bachlauf in der Mitte des Tales nur zu erahnen, aber Herbie erinnerte sich an ein paar Gelegenheiten, bei denen er zu Besuch in Buchscheid gewesen war und an wilden Wasserspielen teilgenommen hatte. Unten, in der Schlucht des ehemaligen Grauwackebruchs, störte sporadisch abgekippter Zivilisationsmüll die Idylle erheblich. Er erkannte ein paar alte Autoreifen, halbüberwucherte Farbeimer und das rostige Innenleben einer Matratze. Im Geäst eines schiefgewachsenen Ahorns flatterte glitzernd ein Stück Band aus einer Musikcassette. Hinter einer Anhäufung von Grauwackeschutt erspähte er die Überreste eines kleinen Feuers. Über die ganze Fläche des alten Steinbruchs hatte die Natur zaghaft, aber stetig wieder die Herrschaft errungen. Schlinggewächse tasteten sich gemächlich an den nackten Felsen empor, und Brennesseln sprossen aus dem Gerümpel. Und mitten in dieser Szenerie gab es eine kahle Stelle, auf der nichts wuchs außer störrischem Gras, über das der Herbstwind strich. Und genau an dieser Stelle schien Rosis Leiche gelegen zu haben.

»Ist sie öfter hier spazierengegangen? Ich meine: früher, als ihr beide noch zusammen wart.«

Richard kniff nachdenklich die Mundwinkel zusammen. »Nein, praktisch nie. Ist ja eine ganz schöne Strecke, zu Fuß bis hierher.«

»Merkwürdig, nicht?«

»Hab ich auch schon überlegt. Wenn ja irgendwo in der Nähe ihr Auto gestanden hätte oder wenigstens ihr Fahrrad.« Er erhob beschwörend die Hände zum Himmel. »Aber das ändert ja alles überhaupt nichts an dieser gottverdammten Tatsache, daß sie gestern da unten gelegen hat. Sie ist tot! Scheißegal, *wie* sie hierhergekommen ist. Genauso egal, *warum* sie hierhergekommen ist. Rosi ist tot, und all dieses ›warum‹ und ›weshalb‹ macht sie kein bißchen lebendiger!« Er schrie die Worte voller Verzweiflung über das Tal hinaus und sackte entkräftet in sich zusammen.

»Du hast natürlich recht. Lebendig wird sie dadurch bestimmt nicht wieder. Aber diese Fragen drängen sich doch auf, oder?« Herbie wagte wieder einen zaghaften Blick in die Tiefe des Steinbruchs. »Und vielleicht findest du ja irgend etwas heraus, wenn du ihnen nachgehst ...«

Richard wandte mit einem Ruck den Kopf zu ihm um. Sein Profil zeichnete sich scharf gegen das rötliche Licht des Abendhimmels ab. »Irgend etwas?«

»Nun ja. Mal angenommen, Rosi ist überhaupt nicht aus Versehen hier hinuntergestürzt.«

»Quatsch!« fuhr Richard ihn an. »Wir haben miteinander telefoniert. Sie freute sich auf unser Wiedersehen! Da geht sie doch nicht kurz vorher hin und ...«

»Es gäbe da noch eine andere Möglichkeit.« Herbie sah ihn einen Moment lang schweigend an und überlegte fieberhaft, wie er seinen Gedanken Ausdruck verleihen konnte, ohne daß Richard ihn gleich als Spinner abstempeln würde. »Nimm doch mal an, sie war gar nicht alleine hier. Und dann nimm mal des weiteren an, jemand hat ... nun ja ... bei ihrem Sturz nachgeholfen.«

»Du meinst ... Mord?« Richard blickte ihn mit einer Mischung aus amüsierter Verwunderung und ernsthaftem Zweifel an dem eigenen Gehör an.

Herbie zuckte verlegen mit den Schultern und wedelte mit den Händen. »Nun, ich denke, man sollte ruhig auch so was in Betracht ziehen. Hast du noch nie daran gedacht?«

Richards Gesicht verzog sich zu Herbies Verwunderung zu einem breiten Grinsen. »Ach, Herbie!« Er legte mit einer jovialen Geste den Arm um ihn, und seine Stimme bekam mit einem Mal eine Färbung, die Herbie stark an vergangene Schulzeiten erinnerte. Er hatte sie schon damals gehaßt, diese herablassende Art, mit der ihn Richard immer behandelt hatte. Es war kein verächtliches Herabschauen, sondern vielmehr eine penetrante Art falscher Gütigkeit, die die Grenze zwischen dem Gewinner und dem Verlierer viel deutlicher zog als jeder Spott und jede Anzüglichkeit. Er hatte diesen Richard Kley zwar bewundert, wie man eben jemanden bewundert, der es schafft, ein Glas Kölsch im Kopfstand in sich hineinzuschlürfen, ohne sich zu bekleckern, aber sie waren keine wirklichen Freunde gewesen. Nein, wirklich nicht.

»Wenn du mal nüchtern überlegst, wird dir niemand einfallen, der Rosi etwas Böses wollte. Ich meine, wir haben sie doch beide gekannt. Gut, ich weiß nicht, was in den vergangenen zwei Jahren geschehen ist, aber es bleibt, wie es ist: Sie war eine Seele von Mensch. Manchmal war sie einfach zu gut.« Er stockte. »Und deshalb rate ich dir: Spinn nicht rum, und suche hier nicht irgendwelche Geheimnisse, wo es keine gibt. Mag sein, daß dies ein ungewöhnlicher Ort zum Sterben ist, aber wer weiß, was sie hergetrieben hat.«

Der rote Sonnenball berührte die milchigen Konturen der Eifelhügel im Westen. Herbie schauderte ein wenig. Es wurde kühl.

»Aber es ist doch merkwürdig, daß sie ausgerechnet jetzt starb. Kurz bevor ihr euch wiedertreffen wolltet. Hat sie vielleicht irgend etwas erwähnt am Telefon? Irgend etwas, was ihr wichtig erschien. Eine Neuigkeit.«

Richard lachte. »Von meinem Onkel hat sie erzählt. Von seiner Drecksbude da hinten. Sie nannten ihn hier alle Raben-Päul, weil er einen echten Tick hatte. Der und seine Raben. Krähen, Elstern und all so was. Sie hat ihn oft besucht, bevor es mit ihm zu Ende ging.« Sein Finger wies in eine unbestimmte Richtung feldeinwärts. »Von seinem jämmerlichen Tod und von seinen letzten Tagen hat sie mir erzählt. Nichts Bemerkenswertes, nein, wirklich nicht.«

»Dein Onkel? Vielleicht war da irgend etwas ...« Richard packte ihn bei den Schultern. »Hör mir mal gut zu, Herbert Feldmann!« Sein Gesicht rötete sich, und Herbie konnte nicht sagen, ob es der Zorn oder der Widerschein des Abendrots war, der sich darin spiegelte. »Kannst du dir auch nur andeutungsweise vorstellen, wie ich mich fühle? Ich habe gerade meine Frau verloren! Meine Frau, die ich zwei Jahre lang nicht gesprochen habe und die ich noch einmal wiederzusehen gehofft hatte. Das letzte, was ich jetzt hören will, sind irgendwelche idiotischen Phantastereien, in denen es um Mord und Totschlag geht! Ich weiß nicht, was dich dazu bringt, dir solche Dinge auszudenken. Vielleicht hast du ja Langeweile, oder es hängt mit deinem komischen Julius zusammen, der dir was ins Ohr flüstert, was weiß ich? Ich weiß nur, daß ich heute morgen mit der Polizei gesprochen habe, daß mich jeder aus dem Dorf anspricht, dem ich über den Weg laufe, und daß ich nachher noch das außerordentliche Vergnügen habe, mit Rosis Mutter, die aus Berlin anreist, über die vergangenen zwei Jahre und Rosis Tod zu palavern. Und keiner – ich betone – keiner sagt etwas von Mord oder so!«

Julius trat an Herbies Seite und murmelte: *Abgesehen davon, daß mir das Adjektiv ›komisch‹ im Zusammenhang mit der Nennung meines Namens mißfällt, gebe ich dem jungen Mann recht: Dies ist nicht der rechte Zeitpunkt, mit ihm etwaige Unregelmäßigkeiten bezüglich Rosis Ableben zu diskutieren.*

Herbie hob beschwichtigend die Hände. »Schon gut, schon gut. Es war nur so eine Idee. Ich wollte dich nicht beunruhigen.«

Richards Stimme verlor an Schärfe, und er sagte leise: »Du beunruhigst mich nicht. Mir geht nur alles furchtbar auf die Nerven.« Dann schnippte er seinen Zigarettenstummel in Richtung Abgrund. Er taumelte in die Tiefe und war schon bald nur noch als Punkt und schließlich gar nicht mehr zu erkennen. In der Tiefe des Steinbruchs war es dunkel geworden.

»Laß mich alleine!« brummte Richard und vergrub wieder seine Hände in den Taschen. »Laß mich noch einen Moment alleine, bevor ich meiner geliebten Schwiegermutter gegenübertreten muß!« Wortlos wandte er sich von Herbie ab und blickte wieder in die Ferne. Er erklärte das Gespräch für beendet. Herbie verließ ihn grußlos und trottete von dannen.

Ich ziehe meinen Hut vor dem dir angeborenen Taktgefühl. Der einzig richtige Weg, einem frischgebackenen Witwer sein Beileid zu versichern, wenn du mich fragst.

»Dich fragt aber keiner! Erspar mir deine Ironie!« Er blieb auf dem Feldweg stehen, blickte durch das den Weg säumende Schlehengestrüpp hindurch auf die im Halbdunkel verschwindenden Felder und überlegte für einen Augenblick, ob es ratsam war, der häßlichen Hotelbediensteten nachzuspüren. Er verwarf diesen Gedanken allerdings rasch wieder und machte sich auf den Rückweg zum Hotel.

Wenn du Lust dazu verspürst, darfst du mich in deine weiteren Pläne einweihen. Julius beugte sein bärtiges Mondgesicht neugierig über Herbies Schulter. *Wie wird es unserem Helden gelingen, die beiden spektakulären Kriminalfälle miteinander zu verquicken? Welches Rätsel wird er zuerst lösen? ›Der verschwundene Schoßhund‹ oder ›Das Rätsel des Mordes, der keiner war‹? Schalten Sie auch nächste Woche wieder ein, wenn es heißt: Herbie, hier spricht deine Tante Hetti! Wenn mein Hund nicht wieder auftaucht, verkaufe ich deinen Kadaver als Köder beim Haifischfang in Thailand.*

»Ich finde dieses vermaledeite Vieh schon! Morgen steige ich voll in die Ermittlungen ein, aber es wird ja wohl noch erlaubt sein, währenddessen über etwas anderes nachzudenken, oder?«

Fünftes Kapitel

Nach dem Abendessen, das aus ›Irgendwas an Irgendwas‹ und aus der zweiten Flaschenhälfte des teuersten Weins der Karte bestand, erwischte ihn der Anruf Tante Hettis auf dem Zimmer. Er hatte es sich gerade in der Badewanne bequem gemacht, als das Telefon besonders aggressiv fiepte.

»Ein neuer Brief!«

»Was für ein Brief? Ach so! Von den Entführern, nehme ich an.«

»Wo denkst du hin? Von einer Daily Talkshow, die mich

einladen will zum Thema: Ich werde meinen Enkel enterben!« Sie schwieg ein paar Sekunden und brüllte ins Telefon: »Natürlich ist dieser Brief von den Entführern! Sie wiederholen ihre Drohungen und haben das Datum der Geldübergabe angekündigt. Für übermorgen abend.«

Herbie schoß es durch den Kopf, daß ihm nunmehr nicht mehr viel Zeit blieb, die Spur aufzunehmen.

»Hör zu, Herbert! Ich habe einen Entschluß gefaßt: Du wirst noch diese Nacht im Hotel verbringen, aber morgen früh packst du deine Koffer und kehrst nach Hause zurück!«

»Wieso? Ich dachte ...«

Sie fuhr ihm harsch dazwischen: »Es hat keinen Zweck, daß du da oben herumlungerst und möglicherweise noch irgendwas vermasselst. Es war ein Fehler von mir, dich dorthin zu schicken. In zwei Tagen wird das Lösegeld übergeben, wie es diese Verbrecher anordnen, und ich habe mein geliebtes Bärbelchen wieder. Sollen sie doch damit glücklich werden! Immer noch besser, als das ganze Geld irgendwann dir zu vererben, wenn du mich fragst.«

Herbie rang nach Luft. Verzweifelt starrte er Julius an. Dieser zuckte ratlos die Schultern. Ruckartig erhob sich Herbie vom Sessel und begann, ruhelos, nur mit einem Badetuch umwickelt, im Hotelzimmer hin und her zu gehen. Er verhedderte sich mit dem nackten linken Fuß in der Schnur, strauchelte und riß das Telefon von dem kleinen Schreibtisch. Es klickte und rappelte in der Leitung, und er hatte einen Augenblick Zeit, sich einen Ausweg aus dem drohenden Dilemma zu überlegen.

»Bist du noch dran, Tantchen?« Sie bellte ihm irgend etwas Unverständliches entgegen. »Ist dieser Brief wieder von Hand eingeworfen worden, oder kam er vielleicht diesmal per Post?«

»Ich bewache Tag und Nacht wie ein Adler die Einfahrt und den Briefkasten. Das wissen diese Unmenschen. Er kam diesmal per Post. Wieso?«

»Das habe ich mir gedacht!« Herbie bemühte sich, diesem

belanglosen Satz eine gehörige Portion Wichtigkeit zu verleihen. »Genau das habe ich mir gedacht! Wundert mich gar nicht.«

»Was faselst du da?«

Herbie war vor dem Spiegel angelangt und begann, sein nasses Haar mit einem Handtuch trockenzureiben. »Und es klebte eine Marke zu Eins Zehn drauf?«

»Natürlich, was denn sonst? Was soll der Unsinn? Und was hantierst du da mit dem Hörer rum?«

»Ich ... ich verbinde gerade meinen Kopf. Eine böse Verletzung, Tantchen. Ich wünschte, du könntest mich sehen!«

Julius wartete geduldig ab, welcher Unsinn noch über Herbies Lippen sprudeln würde. Sein Gesicht war ausdruckslos.

»Verletzung?«

»Ja, damit muß man rechnen, wenn man sich auf so ein Himmelfahrtskommando begibt. Das stecke ich locker weg, keine Sorge.«

»Verletzung? Himmelfahrtskommando? Herbert, ich frage dich eindringlich: Ist dieser seltsame *Ruprecht*, oder wie auch immer diese Phantasiegestalt heißen soll, wieder in deiner Nähe? Du hast doch keinen Rückfall oder so was?« Ihre Stimme überschlug sich. Um sich der fortwährenden Exorzismusversuche seiner Tante und ihres Rattenschwanzes von Psychiatern zu entledigen, ließ Herbie sie seit Jahren in dem Glauben, er sei von seinen Visionen, für die jedermann Julius hielt, geheilt.

»Nein, nein, keine Bange, Tantchen, mit mir ist alles in Ordnung«, beeilte sich Herbie zu sagen. »Nur diese Beule schmerzt. Ich bin eine Böschung hinuntergestürzt, als ich diese Kerle beobachtet habe. Diese Verbrecher, weißt du?« Er grinste Julius unsicher an. »Auf einem Parkplatz. Es ging um viel Geld, soviel habe ich gesehen. Viel Geld und viele Hunde.«

»Mehrere Hunde? War Bärbelchen auch dabei?« Tante Hettis Stimme klang dünn und kraftlos.

»Nein, die Hunde selber waren nicht da. Wo denkst du hin?

Das würde doch auffallen! Aber da waren diese Funksprüche. Die sind bestens organisiert. Eine Dognappermafia ist das!«

»Woher weißt du ...?«

»Würde mich nicht wundern, wenn die auch das Telefon abhören, oder so was. Wir müssen vorsichtig sein, Tantchen!«

»Oh Gott!« war alles, was seine schockierte Tante hervorbrachte. Er konnte förmlich sehen, wie sie entkräftet auf ihrem Chippendale-Telefonbänkchen zusammensank und den Hörer umklammert hielt.

»Ich hoffe, du hast nichts dagegen, daß ich noch etwas bleibe, Tante Hetti. Diese Kerle sind zu allem fähig! Irgendwelche Ausländer, soviel weiß ich bisher. Wenn ich noch mehr herausfinde, haben wir eine kleine Chance. Ansonsten bin ich der felsenfesten Überzeugung, daß sie mit deinem kleinen Hundchen kurzen Prozeß machen, sobald das Lösegeld ...« Er ließ das Ende des Satzes bedeutungsschwanger in der Luft hängen. Es kam keine Antwort aus dem Hörer.

»Also bleibe ich. Fein! Du wirst es nicht bereuen. Wie gesagt: Nicht zuviele Worte am Telefon!« Dann legte er ohne Abschiedsgruß den Hörer auf und sah Julius fassungslos vor Begeisterung an. »Sie hat's geglaubt. Sie hat es tatsächlich gefressen.« Während er sich trockenrubbelte, nestelte Julius an seiner Weste herum und murmelte: *Fragt sich nur, wie lange du den Schwindel aufrechterhalten kannst.*

»Nur bis übermorgen. Bevor das Lösegeld fließt, habe ich den Täter.« Und mit einem freundschaftlichen Seitenblick auf seinen Begleiter verbesserte er sich: »Haben *wir* den Täter!«

*

Frau Stoffels hatte das Abendbrot des Pastors abgeräumt. Er hatte lediglich eine Scheibe Schwarzbrot mit selbstgemachter Leberwurst vom Bauern Sierbach gegessen, und selbst darüber hatte er gemault. Sie seufzte, als sie die Lebensmittel in den Kühlschrank zurückräumte. Nicht daß sie die ewigen Meckereien des Pastors nicht gewöhnt war. »Zwei Dinge währen wirklich ewig«, pflegte sie immer zu sagen. »Das ewige Leben und das ewige Genörgel vom Herrn Pastor.« Wenn er mal keinen Grund mehr zu klagen hatte, da war sie sicher, dann würde er in der Grube liegen.

Sie trank einen Likör. Selbstgemachter Holunderaufgesetzter von Dreeßens Matthes seiner Frau. Das blutrote Getränk verbreitete sofort eine wohlige Wärme in ihrer Brust.

Was war bloß mit dem Pastor los?

Pastor Rövenstrunck war nervös in den letztzen Tagen. Sie wußte nicht so recht, woher das rühren konnte. Sie wurde das unbestimmte Gefühl nicht los, daß sein Stimmungstief auf irgendeine Weise mit dem Tod des alten Raben-Päul zusammenhängen könnte, denn gerade seit dem Tag, an dem der Alte den Pastor hatte rufen lassen, weil er das Gefühl hatte, daß es langsam den Berg hinab mit ihm ging, benahm sich der Pastor so eigenartig.

Sie strich mit ihrem schwieligen Zeigefinger über den Innenrand des Likörgläschens, um auch den letzten Tropfen des appetitlichen Getränks zu erhaschen. Genußvoll leckte sie den Finger ab, als Pastor Rövenstrunck in die Küche polterte. Er hielt in der Linken eine Handvoll Zettel und schwenkte mit der Rechten seine Lesebrille. »Diese Predigt kostet mich die letzten Nerven! Was soll ich dieser Familie zum Trost mit auf den Weg geben, den sie jetzt ohne dieses junge Geschöpf weitergehen soll? Ich sehe sie schon alle da sitzen. Mit rotgeheulten Augen, den tiefen Schmerz in den Herzen, und der Herr Pastor brabbelt irgendwas vom Ewigen Leben.« Er nahm der verwirrten Haushälterin die Flasche aus den Händen und setzte sie an den Hals. Frau Stoffels beobachtete seinen tanzenden Adamsapfel mit wachsendem Entsetzen. »Niemals habe ich so viel Angst vor einer Trauerfeier gehabt, das können Sie mir getrost glauben!« Er wischte sich den roten Likör aus den Mundwinkeln. »Da muß man erst so ein alter Furz werden ... Nee, halt, vor meiner allerersten Beerdigung hatte ich auch eine Mordsangst.« Seine Augen begannen zu leuchten, was Frau Stoffels auf den Likör zurückführte. »Ist auch prompt schiefgegangen damals! War mitten im Winter. Der Weihrauch war knapp, da habe ich Papierschnipsel druntergemengt, damit es noch zu ein paar Qualmwölkchen reichte. Prompt steht mitten auf dem Weg zum Grab, im dicksten Schnee, das ganze Weihrauchfäßchen in Brand! Muß rasend komisch ausgesehen haben, als ich es in die nächstbeste Schneewehe gehauen und mich dabei auf den Allerwertesten gesetzt habe.« Er lachte schnarrend und schickte nachdenklich hinterher: »Das war ganz am Anfang ... in Kleve. Und heute sitze ich hier in diesem Kaff. Liebes, gutes Stoffelchen, können Sie mir sagen, warum ich nicht am Niederrhein geblieben bin? Warum mußte ich bloß in die Eifel kommen? Haben Sie vielleicht eine Ahnung? Und jetzt kommen Sie mir bloß nicht mit Berufung oder ähnlichem mittleren Blödsinn!« Er kramte eine bedrohlich fette Zigarre hervor und entzündete augenblicklich ein Streichholz an der bläulichen Flamme des Gasherds, auf dem Frau Stoffels gerade Wasser für einen Tee aufbrühte.

»Nicht hier in der Küche!« unterbrach sie seinen Monolog. »Das war so ausgemacht.«

Er starrte sie mit zwischen den Lippen baumelnder Zigarre entgeistert an und polterte mit einem Mal los: »So! Nicht in der Küche, was? Da sage noch mal einer in meinem Beisein, die Niederrheiner seien stur! Die Eifeler ... ja genau, die Eifeler, das kann ich Ihnen sagen, sind das sturste Pack, das mir in meinem ganzen Leben begegnet ist!« Ruckartig riß er sich die Zigarre aus dem Mund, machte auf den Absätzen kehrt und rief im Hinausgehen: »Dann werde ich jetzt eben noch ein wenig eure verfluchten Eifelwälder vollpaffen. Schade, daß Herbst ist, da fallen die Blätter ohnehin von den Bäumen. Sonst hätte ich sie schon heruntergequalmt, das können Sie mir glauben!« Donnernd flog hinter ihm die Türe ins Schloß.

Frau Stoffels schaltete seufzend den Gasofen aus und schickte sich an, ihm hinterherzueilen. »Herr Pastor«, rief sie in resignierendem Tonfall, »wenn Sie schon um diese Uhrzeit raus müssen, dann ziehen Sie sich wenigstens die gefütterten Schuhe an! Es ist kalt geworden. Sonst stehen Sie morgen da und sind bei der Beerdigung auch noch heiser!«

*

Du stinkst wie die Parfümerieabteilung des Kölner Kaufhof!

Herbie ignorierte Julius' wohlmeinende Kritik und betrachtete interessiert die Schuhputzmaschine auf dem Hotelflur. Per Knopfdruck drehten sich drei Rundbürsten in Fußhöhe, und mit Hilfe einer kleinen Vorrichtung, ebenfalls am unteren Ende des Geräts, konnte man verschiedenfarbige Schuhcreme auf seine Schuhspitzen träufeln, die dann von den rotierenden Bürsten in das Schuhwerk einmassiert wurden. Diese Maschine faszinierte ihn. So etwas hatte er noch nie gesehen.

Oder besser noch: Wie ein orientalisches Freudenhaus.

»Ich habe mich ein wenig abendfein gemacht. Da gehört auch ein dezentes Duftwasser dazu«, murmelte Herbie und entschied sich angesichts seiner Schuhe für die Schuhcremesorte ›Farblos‹. Ein angenehmes Kribbeln machte sich in seinen Fußspitzen breit, während die Bürsten schrubbend darübersausten.

Fataler Fehler, Teuerster. Nicht nur dein Eau de Toilette, sondern auch die Benutzung dieser Maschinerie. Herbie blickte zerknirscht auf seine Wildlederschuhe, die nun den Eindruck vermittelten, als habe er mit ihnen mindestens drei Kontinente durchwandert. Während sie zum Aufzug gingen, konnte Herbie den Blick nicht von ihnen abwenden. »Wir werden versuchen, diese Vogelscheuche hier irgendwo ausfindig zu machen. Ich denke, wir sind bei ihr auf der richtigen Spur, nicht wahr?«

Zweifellos. Aber, was gedenkst du sie zu fragen? Du wirst doch wohl kaum zu ihr hingehen und sagen: Hund raus, gemeine Entführerin, oder ich hole meine Tante! Das würdest du doch nicht, oder? Er sah Herbie nachdenklich an und murmelte: *Oh Gott, doch, das würdest du wahrscheinlich!*

»Würde ich nicht! Du wirst sehen, ich werde ihr ein paar teuflisch unverfängliche Fragen stellen, auf die sie ein paar tödlich entlarvende Antworten geben wird, und dann ...« Er beendete den Satz, als sich die Lifttüre im Erdgeschoß öffnete.

In der Hotelhalle herrschte reger Betrieb. Restaurantgäste mischten sich unter Seminarteilnehmer und Hotelbewohner, und während die ersteren den Heimweg antraten, begaben sich die anderen in die hauseigene Hotelbar, um nach einem trockenen Tag der Theorie einen feuchtfröhlichen Abend der Praxis folgen zu lassen. Herbie schlenderte zu der Sitzgruppe und ließ den ›Kölner Stadt Anzeiger‹ wieder zurück auf den Zeitungsstapel gleiten, von wo er ihn am Vormittag ausgeliehen hatte. Er bemühte sich, dies möglichst unauffällig zu tun, um nicht mit dem darin fehlenden Zeitungsartikel über Rosemarie Kleys Tod, den er mit Hilfe seiner Nagelschere ausgeschnitten hatte, in Verbindung gebracht zu werden. Von der Rezeption winkte hektisch und albern wieder einmal die Kongreßtante, die gerade, von einem Bein auf das andere hüpfend, damit beschäftigt war, irgendwelche hochwichtigen Sitzplatzfragen für den kommenden Tag mit der Hotelangestellten zu klären. Die Besetzung der Rezeption hatte im Verlauf des Tages gewechselt.

Scheint so, als habe diese Dame ein Faible für Staubsaugervertretertypen in blankgelatschten Wildlederschuhen.

Herbie hatte nicht gemerkt, wie sich von links eine Gestalt genähert hatte. »Herr Lohse?« tönte eine sonore Männerstimme. Erschrocken wandte er sich zur Seite. Ein großgewachsener, glatzköpfiger Endfünfziger in tadellosem schwarzem Zwirn hatte sich neben ihm aufgebaut. Verblüfft wandte Herbie den Kopf für einen Augenblick zur anderen Seite und sah Julius fragend an. Der Mann quittierte diese unsichere Bewegung Herbies mit skeptischem Stirnrunzeln.

»Äh, ja. Lohse. Der bin ich. Lohse, Hans-Bert. Genau. Guten Tag.« Herbie reichte ihm die Hand. Der Fremde schüttelte sie erfreut, und unter seinem buschigen Seehundeschnauzbart zeigte sich ein zufriedenes Lächeln.

»Der Mann von Zimmer 317, wie schön! Gestatten, mein Name ist Faßbender. Ich bin der Geschäftsführer dieses Hauses.«

Erwischt! Julius klatschte sich amüsiert auf die fetten Schenkel. *Keinen Tag hat es gedauert, bis dein Schwindel aufgeflogen ist.*

»Nett, Sie kennenzulernen, Herr Faßbender.« Herbies Stimme zitterte. Sollte es das wirklich schon gewesen sein? War die Zeit von Hans-Bert Lohse abgelaufen, noch bevor er sich so richtig in die Ermittlungen hatte stürzen können? Steckte am Ende sogar Tante Hetti dahinter? Es war durchaus möglich, daß er vorhin am Telefon zu dick aufgetragen hatte.

In diesem Moment fuhr ein Taxi vor dem gläsernen Portal vor, und eine Gruppe älterer Herrschaften erhob sich kollektiv ächzend aus den Polstern der Sitzgruppe. Faßbender wies beflissen mit einer einladenden Handbewegung auf die frei gewordenen Sessel. Zögernd folgte Herbie dieser Aufforderung und beobachtete zu seinem Entsetzen, daß Faßbender sich auf einem Zweisitzer niederließ, auf dessen freiem zweitem Polster sich der feixende Julius plazierte.

»Wie gefällt es Ihnen in unserem Hause?« wollte der Hotelchef wissen, und entschuldigend schickte er sofort hinterher: »Ich hoffe, ich halte Sie nicht von etwas Wichtigem ab.«

Herbie verneinte zaghaft und fügte hinzu, daß ihm seine Unterkunft ausgesprochen gut gefalle.

Besonders der Schuhputzautomat leistet ganze Arbeit. Selbst bei Wildlederschuhen!

Verzweifelt bemühte sich Herbie, die ramponierten Schuhe aus dem Blickfeld des Hoteliers zu halten.

»Wissen Sie, Herr Lohse, wir bemühen uns um Exklusivität in diesem Haus. Es hat eine ganze Weile gedauert, bis wir uns hier behaupten konnten. Die Eifel ist ein rauhes, einfaches Land, und ich bin stolz darauf, sagen zu können, daß unsere Klientel es für gewöhnlich vorzieht, ihre freien Tage irgendwo an der Côte oder auf den Malediven zu verbringen. Ich bin sicher, Sie verstehen, was ich meine.« Zu Herbies Erleichterung wartete er gar keine Antwort ab, sondern setzte die Laudatio auf das Hotel Eifelhöhe ungebremst fort. »Zuerst waren da die Seminarräume, die von Anfang an recht gerne genutzt wurden. Die Nähe zu den nordrheinwestfälischen Industrie- und Wirtschaftszentren hat uns da in die Tasche gespielt. Und die Leute, die unser Haus auf diese Art und Weise kennengelernt haben, die kommen wieder, und zwar mit Begeisterung. Und beim zweiten Mal dann ausschließlich zur Entspannung! Verstehen Sie, was ich meine? Wir haben über die Ahr hin einen Keil in diese Diaspora getrieben! Wer in dem einen Jahr in Bonn logiert, der steigt schon im nächsten Jahr bei uns ab! Als ich diesen ollen Kasten vor Jahren gekauft habe, wußte ich von Anfang an, daß es funktionieren würde.« Selbstverliebt lächelte der erfolgreiche Unternehmer vor sich hin und wandte sich dann mit breitem Grinsen wieder direkt an Herbie, wobei er sich weit über das Armpolster zu ihm hinüberlehnte. »Ich will sagen: Ich kenne meine Pappenheimer!« Er zwinkerte albern. »Wir haben immer wieder mal solche Heinis hier, die glauben, sie könnten hier mit Drahtesel und Rucksack auftauchen. Sie wissen schon … solche Typen, die mit Lunchpaketen durch die Natur tapern. Natur ist ja ganz schön. Wir haben mehr als genug davon hier drumherum, deshalb haben wir uns ja hier in dieser Einöde niedergelassen. Aber das ist doch nur Kulisse. Nein, solche Idioten haben hier nichts verloren. Da denke ich nur: Roland, nächstes Jahr müssen wir noch mal rauf mit den Preisen, damit das Gesocks uns vom Leibe bleibt!« Er lachte schallend, und Herbie und Julius starrten ihn ungläubig an. In Sekundenschnelle war das Bild des Gentleman in tausend Scherben zerfallen.

»Meine Kellner haben mich zuerst drauf aufmerksam gemacht …«

Herbie fühlte sich unbehaglich. Er begann, in seinem Sessel hin und her zu rutschen.

»Ich kann mich ohne falsche Bescheidenheit rühmen, die feinsten Weine weit und breit auf der Karte zu führen. Von der Memel bis zum Belt, möchte ich fast sagen.« Wieder lachte er ungehemmt. »Und es gibt ein paar echte Schätzchen darunter, die ich im Grunde genommen nur anbiete, weil ich ein bißchen angeben will, wenn Sie wissen, was ich meine ... Na ja, und Sie haben heute zu Ihren Mahlzeiten eine ganze Flasche 74er Château Lafite geleert. Eine vorzügliche Wahl, wenn Sie mir diese Bemerkung gestatten! Ich habe viele Gäste, die einen guten Tropfen schätzen, aber ich habe selten welche, die sich diese Freude gönnen.« In Erwartung einer Erklärung lächelte er Herbie beseelt an und begann, ausgiebig seinen buschigen Schnurrbart zu zwirbeln.

Sag jetzt nichts Unbedachtes! Verwende keine Fachausdrücke, die du nicht verstehst, und vor allen Dingen: Erzähl ihm nicht, daß du normalerweise mit einer Flasche ›Pennerglück‹ aus dem Aldi vorliebnimmst!

»Nun ...«, begann Herbie zaghaft. »Ich habe meine Wahl nicht bereut.« Und er atmete innerlich erleichtert auf, da er glaubte, eine besonders diplomatische Floskel gewählt zu haben.

»Das höre ich gern. Ich habe nichts anderes aus Ihrem Munde erwartet. Ich sagte ja bereits: Ich kenne meine Pappenheimer! Einen echten Weinkenner wittere ich meilenweit! Herr Lohse ...« Ein paar Sekunden lang herrschte Stille. »Darf ich Ihnen meinen Weinkeller zeigen? Ich verspreche Ihnen, daß Sie dort ein paar echte Überraschungen finden werden!«

Tut mir leid, das sagen zu müssen, aber ich finde, wie er das vorbringt, hört sich das fast wie ein Heiratsantrag an.

»Bitte schlagen Sie mir diesen Wunsch nicht ab! Nur eine kurze Begehung. Sie werden es nicht bereuen!« Es machte beinahe den Eindruck, als wolle er Herbie aus dem Sessel herausziehen. Eine Gegenwehr war kaum möglich. Herbie, immer noch verdattert, zog es vor zu schweigen, und dieses Schweigen deutete der Hotelier als Zustimmung.

»Wunderbar!« Mit festem Griff geleitete er Herbie quer durch die Halle. Es hatte etwas von einer Verhaftung. Im Vorbeigehen rief er der Dame an der Rezeption barsch seine Instruktion zu: »In der nächsten Stunde bin ich nicht zu sprechen! Für keine Menschenseele, kapiert?«

Der Aufzug brachte sie in ein Kellergeschoß. Ein aufdringlicher Geruch von Chlor hing in der Luft. Eine Hinweistafel aus Plexiglas trug die Aufschrift ›Schwimmbad‹.

»Hier entlang«, sagte Faßbender verbindlich und lächelte ölig. Sie durchschritten zwei Feuerschutztüren, die Faßbender jedesmal umständlich mit Hilfe eines der zahlreichen Schlüssel des klimpernden Schlüsselbundes aufschloß. Für diese Türen gab es keinen Generalschlüssel. Es wurde kühler.

»Bißchen warm hier«, scherzte Herbie, um nicht in den Verdacht zu geraten, urplötzlich einen Kurzschluß im Sprachzentrum erlitten zu haben.

Faßbender hielt in seinem schnellen Schritt inne, sah ihn erstaunt an und sprang zu einem Thermometer, das zufällig in ihrer Nähe an der Wand hing. »Donnerwetter«, hauchte er verblüfft, »Sie haben's aber wirklich im kleinen Finger, Lohse! Acht Komma fünf. Genau ein halbes Grad zuviel! Da muß ich diesen Idioten sofort Bescheid stoßen, die sich hier um die Heizung kümmern sollen.«

Sie erreichten eine Kehre in dem weißgetünchten Flur, die zu einem Durchlaß führte, hinter dem es noch dunkel war. Faßbender betätigte einen Drehschalter, und die Räumlichkeit, die im Nu in gelbliches Licht getaucht wurde, verfehlte ihre Wirkung auf Herbie nicht. In vier Reihen unterteilt, war der Raum mit lückenlos gefüllten Weinregalen aus Holz bestückt. Das Licht durchdrang, je nach Einfallswinkel, die Flaschen im Regal und malte grünschimmernde Flecken auf den groben Steinboden.

Faßbender schmunzelte. Die sich rötenden Apfelbäckchen seitlich seines Schnurrbartes sahen albern aus und wollten so gar nicht zu dem Aristokratengesicht passen.

Dieser Mann wirkt auf unangenehme Weise unecht. Sein vornehmes Gehabe ist einstudiert, sein Schliff wirkt aufgesetzt. Aber sein Weinkeller scheint eine kleine Sensation zu sein. Julius nickte anerkennend.

»Nichts Sensationelles«, stapelte Faßbender tief und lockte Herbie in den Raum hinein. »Was hier liegt, ist junges Gemüse. Maximal dreißig Jährchen alt. Feine Sachen darunter, gewiß, aber alles sehr jung.« Während sie eine Reihe der Länge nach durchschritten und auf eine weitere Türe am anderen Ende des Raumes zusteuerten, deutete Faßbender hierhin und dorthin und sagte Dinge wie: »Wunderbarer, fetter Barolo« oder »Burgunder, Montlouis 1992. Auch nicht zu verachten« und »1985er Chambertin. Für den, der's mag«. »Dahinten habe ich meine Kalifornier«, rief er und wies mit dem Zeigefinger in eine andere Ecke, während er erneut mit dem Schlüsselbund rasselte, um die nächste Türe zu öffnen.

»Raus mit der Sprache, Lohse. Jemand wie Sie, ein echter Kenner der Weinkunst, der steigt in unserem kleinsten Zimmer ab. Da ist doch was faul!« Er blickte Herbie herausfordernd ins Gesicht. »Ich meine, es ist nicht an der Tagesordnung, daß wir in unserem Zimmer 317 Leute beherbergen, die sich zum Essen mal eben zwischendurch ein Fläschelchen für tausendeinhundert Mark gönnen.«

Herbie schluckte.

Eintausendeinhundert. Prost. Jetzt heißt es, Contenance bewahren! Julius schluckte ebenfalls.

Herbie überlegte fieberhaft, daß es nun in zweierlei Hinsicht ratsam war, einen kühlen Kopf zu bewahren: Er durfte sich keinesfalls wegen einer Getränkerechnung in der Höhe von anderthalb Monatsmieten für seine Euskirchener Wohnung und wegen ihrer Wirkung auf die Spenderin Henriette Hellbrecht von einer namenlosen Panik erfassen lassen. Er durfte aber auch nicht seine Maske vor diesem Faßbender lüften. Dann wäre seine Nummer durchschaut.

»Ich weiß nicht, ob Sie das verstehen können, lieber Herr Faßbender ...«, begann er, ohne einen blassen Schimmer davon zu haben, was er erzählen sollte, und endete: »... manchmal möchte man einfach aus seiner Haut raus. Mal ganz wer anders sein.«

Faßbender nickte wissend. »Hab ich mir gedacht. Lohse und Brackhagen Pharmazie, Bochum, stimmt's?«

Wahrscheinlich Psychopharmaka. Paßt zu dir, Verehrtester.

Automatisch nickte Herbie. »Wir wollen aber nicht in's Detail gehen.«

»Natürlich, natürlich. Sie wollen unbehelligt bleiben. Keine Sorge: Faßbender sieht nichts, hört nichts, sagt nichts!« Albern ahmte er die drei Affen nach. »Aber was wäre so ein Dasein im Incognito, wenn man auf das Lebensnotwendige verzichten müßte.«

Für einen Moment wollte Herbie ein fragendes Gesicht aufsetzen, aber Julius dröhnte: *Wein natürlich, du Trottel!*

»Eine Flasche guten Wein«, plapperte Herbie nach.

»Sie sprechen mir aus der Seele, Verehrtester.« Und mit pompöser Geste ließ er die Türe aufschwingen, betätigte einen verborgenen Lichtschalter und sagte »Vorsicht, Stufe!« angesichts der alten Steintreppe, die in einen Gewölbekeller hinabführte, der mit seinem dort angesammelten Weinarsenal aussah wie gemalt.

Sie stiegen die Stufen hinunter. Es roch feucht, an den dunkelgrauen Bruchsteinwänden gab es weiße Kränze von der Feuchtigkeit.

»Sie sehen richtig feierlich aus, Herr Faßbender. Schwarz. Ein Festakt für Sie?«

»Eine Beerdigung. Seit heute morgen hatte ich noch keine Zeit, mich umzuziehen. Dieses Hotel ist meine Goldgrube, aber lassen Sie sich versichern: Manchmal bin ich überzeugt davon, daß es auch mein nervlicher Ruin sein wird. Aber für Sie nehme ich mir heute abend einfach ein Stündchen.«

Sie waren zwischen den Regalen angelangt, und Herbie stellte fest, daß die Flaschen hier unten in der Tat wesentlich älter aussahen als die Sammlung in dem vorherigen Raum.

»Sie scheinen hier unentbehrlich zu sein«, plauderte Herbie. »Ist denn auf Ihr Personal kein Verlaß?«

»Personal ist ein notwendiges Übel. Immer nur Forderungen und Wünsche. Verlaß gehört nicht gerade in mein Vokabular, wenn ich über diese Leute rede.« Er holte eine Flasche hervor und blies andächtig einen Hauch von Staub von ihrem Rücken. »Ein Vino di Messa. Papst Pius der XII. Vielleicht nicht gerade einer der besten Weine, aber eine echte Rarität.« Herbie war damit beschäftigt zu überlegen, wie oft seither weißer Rauch im Vatikan aufgestiegen war, um herauszufinden, wie alt dieser Wein sein mochte. Er kam zu keinem Ergebnis.

Faßbender strahlte ihn an. »Ungefähr viertausend Altweine und im vorigen Raum noch mal etwa fünftausend Flaschen. Die meisten davon neu verkorkt und mit einer Pipette voll Schwefellösung wieder ein bißchen aufgemöbelt. Frischzellen sozusagen.« Er kicherte und griff nach einer anderen Flasche.

Ich sage es nur ungern, da du dir scheinbar in deiner Rolle als Weinkenner so gut gefällst, aber unser Herr Hoteldirektor stiehlt uns wertvolle Zeit. Du willst zwei Kriminalfälle in Rekordzeit auflösen und bummelst hier zwischen alten Flaschen herum. Den Hoteldirektor inbegriffen.

»1920! Port, Reserva Novidado ... nicht mehr genau zu entziffern. Das Etikett ist nicht mehr das neueste.«

»Hauptsache, der Inhalt stimmt«, schwafelte Herbie ohne Sinn und Verstand. Julius hatte recht. Sie sollten sich längst wieder an die Fersen dieser Person aus der Dienstbotenetage geheftet haben.

»Ein wahres Wort, Lohse. Wirklich, wirklich wahr. Es gibt schöne Etiketten, aber was nutzt heutzutage zum Beispiel ein Etikett, gestaltet von irgendeinem dieser spinnerten Künstler, wenn in der Flasche irgendeine Plörre gluckert. Genau meine Meinung, Lohse!«

Das nächste Etikett war nicht minder verwittert. Herbie entzifferte etwas wie Madeira und die Jahreszahl 1900, machte anerkennend »Hm« und versetzte Faßbender erneut in Verzückung. »Ganz genau, Lohse, ganz genau! Was soll man dazu schon viele Worte verlieren!« Er legte die Flasche weg und faßte Herbie fest an beiden Armen. »Ich spüre eine gewisse Seelenverwandtschaft. Es gibt nicht viele Leute, denen ich meine Sammlung zeige. Und selten spüre ich bei denen, die dann tatsächlich einmal in den Genuß kommen, solch einen diskreten Enthusiasmus wie bei Ihnen! Die meisten labern irgendwelches halbseidene Kennergeschwätz, das mich beeindrucken soll, und merken nicht, wie lächerlich sie sich machen. Ich bin mir sicher, wenn ich diese Typen testen würde, sie könnten unter Umständen eine drittklassige Ahrbrühe nicht von einem 47er Château Lafite unterscheiden.«

Herbie befreite sich sanft aus der Umklammerung und bummelte weiter die Reihe entlang. Faßbender entkorkte mit lautem Ploppgeräusch eine Flasche, murmelte etwas von ›59‹ und ›Pommard‹ und reichte Herbie zwei Gläser aus einem kleinen Schränkchen. Dann prosteten sie sich zu, und Herbie fand den Geschmack passabel. »Schmeckt wie … neu verkorkt«, witzelte Herbie und erntete ein Kichern Faßbenders.

»Wer wischt hier Staub?« fragte er dann beiläufig, und Julius jaulte mit schmerzverzerrtem Gesicht auf. Faßbender hingegen begann auf der Stelle, kollernd zu lachen.

»Sie haben da so ein Dienstmädchen. Die sollten Sie unter Tage arbeiten lassen. Für die wäre das genau das richtige.«

»Fritz?«

»Nein, ein Mädchen … eine junge Frau, jedenfalls tippe ich darauf.«

»Ja natürlich, Fritz!« Faßbender lachte wieder und suchte die Regale nach etwas Bestimmtem ab. »Friederike Honert. Häßlich wie die Nacht. Wo haben Sie sie gesehen?«

»Sie hat uns … hat mich auf das Zimmer gebracht.«

Faßbender schimpfte: »Die dusselige Kuh soll doch hinter den Kulissen bleiben! Die verscheucht mir doch nur die Gäste!« Er war fündig geworden. »Nein, im Ernst. Fritz, so nennt sie jeder, ist eine echte Katastrophe. Irgendwann wird die gewippt. Solche Gesichtsbaracken kann sich ein Haus wie das meine nicht leisten. Die ist eingestellt worden, als ich in

London auf der Versteigerung war. Hier ...« Er ging auf eine Holzkiste zu, die im Halbschatten an der Wand stand, zauberte von irgendwoher einen Schraubenzieher und hebelte den Deckel ab. Die Flaschen darin sahen nagelneu aus. »Gehört eigentlich nicht hier zu den Altweinen, ist aber eins meiner echten Schätzchen: 96er Kidricher Gräfenberg, Trockenbeerenauslese. Robert Weil.« Er drehte sich, in der Hocke verharrend, zu Herbie um und lächelte triumphierend. »Goldkapsel!« Faßbender sprach das Wort ganz langsam aus, um ihm den rechten Klang zu verleihen. »3150 Mark die Flasche, bei Sotheby's!«

»Fritz fällt wirklich durch jedes Raster, wenn man nach optischen Gesichtspunkten vorgeht.« Herbie war begierig, mehr zu erfahren.

»Stimmt! Sonst suche ich die Mädels selber aus. Die müssen nicht nur was leisten können, die müssen auch meinem Geschmack entsprechen. Ich nasche nämlich gerne, wissen Sie?« Der schmierige Unterton wurde unüberhörbar. »Ich bin ein unverheirateter Mann, Lohse, und Dienstmädchen sind nun mal dazu da, gewisse Dienste zu leisten, verstehen Sie?« Er zwinkerte mit einem Auge und entkorkte eine Flasche, die er aus dem Regal gezogen hatte. Herbie mußte an der Öffnung des Flaschenhalses riechen und beschränkte sich erneut auf ein genießerisches »Hm«.

Gut so. Mach so weiter. Das kommt ganz gut an.

»Fritz ...«, fuhr Faßbender fort, »Fritz ist mal hereingeschneit, als ich mir gerade die kleine Inge vom Küchenpersonal so ein bißchen vorgeknöpft hatte. Das blöde Gesicht hätten Sie sehen sollen!« Glucksend wurden die beiden Gläser mit einem weiteren Rotwein gefüllt, der im Halbdunkel aussah wie schwarzes Blut. »Aber das Gesicht wurde noch mal so blöd, als ich gesagt habe: ›Scher dich raus! In den Genuß kommst du nicht! Du bist mir viel zu häßlich!‹« Er brüllte los vor Lachen, und Herbie nahm pflichtschuldig lächelnd das Glas entgegen, das Faßbender ihm reichte.

»Und jetzt der Test.«

Julius baute sich neben Faßbender auf, verschränkte die Arme, setzte, genau wie der Hausherr, einen abwartenden Gesichtsausdruck auf und sagte: *Glaub mir, teurer Freund, ich bin genau so gespannt auf dein Urteil wie du selber.*

Herbie führte mit zitternder Hand das Glas zum Mund, nippte an der Flüssigkeit und schmeckte Wein. Der Geschmack unterschied sich für seine Begriffe kaum von dem, was er vom Aldi her gewohnt war.

Er spülte den Schluck in seinem Mund hin und her. Er war versucht zu gurgeln, unterließ dies aber. Er zog Luft durch die Zähne, wobei er den Schluck Wein in der Nähe seines Zäpfchens im Munde stehen hatte. Er schluckte langsam, hielt das Glas gegen das spärliche Licht der Deckenlampe und pendelte albern damit herum. Dann schmatzte er noch einmal laut hörbar und sah Faßbender und Julius intensiv an. Ihre Blicke klebten an seinen Lippen.

»Die Temperatur …«

»Viel zu kalt natürlich. Das ist klar. Wir hätten sie mit nach oben nehmen sollen.« Faßbender trank hastig, ohne den Blick von Herbie zu wenden.

»Das Bouquet …« Herbie schnupperte an dem Glas.

»… kann sich natürlich so nicht entfalten. Wie wahr. Trotzdem: Versuchen Sie's!«

Herbie machte ein weinerliches Gesicht. »Ich habe viele Weine angeboten bekommen. Ich weiß einen guten Tropfen zu schätzen. Aber das hier …« Er stellte das Glas auf das kleine Schränkchen und versuchte, einen Blick auf das Etikett zu erhaschen. Unmöglich.

Der Wein mußte alt genug sein, um ihn, den ›Kenner‹, beeindrucken zu können, das war klar. Er mußte da durch.

»Das war ein einzigartiger Jahrgang … Das Geburtsjahr meiner Großmutter. Das weckt Erinnerungen. Sie verzeihen, Faßbender. Meine Urgroßmutter mütterlicherseits hatte ihren Mann verloren … im Krieg damals … und dann dieser Neuanfang … Die Krankheit von Tante … Hedwig … Wer konnte das denn alles vorher ahnen?« Herbie schniefte. Er kramte umständlich nach einem Tempotuch. Rechte Hosentasche, linke Hosentasche, rechte Tasche des Jacketts, linke Tasche des Jacketts. Faßbender reichte ihm beflissen ein frisch gebügeltes Taschentuch aus der Innentasche seines schwarzen Jacketts. Herbies Reaktion rührte und verunsicherte ihn zugleich. »Tut mir leid. Ich ahnte ja nicht, daß Sie mit dem Jahr Ein … daß Sie damit so viele schmerzliche Erinnerungen verknüpfen.«

»Einundzwanzig …«, riskierte Herbie schluchzend einen Versuch. »Rot …«, murmelte er, als er mit weinerlicher Miene das halbvolle Glas betrachtete, und schneuzte sich vernehmlich.

»Genau!« jubelte Faßbender, der angestrengt Herbies Genuschel verfolgt hatte. »Mouton Rothschild, 1921! Ich wußte es, Lohse.« Dann kippte er nach. Julius schnaufte erleichtert. *Mit allzu großer Kombinationsgabe bist du ja nicht gerade gesegnet, aber auch angesichts dieses Zufallstreffers möchte ich bemerken: Versenkt!*

»Reden wir von erfreulicheren Dingen.« Herbie faltete das Taschentuch und gab es Faßbender zurück, der einen Moment lang zögerte, unschlüssig, was er mit dem vollgeschnupften Tuch anfangen sollte. »Erzählen Sie noch was Erheiterndes von Ihrer Schauergestalt!«

»Wie?«

»Na, diese Fritz.«

»Scheint Sie beeindruckt zu haben.« Faßbender trank geräuschvoll schlürfend, wie das Weinkennern nun einmal so zu eigen zu sein scheint. »Die spinnt. Bedauernswertes Geschöpf. Hat irgendwelche Geheimnisse. Schleicht in den letzten Tagen dauernd rum, nutzt jede freie Minute, um im Wald zu verschwinden. Vielleicht hat sie sich ja einen pickligen, alten Köhler geangelt.« Er lachte wieder ausgelassen und füllte sein Glas erneut.

»Sie verschwindet tatsächlich im Wald?« Herbie nippte am Wein.

»Nicht schlecht, der Tropfen. Habe viertausend für die

Flasche gelöhnt. Ja, also, jede Pause und jeden Feierabend pünktlich um zehn schlägt sie sich in die Büsche und schleppt irgendwas vom Hotel mit. Die ist blöd genug zu glauben, daß ich das nicht sehe. Ha!« Die Geschwindigkeit, mit der er die Gläser leerte, nahm zu.

»Klaut sie denn irgendwas?«

Faßbender winkte entschlossen ab. »Bei unseren Gästen kommt nix weg! Und was immer sie vom Hoteleigentum da in ihr Versteck oder sonstwohin schleppt, das kriege ich schon spitz. Und dann kann sie sich den Hut auf ihre häßliche Birne schrauben und den Abflug machen.«

»Kennen Sie viele Leute aus der Gegend?«

»Klar doch! Ich kenne sie alle! Bin doch im Stadtrat. Ich kenne ming Säu am Jang!« Er kicherte. Der Alkohol zeigte viel rascher seine Wirkung, als das bei einem Weinfanatiker zu vermuten stand. »Alles Pack!« Dann torkelte Faßbender ein letztes Mal nach vorne zu einem Regal, das etwas isoliert stand und in dem nur wenige Flaschen eingelagert waren. Eine von ihnen hob er vorsichtig heraus, fast so, wie eine fürsorgliche Mutter ein Neugeborenes aus seiner Wiege hebt. Er hielt sie Herbie für einen Augenblick hin, damit dieser das Etikett begutachten konnte, das ihn ebenso unbeeindruckt ließ wie all die anderen zuvor. »Château Iqem 1921«, hauchte Faßbender. »Etwa sechstausend Mark.« Dann beeilte er sich, das gute Stück rasch wieder in sichere Verwahrung zu bringen. »Daneben drei Flaschen 45er Haute Brion, gleiche Preisklasse.«

»Seit wann geht das denn so mit dieser Fritz?«

»Da war diese ... Ausstellung.« Faßbender schnappte nach Luft und ließ einen Rülpser folgen. »Am nächsten Tag ...« Zwei tiefe Schlucke Rotwein hinterher. »... da hat sie nach der Vernissage aufgeräumt. Und zwischendurch, da habe ich gesehen ...« Faßbender bekam Schluckauf. »... da habe ich gesehen, wie sie sich durch die Hintertüre aus dem Staub machte ... Häßliche Kröte.« Sein Erzählen wurde undeutlich, seine Bewegungen schwungvoll und zugleich doch kraftlos. Julius deutete auf den Ausgang, und Herbie nickte. Er sah auf die Uhr. Es war kurz vor zehn. Mit etwas Glück konnten sie die geheimnisvolle Hotelbedienstete namens Fritz bei ihrem nächtlichen Streifzug durch Feld und Flur beobachten. Als Herbie sich langsam in Richtung Ausgang stahl, begann Faßbender, leise vor sich hin zu summen, während er eine weitere Flasche öffnete. Über ihren Wert wagte Herbie nicht zu spekulieren. Faßbenders Flüche, die Welt im Allgemeinen und alle Vollidioten im Besonderen betreffend, wurden immer unflätiger. Und der Alkohol förderte das zutage, was er sonst mehr oder weniger erfolgreich kaschierte: Die jämmerliche Gestalt eines eitlen, machtbesessenen Emporkömmlings ohne einen Hauch von angeborenem Stil.

*

Es waren dieselben Buchstaben, ausgeschnitten aus Zeitungen. Anscheinend hatten auch ein paar Hochglanzjournale dran glauben müssen. In ihrer Hilflosigkeit hatte Henriette Hellbrecht den jüngsten Erpresserbrief, der das Datum der Lösegeldübergabe mitgeteilt hatte, wieder und wieder mit den aktuellen Ausgaben der ›Gala‹ und der ›Bunte‹ verglichen, und vor lauter Buchstaben schwirrte ihr der Kopf.

Sie saß auf ihrem kleinen Telefonbänkchen und hatte den Blick leer und ausdruckslos auf einen riesenhaften Gobelin an der gegenüberliegenden Wand der Diele gerichtet.

Was hatte ihr verblödeter Neffe ihr da eben am Telefon alles berichtet? Hundefänger-Mafia? Geldübergabe auf Parkplätzen? Konnte sie ihm das glauben? Hatte sie ihm jemals glauben können? Irgend etwas in seinem Gefasel hatte sie verunsichert. Vielleicht war es doch die richtige Entscheidung gewesen, ihn in dieses Hotel zu schicken. Wer wußte das schon? Ihr Blick fiel auf den leeren, kleinen Hundekorb in der Ecke neben dem Durchgang zum Wohnzimmer. Die mintfarbene Decke mit den weißen Fransen lag säuberlich gefaltet darin, und vielleicht würde sie nie mehr … Das Wasser schoß ihr in die Augen, und die Hand verkrampfte sich um den kunstvoll geschmiedeten Metallgriff ihrer orientalischen Krücke. Wenn ihr Neffe Herbert diese Geschichte vermasselte, dann würde er seines Lebens nicht mehr froh werden! Das hatte sie sich in dem Moment geschworen, in dem er am Vorabend ihr Haus verlassen hatte. Wenn sie ihn doch nur unter Beobachtung gestellt hätte!

Dann kam ihr der rettende Gedanke. Mit zittrigen Fingern tippte sie eine Euskirchener Nummer auf der Tastatur ihres Mahagonitelefons. Ihr Puls beschleunigte sich. Sie würde jemanden damit beauftragen, ihren Neffen rund um die Uhr zu beschatten. Jemanden, der ihren Neffen seit Jahren auf dem Kieker hatte. Genauer gesagt, seit Herbert in dieses Haus am Annaturmplatz in Euskirchen gezogen war, genau in die Wohnung über ihm. Jemanden, der, ähnlich wie sie selbst, unter den Spinnereien Herbert Feldmanns zu leiden hatte. Jemanden wie …

»Strecker.« Die Stimme am anderen Ende der Leitung klang brummig. Sicherlich hatte Helmut Strecker bereits geschlafen. Sie versuchte, das Bild von Herberts Hausnachbarn in ihrem Gedächtnis wachzurufen. Sie sah den großgewachsenen Mittfünfziger mit den drohenden schwarzen Augenbrauen und dem eisgrauen Bart vor ihrem geistigen Auge, wie er sich mit mürrisch verkniffenen Mundwinkeln über sein Telefon beugte.

»Herr Strecker, hier spricht Henriette Hellbrecht. Es geht um meinen Neffen.«

Sechstes Kapitel

Die Dunkelheit war undurchdringlich. Rabenschwarz. Als sie durch den Buchenwald huschten, schirmte das herbstliche Laubdach auch den letzten Rest Licht der Sterne und des mageren Neumonds ab. Herbie konzentrierte sich auf den hin und her schwankenden Lichtkegel der Taschenlampe etwa hundert Meter weiter vorne. Fritz oder Friederike, oder wie immer sie auch heißen mochte, legte eine ähnliche Geschwindigkeit vor wie am Nachmittag. Sie schien die Strecke ausgesprochen gut zu kennen. Zog man die Möglichkeit in Betracht, daß sie seit ein paar Tagen mehrmals täglich hier durchhastete, um einen entführten Hund zu füttern, war dies sogar als weiterer Beweis zu werten.

Herbie spürte den Wein, der seinen Schädel in einen Dampfkessel verwandelt hatte. Im nächsten Augenblick trat er in einen Haufen feuchtes Laub, sein rechter Fuß verlor den Halt und schoß in die Höhe, während der Rest des Körpers einen Sturzflug in die Schwärze des Waldbodens antrat.

Ich dachte, diesmal würdest du es wenigstens an deinem Steinbruch vorbei schaffen.

Aus seiner Position heraus glaubte Herbie bei Julius' schemenhaftem Schattenriß ein Kopfschütteln zu erkennen.

Als er bemerkte, daß das Leuchten der Taschenlampe sich in der Dunkelheit verlor, sprang er auf die Füße und stolperte weiter nach vorne.

»Diesmal erwischen wir sie!« Er begann zu keuchen.

Als sie den Feldweg erreichten und das Blätterdach hinter sich ließen, halfen ihnen die Sterne am glasklaren Nachthimmel ein wenig bei der Orientierung.

Sie passierten das Hinweisschild des Steinbruchs, und nur für einen Moment wandte Herbie den Kopf, aber da war nichts außer der Schwärze des Tales, das hinter dem Abhang zu erahnen war. Dieses Mal würde er sich nicht beirren lassen! Sie holten auf. Die junge Frau wurde langsamer, was angesichts der zurückgelegten Strecke nicht gerade verwunderlich war. Julius, der nicht im mindesten erschöpft wirkte, hatte die Frechheit, einen Marsch zu pfeifen, wie er das immer tat, wenn Herbie in Eile war, den Bus nicht schon wieder verpassen wollte oder versuchte, ein Geschäft noch kurz vor Ladenschluß zu erreichen. Meistens natürlich vergeblich.

Herbie stellte fest, daß der Weg parallel zum Hang verlief

und eine Kehre nach links machte, wo auch das Tal und der darin verlaufende Scheebenbach einen Knick machten. Für einen Augenblick wurde ihnen der Blick durch dichtes Gestrüpp versperrt, das linker Hand den asphaltierten Weg säumte. Das bizarre Astwerk der Schlehenbüsche überragte sie meterweit. Herbie erinnerte sich flüchtig an erste Kostproben der nahezu ungenießbaren Früchte in seiner Jugend. Er verlangsamte seinen Schritt und stellte im nächsten Augenblick fest, daß er gut daran getan hatte.

Als sie das Gesträuch passiert hatten, wuchs linkerseits des Weges ein verrotteter Maschendraht aus dem Boden. Nur wenige Meter weiter feldeinwärts schälte sich die Silhouette eines kleinen Holzhauses aus der Schwärze der Nacht. Es war aus wild zusammengewürfelten Brettern und Bohlen gezimmert und duckte sich an den Erdboden, als habe der seit Jahrzehnten über den Bergrücken pfeifende Eifelwind es in die Knie gezwungen. Das Dach aus Wellblech reichte beiderseits beinahe knietief auf den Boden, und die schwarzen Fensteröffnungen ließen es tot und unheimlich aussehen.

Scheint das Villenviertel von Buchscheid zu sein.

Nur zaghaft traute sich Herbie aus dem Schutz der Schlehenbüsche hervor. Ein paar Meter weiter gab es eine Öffnung im Zaun, in die eine verrostete Eisentüre eingelassen war, die weit offenstand.

»Das Haus von Richards Onkel! Leer und verlassen. Sie ist hier reingegangen«, flüsterte Herbie und ging automatisch in die Hocke, während er versuchte, das Gelände trotz der schlechten Lichtverhältnisse mit Blicken zu durchmessen.

Wer sagt dir, daß sie nicht weiter den Weg hinuntergelaufen ist?

»Nenne es Intuition, nenn es, wie du willst. Ich bin mir sicher.«

Warum macht sie kein Licht im Haus?

»Ich denke, das versteht sich doch von selbst. Schließlich will sie unentdeckt bleiben, oder?«

Aber wenigstens die Taschenlampe müßte sie doch … Ach, ich vergaß! Wir haben es doch hier mit dem international gesuchten

Mitglied einer Hundeentführermafia zu tun. Skrupellos und kaltschnäuzig, zielstrebig auf dem Vormarsch zur Weltherrschaft und ausgestattet mit allem, was der moderne Verbrecher so braucht. Jetzt schaltet sie wahrscheinlich gerade ihr Infrarot-Nachtsichtgerät ein, schiebt die Gelddruckmaschine zur Seite und schmeißt den Laser an.

»Quatsch! Dein Gefasel verliert stetig an Niveau. Das einzige, was mich stutzig macht, ist, daß der Hund keinen Laut von sich gibt.«

Sie haben ihm die Zunge herausgeschnitten! Und mit Klaus-Kinski-Stimme fügte er hinzu: *Das machen sie mit allen ihren Opfern so.*

Mit ein paar raschen Schritten huschte Herbie geduckt zum Tor. Als er es mit der linken Hand berührte, schwang es vollends auf und schickte einen quietschenden Klagelaut in die Stille der Nacht.

Alarm!!!

Herbie kauerte sich tief ins Gras und wartete, bis sich der plötzlich auftretende Anfall namenloser Panik verflüchtigt hatte. Dann sagte er sich, daß es sich ja nun in der Tat nicht gerade um einen Schwerverbrecher handelte, sondern vielmehr um ein unbeholfenes Mädchen, das anscheinend ohne den Schutz irgendwelcher Waffen durch die Nacht geschlichen war. Das machte ihm Mut, und er wagte eine Bewegung auf die Hütte zu. Die ersten Schritte machte er zaghaft, dann flitzte er den Rest bis unmittelbar zu der Bretterwand des Gebäudes, an die er sich, heftig atmend, mit dem Rücken preßte. Nun befand er sich direkt zwischen Fenster und Türe, und nachdem er einige Augenblicke gelauscht und außer dem fröhlichen Pfeifen des langsam herbeischlendernden Julius kein Geräusch vernommen hatte, beugte er sachte den Kopf zum Fenster. Im Inneren des Hauses war es so finster wie in einem Kohlenkeller. Am anderen Ende des Gebäudes konnte er zwei rückwärtige Fenster erkennen, deren Öffnungen sich anthrazitfarben aus der tiefen Schwärze hervorhoben.

Sie ist nicht hier drin, glaub es mir. Versuch doch die Tür zu öffnen, ich bin mir fast sicher, daß sie so fest verschlossen ist wie seit Tagen.

Herbie hätte beinahe irgend etwas wie ›Versuch's doch selber!‹ gesagt, verwarf den Gedanken aber im selben Moment, da Julius zwar allgegenwärtig, aber absolut unfähig war, Gegenstände zu berühren oder gar zu bewegen.

Dann griff er kurz entschlossen nach der altmodischen Türklinke und mußte feststellen, daß Julius wieder einmal recht hatte.

»Mist!« fluchte er, diesmal schon ein paar Phon lauter. »Scheint so, als hätten wir sie schon wieder verloren.« Er begann, um das Gebäude herumzugehen. Auf der Längsseite des Schuppens stolperte er erneut. Diesmal fiel er auf eine kleine Ansammlung von Blechnäpfen und Tellern, die scheppernd durcheinandergewirbelt wurden. Ein kniehoher Maschendrahtzaun hatte ihn zu Fall gebracht. Er erkannte im Dunkeln ein Hühnergehege und den unvermeidlichen Hühnerstall. Er rappelte sich auf und ging vorsichtig weiter. Auf der Rückseite der Hütte gab es einen kleinen Verschlag, der aber zweifellos zu klein war, um einem Hund samt dazugehörender Entführerin Unterschlupf zu bieten. Trotzdem öffnete Herbie die morsche Holztüre. Im Inneren befand sich eine Ansammlung verschiedener Gerätschaften zum Bearbeiten von Feld und Boden, soweit das Licht des Neumondes ihm Aufschluß darüber gewährte. Und da war da noch in entsprechender Sitzhöhe ein in einer hölzernen Platte eingelassenes Loch, das mit einem kreisrunden Holzdeckel versehen war. Hier hatte der alte Raben-Päul gesessen und seine Notdurft verrichtet und versonnen seine Rechen und Äxte betrachtet.

Die Einsatzzentrale der Hundeschieberbande!

Herbie versuchte, die Türe wieder zu verschließen, aber sie hing dermaßen schief in den Angeln, daß das Schloß nicht mehr richtig griff. Er ließ die Türe wie sie war und schlenderte weiter. Seine Motivation ließ deutlich nach, und er war verärgert darüber, daß es dieser häßlichen Gestalt offensichtlich erneut gelungen war, ihn abzuhängen, obwohl sie dies ohne Absicht getan hatte. Oder war es doch eine bewußte Irreführung?

Dann entdeckte er die zweite Türe.

Sie besaß keinerlei Klinke, und als er seine Finger in den Spalt zwischen Türblatt und Futter steckte und zu öffnen versuchte, spürte er Widerstand. Er zog stärker, und die Türe ließ sich öffnen. Der Widerstand ließ nicht nach, und er bemerkte, daß eine Art klobiges Gummiband die Türe verschlossen hielt. Die Konstruktion wirkte als eine Art hydraulischer Türverschließer. An der Innenseite des Türblattes erkannte er einen Riegel, und er grübelte darüber nach, warum dieser hintere Eingang wohl unverschlossen war. Dann trat er ein. Seine ausgeprägte Neugier hatte ihn im Verlaufe der Jahre oft genug in delikate Situationen gebracht. Herbie liebte es, hinter verbotene Türen zu schauen, in fremden Angelegenheiten zu schnüffeln, sich in anderer Leute Leben hineinzuschmuggeln. Und jetzt eben in den Tod eines anderen Menschen. Nun war er mittendrin im abgeschlossenen Leben des Paul … wie hieß er eigentlich?

Zuerst erkannte er nur Umrisse. Das spärlich hereinfallende Mondlicht tauchte die Gegenstände in kreidiges Grau.

Er stand unmittelbar vor einem schmalen, hohen Holzschrank, der verschlossen war. Herbie ruckte an dem kleinen metallenen Türgriff, aber nichts tat sich. Im Schloß fehlte der Schlüssel.

Es gab einen Ofen. Einen kleinen, emaillierten, in dem man alles verbrennen konnte. Um ihn herum fanden sich Holzscheite, Töpfe und Stapel alten Zeitungspapiers. Die Wand um den Ofen herum war mit Regalen zugebaut. Aus der Dunkelheit zwischen den Regalböden quollen Unmengen von Gegenständen. Textilien, Kisten, Gerätschaften … Er konnte kaum etwas erkennen. Auch eine kleine Doppelkochplatte war dort deponiert. Sie wurde von diversen Büchsen und Suppentüten flankiert. Auf der anderen Seite des Raumes stand ein Bett, daneben ein Nachttischchen, auf dem ebenfalls allerhand

Dinge aufgetürmt waren. Es waren Bücher darunter, soviel war ersichtlich. Der Rest des Mobiliars bestand aus einem kleinen Tisch mit quadratischer Platte und einem Stuhl. Platz für einen Menschen, der es gewohnt war, allein zu essen.

»Das gibt's doch gar nicht. Hier soll einer ganz allein gelebt haben?« flüsterte Herbie staunend in die Dunkelheit.

Julius inspizierte neugierig eine Ecke, aus der ein alarmiertes Gepiepse der Untermieter dieser Wohneinheit kam. *Nicht ganz allein. Wer mit der Natur im Einklang lebt, ist niemals ganz allein.*

»Liest du heimlich Hermann Löns?«

Auf dem Nachttisch hatte Herbie ein Feuerzeug ertastet. Der Kerzenhalter, den er ebenfalls dort freiräumte, war leergebrannt. So begann er, stichprobenartig den Raum auszuleuchten.

Ein Rahmen an der Wand auf der Bettseite enthielt inmitten eines vergilbten Passepartouts, das übersät war von toten Gewittertierchen, eine alte Schwarzweißfotografie. Eine Gruppe steifgekleideter Männer posierte lachend vor der Eingangstreppe der Dorfkneipe ›Zum Ruppertsnück‹. Der Bildunterschrift zufolge handelte es sich um die Gründungsmitglieder des Männergesangvereins Buchscheid 1956 e.V.

Dann gab es da noch ein Poster, das mit Tesafilm an der weißgetünchten Wand festgeklebt war. Die Falze im Papier und die winzigen Heftklammerspuren zeigten, daß die Fotografie des Fuchses im Schnee einst Beilage in irgendeiner Tierzeitschrift gewesen war. ›Der Tierfreund‹, Herbie fand seine Vermutung am unteren Rand des verblichenen Drucks bestätigt.

Dann erschrak er höllisch. Ein ausgestopfter Marder oder Iltis oder was auch immer, starrte ihn von einem Regal an. Verstaubt und zottelig fristete er sein Dasein zwischen einem Stapel locker zusammengefalteter Hemden und ein paar Flaschen Wein. Herbie atmete tief durch, und Julius sprach tröstende Worte: *Keine Angst, der tut nichts. Der spielt nur.*

Was er dann entdeckte, überraschte beide. Im flackernden Schein des Einwegfeuerzeugs, dessen Metallteile bedrohlich heiß wurden, fand Herbie zwischen einem Frühstücksbrettchen und einer Hornbrille auf dem Tisch einen Zettel mit einer Telefonnummer. Er war in eine transparente Klebefolie eingebunden, so, als sei er besonders wichtig und notwendig. »Aber er hat doch gar kein Telefon.« Staunend nahm er den Zettel in die Hand. Gleichzeitig rutschte sein Daumen vom Gasknopf des Feuerzeugs, er berührte den glühendheißen Metallkopf und ließ instinktiv die einzige Lichtquelle fallen.

»Verfluchter Mist!« schimpfte er und lutschte auf dem Daumen herum. Um ihn herum war wieder tiefe Dunkelheit.

In diesem Moment hörten sie ein leises Bellen. Sie hielten beide in ihren Bewegungen inne und lauschten in die Stille hinein.

Herbie stürzte zur Hintertüre und drückte sie einen Spalt weit auf. Da erklang das Bellen erneut. Es war leise, entfernt, aber dennoch typisch kläffend und aggressiv. Herbie strahlte. »Das ist Bärbelchen!« Angestrengt lauschte er und versuchte, die Richtung, aus der es kam, zu deuten. Zu seiner Überraschung schien es aus dem Tal zu kommen, das sich nicht weit hinter dem Schuppen auftat. Und mit einem Mal konnte er auch die Umrisse eines hölzernen Geländers erkennen, das nur etwa hundert Meter hinter dem kleinen Holzschuppen, den er eben inspiziert hatte, in die Tiefe des Scheebenbachtales hinabführte. Da war sie also hinuntergegangen. Sie hatte nur das Grundstück überquert und war dann an diesem Geländer entlang hinabgestiegen.

Ein erneutes hektisches Kläffen ertönte.

Die Kidnapper machen vielleicht gerade eine Tonbandaufnahme für deine Tante. Der Hund kläfft die Schlagzeilen der heutigen ›Bild‹-Ausgabe, zum Beweis, daß er noch lebt.

Plötzlich schepperte es. Jemand war, genau wie Herbie vor wenigen Minuten, über den Hühnerzaun gestrauchelt.

Instinktiv trat Herbie zurück in die Hütte, und als sich langsame Schritte näherten, blickte er sich panisch in dem dunklen Raum um und sah schließlich keinen anderen Ausweg, als sich unter dem Bett zu verbergen. Er bereute es in dem Moment, in dem er mit dem Kopf in ein dichtes Netz von Spinnengeweben hineinrutschte. Mit der Rechten ertastete er etwas Kleines, Hölzernes, das sich als Mausefalle entpuppte, in der zu seinem namenlosen Entsetzen schon seit geraumer Zeit eine Maus still vor sich hin moderte. Er krümmte sich angeekelt in seinem engen Gefängnis. Neben ihm erahnte er im Dunkeln die Gesichtszüge Julius', und er fragte sich, wie schon so oft zuvor, wie es diesem fetten Kerl gelingen konnte, sich in eine solch kleine Räumlichkeit zu zwängen. *Nett hier*, brummelte Julius und seufzte tief.

Die Türe öffnete sich.

*

Keine drei Kilometer entfernt steuerte Helmut Strecker seinen Peugeot eine enge Serpentinenstraße den Berg hinauf. Lauthals fluchte er vor sich hin. Nicht einmal die geballte Duftladung des kleinen violetten Jasmin-Duftbäumchens, das er sich in der Tankstelle in Esch gekauft hatte, konnte ihn besänftigen. In aller Eile hatte er ein paar Sachen zusammengepackt, nachdem ihn Frau Hellbrecht auf die Fährte ihres Neffen gesetzt hatte. Glücklicherweise hatte er eine Woche Urlaub, in der er zwar ursprünglich das Holzgeländer im Treppenhaus des Mehrfamilienhauses am Annaturmplatz hatte abschleifen und lackieren wollen, aber jetzt hatte er eine andere Mission.

Seit dieser Herbert Feldmann vor Jahren in der Wohnung über ihm eingezogen war, war sein häuslicher Friede empfindlich gestört. Viele lachten über diesen Feldmann, da er in aller Öffentlichkeit Selbstgespräche führte, aber ihn brachte etwas ganz anderes aus der Fassung: Feldmann war ein notorischer Tagedieb. Ein Drückeberger, der auf Kosten seiner Tante lebte, ein absoluter Versager, wenn es um das Reinigen des Treppenhauses ging, ein Lärmverursacher und Nichtstuer erster Güte! Als er an Feldmanns Briefkasten dachte, der in all den Jahren wahrscheinlich sowohl Putztuch als auch Haushaltsreiniger lediglich auf den Supermarktwerbeblättchen gesehen hatte, die dort hineingeworfen wurden, stieg ihm erneut das Blut zu Kopf. Feldmann und er, das waren Nord- und Südpol, das waren Feuer und Wasser, das war Krieg! Er war über fünfzig Jahre, und er war der erste Mieter dieses Hauses gewesen und brauchte es sich nicht bieten zu lassen, daß ein Spinner wie Feldmann die ganze Hausordnung umkrempelte!

Die Aussicht, dieses Subjekt zu beschatten und vielleicht endlich bei dem erhofften Fehltritt zu ertappen, der ihn ein für alle Male bei seiner Tante in Mißkredit bringen würde, war verlockend.

Also war er aufgebrochen und hatte sogar vergessen, die Mülltonne hinauszustellen.

Und dann hatte diese Odyssee begonnen: Ihm war der Name der Ortschaft entfallen, in deren Nähe dieses Hotel stand. Zunächst glaubte er sich an einen Ort mit der Endung ...rath erinnern zu können, und er hatte Sasserath, Rupperath und Ohlerath abgeklappert. Dann waren ihm Zweifel gekommen, ob es nicht vielleicht doch Ohlenhard anstatt Ohlerath gewesen war, und er hatte dort sein Glück versucht. Und schließlich erinnerte er sich daran, daß der Ort auf ...scheid endete, und kariolte eine Weile durch Hilterscheid, Pitscheid, Mutscheid und Willerscheid, bis er endlich in Buchscheid landete und erleichtert feststellte, daß er sein Ziel erreicht hatte. In dem winzigen Ort Heistert winkte ihm eine Truppe Jugendlicher, die zu später Abendstunde noch an der Bushaltestelle herumlungerte, fröhlich zu, als er zum vierten Mal vorbeigerauscht kam. Strecker hatte als Antwort seinen Lieblingsfluch aus seiner geliebten Bundeswehrzeit vor sich hin geknurrt.

Er hatte geplant, sich in unmittelbarer Nähe zu Herbert Feldmann einzuquartieren, um ihm stets genau auf die Finger schauen zu können. Zu diesem Zweck wäre es allerdings vollkommen falsch gewesen, dasselbe Hotel zu beziehen. Also versuchte er es in der Gaststätte ›Zum Ruppertsnück‹ und wurde enttäuscht. Ein gewisser Dr. Schüssler aus dem Ruhrgebiet, mit Zweitwohnsitz in Buchscheid, feierte seinen fünfundsechzigsten Geburtstag und hatte seine ganze Sippschaft aus dem Pott anreisen lassen, und diese belegten sämtliche Zimmer in dem Dorfgasthof. Also trug Strecker seinen Koffer zähneknirschend wieder ins Auto und reiste weiter.

Jetzt tauchte vor ihm das protzige Hotel aus der Dunkelheit auf, und er vermerkte zerknirscht, daß laut Verkehrsschild die gut ausgebaute L165 von Bad Münstereifel nach Schuld in Minutenschnelle zu erreichen war.

Strecker lenkte den Wagen langsam am Hotel vorbei, begutachtete dabei neugierig das prächtige Portal und lenkte ihn etwa hundert Meter weiter in einen einmündenden Waldweg. Er zog den Zündschlüssel aus dem Schloß und grübelte kurz, was als nächstes zu tun war. Schließlich kam er zu der Überzeugung, daß zu dieser späten Stunde kaum noch etwas auszurichten war, und er entschloß sich, zu schlafen und Kräfte zu sammeln.

Strecker war groß und die Sitze des Peugeot nicht gemacht für eine Übernachtung. Er wand sich eine Weile hin und her, fand schließlich eine halbwegs bequeme Stellung, in der er das bärtige Kinn mehr oder weniger über die Kopfstütze nach hinten streckte, und murmelte bösartig: »Feldmann, ich komme!« Dann schlief er, begleitet vom Hohenfriedberger Marsch aus dem Cassettenrecorder, langsam ein.

*

Alles, was Herbie aus seiner Position erkennen konnte, war ein Paar schwarze, blankpolierte Schuhe, an deren Sohle eine Lehmkruste vom unbefestigten Gelände um Raben-Päuls Behausung klebte, und die Enden zweier schwarzer Hosenbeine. Dann wurde es plötzlich heller, und er preßte sich noch tiefer in sein Versteck hinein. Sein Fuß berührte etwas Weiches, und er versuchte jegliche Vorstellung zu verdrängen, worum es sich dabei handeln könnte. *Ich weiß es, ich weiß es!* feixte Julius und ließ keinen Zweifel daran, daß Herbie zu Recht beunruhigt sein durfte.

Der Lichtkegel der Taschenlampe tanzte für ein paar Augenblicke auf dem groben Dielenboden herum, und Herbie brach der Angstschweiß aus. Dann wanderte er höher. Die Schuhe gingen ein paar Mal unentschlossen hin und her. Auch dieser Eindringling schien sich ausgiebig umsehen zu wollen. Er machte sich an dem Schrank zu schaffen, den Herbie vorhin ohne Erfolg zu öffnen versucht hatte. Der Unterschied bestand darin, daß der zweite Besucher irgendeinen Gegenstand zur Hilfe nahm, der das Holz splittern und das zierliche Schloß verbeult zu Boden klimpern ließ. Als die Türe aufschwang, konnte Herbie von seinem unpraktischen Beobachtungsposten aus, spärlich von der Taschenlampe beschienen, die Kolben dreier Gewehre und ein paar verschiedenfarbige Schachteln mit Munition erkennen. Da hatte also der Alte seine Schießprügel verschlossen.

Von Ferne ertönte wieder ein unterdrücktes Bellen. Die Schuhe hielten in ihrem Schritt inne. Und dann machten sie ein paar rasche Schritte auf die gegenüberliegende Wand zu. Das Regal.

Die Schuhe verharrten nunmehr auf einem Fleck, während irgendwo außerhalb von Herbies Blickfeld jemand damit beschäftigt war, den Inhalt des Regals zu durchwühlen. Herbie versuchte, seine Panik im Zaum zu halten, als er plötzlich im schwächer gewordenen Schein der Taschenlampe eine Spinne auf sich zukrabbeln sah. Mit raschen Bewegungen kam sie zielstrebig auf sein Gesicht zugetrippelt und schien festen Willens, eine Besteigung der Nase oder des Kinns zu unternehmen.

Ich möchte nicht nörgeln, aber falls sich nun auch noch die Mäuse entschließen sollten, uns Gesellschaft zu leisten, wird es langsam eng hier unten.

Herbie versuchte voller Verzweiflung, das Spinnentier mit einem geräuschlosen Pusten zur Umkehr zu veranlassen. Erst als es nur noch eine Handbreit von seinem Gesicht entfernt war, hielt es einen Moment inne und verschwand kurz entschlossen in der Dunkelheit hinter Herbies Kopf. Das beunruhigte ihn zwar ebenfalls, aber immerhin war diese Situation weitaus besser, als diesem Untier von Angesicht zu Angesicht gegenüberzuliegen.

Mit einem Mal zerriß der furiose Auftakt von Beethovens fünfter Symphonie die Stille in der Hütte.

Allegro con brio, erläuterte Julius überflüssigerweise.

Die Musik dröhnte durch den kleinen Raum, und der Verursacher des Lärms, der anscheinend unvorsichtigerweise einen Cassettenrecorder betätigt hatte, trat unruhig von einem Fuß auf den anderen, während die Geräusche von seinen vergeblichen Versuchen, das Gerät wieder abzuschalten, kündeten. Es wurde auf Tasten gehämmert, es wurde an Knöpfen geschaltet, und schließlich herrschte wieder Ruhe in Raben-Päuls Bude. Dann kam eine weitere musikalische Kostprobe. Die ›Nacht auf dem kahlen Berge‹ von Mussorgski. Der Besitzer dieser musikalischen Sammlung hatte offenbar Sinn für das Dramatische gehabt. Herbie überlegte, daß er das diesem Onkel Paul nicht zugetraut hatte. Sein Umfeld hätte es zumindest nicht vermuten lassen. Erneut wurde die Cassette gewechselt. Das schien nun wiederum etwas von Schubert zu sein.

Ein echter Klassikfreund, der alte Rabenkiller. Hat vermutlich immer eine kleine Melodie von Haydn vor sich hin gepfiffen, wenn er die schwarzen Vögel vom Himmel blies.

Dann klapperte es gewaltig, und etwa zehn Musikcassetten prasselten auf den Holzboden. Die Musik wurde abgeschaltet. Herbie stockte der Atem. Der Eindringling ging in die Hocke. Ein angestrengtes Ächzen war zu hören. Als er sich zu den Cassetten hinunterbückte, war er für einen Moment ganz zu sehen. Herbie betete zu Gott, daß sich der Mann nicht zu einem Blick unter das Bett hinreißen lassen möge, und dann staunte er nicht schlecht: Der Mann, den er sah, war in tiefes Schwarz gehüllt. Unter dem schwarzen Mantel war ein schwarzer Pullover sichtbar, der nach oben mit einem schmalen, weißen Kragen abschloß. Ein Kolarkragen. Dieser ältere Herr, der zu so später Stunde in fremde Behausungen einstieg, war ein Priester!

Der Pastor holte von irgendwoher eine zusammengefaltete Plastiktüte hervor, entfaltete sie mit einer Hand, während die andere die Taschenlampe hielt, und warf rasch die zu Boden gefallenen Cassetten hinein. Der Lichtkegel der Taschenlampe wanderte gefährlich nahe an das Bett heran. Er hielt inne, und der Pastor lauschte.

Herbie spannte alle Glieder an und wagte nicht zu atmen.

Dann erhob sich der Pastor wieder, und Herbie hörte, wie er den Cassettenschacht des Recorders öffnete und auch die letzte Cassette hervorholte und in die Tüte warf.

Auch der Herr Pastor scheint ein ausgesprochener Klassikfreund zu sein, wie mir scheint. Vielleicht ist hier ein blutiger Cassettensammlerkrieg ausgebrochen.

Schließlich wurde die Taschenlampe wieder ausgeknipst, und begleitet vom Rascheln der Plastiktüte verließ der Pastor die Hütte auf demselben Wege, auf dem er sie betreten hatte.

Herbie atmete laut hörbar aus. »Das müßte mir mal jemand erklären.« Er verharrte noch einen Moment unter dem Bett. Man konnte nie wissen. Vielleicht verspürte der Priester ja plötzlich Lust, sich auch noch nach einer eventuell vorhandenen Schallplattensammlung umzusehen.

»Was will dieser Priester mit der Musik vom Raben-Päul? So was hat doch jeder Pfaffe, den ich kenne, ohnehin bei sich zu Hause!«

Was kennst du denn schon für Priester? Vielleicht hatte er ja gehofft, auf eine Partycassette mit frivolen Liedern und Witzchen zu stoßen.

»Ich werde das Gefühl nicht los, daß sich hier eine ganz seltsame Geschichte abspielt. Und ich bin mir fast sicher, daß Rosi und dieser Raben-Päul in irgendeiner Art und Weise darin verstrickt waren.«

Etwa zehn Minuten waren vergangen. Weder die Spinne

noch der Pastor waren zurückgekehrt. Die Gefahr schien gebannt. Herbie fand, daß es an der Zeit war, sich aus diesem Drecksloch zu entfernen.

Er krabbelte ächzend unter dem Bett hervor und machte ein paar unbeholfene Versuche, sich den Staub vom Rücken zu klopfen. Sein Blick fiel auf das Regal. Ein silbrig glänzender Cassettenrecorder reflektierte schwach das Mondlicht. Sein Cassettenschacht stand offen. Daneben lag ein leergeräumtes Köfferchen, das ganz offensichtlich als Behältnis für die Cassetten gedient hatte.

Pastöre sind manchmal wirklich seltsam.

»Stimmt.«

In diesem Moment zersprang mit elementarem Knall die Scheibe des Fensters neben der Türe. Etwas Flackerndes flog mit Wucht in den Raum, an den beiden vorbei, gegen die rückwärtige Türe und zerbarst klirrend. Eine Flüssigkeit verspritzte, und augenblicklich leckte ein Meer von Flammen an der rückwärtigen Wand empor. Fauchend klommen sie die Holzplanken hinauf und erfaßten die fleckigen Gardinen an den Seiten der rückwärtigen Fenster. Das blaßrote Muster zertanzte in Sekundenschnelle zu schwarzen Ascheflocken. Eine große Fotografie im schlichten Holzrahmen, die Herbie bisher übersehen hatte, erstrahlte für einen Moment im Schein der züngelnden Flammen. Ein kleiner, rundlicher alter Mann mit buschigen Augenbrauen und einer frechen, fast winzigen roten Nase lachte ein gelbgerändertes Lächeln und zeigte mit dem knorrigen Zeigefinger an der krausen Stirne einen Vogel. Den grünen Jägerhut hatte er weit in den Nacken geschoben. Der Raben-Päul!

Er sieht aus, als lache er dich aus. ›Was schleichst du auch nachts in meinem Haus rum? Jetzt sieh zu, wie du hier heil rauskommst!‹

Dann fraßen sich die Flammen auf den Holzrahmen zu, sprengten die Glasscheibe und leckten mit ihren gierigen Zungen über das Gesicht des Alten, bis es in Sekundenschnelle von der Wand bröckelte.

Herbie warf sich herum und ratterte an der Vordertüre. Es

blieb ihm nicht viel Zeit. Die Luft war im Nu kochend heiß geworden. Die Flammen arbeiteten bereits an dem Bett und hatten einen Plastikeimer in der Nähe des Herdes in Brand gesetzt, der entsetzliche, schwarze Rauchschwaden in die Höhe schickte.

Er suchte die Wand um die Türe herum hektisch nach irgendeinem Schlüssel ab, er rüttelte an der Klinke, er ergriff den einzigen Stuhl und hieb ihn wieder und wieder krachend gegen die Türe. Aber die alte Türe hielt stand. Er holte erneut mit dem Stuhl aus, um sich im angsteinflößenden Zackengewirr des zerborstenen Fensters einen Durchlaß zu verschaffen.

Dann kam der Hustenreiz. Der Rauch drang in seine Kehle und schoß ihm brennend und beißend in die Luftröhre. Er riß die Augen weit auf und schnappte nach Luft. Das einzige, was er einatmete, war dichter, zäher Qualm. Das Federbett ging in Flammen auf, und Herbie konnte kaum noch die eigene Hand erkennen, die mit schwindender Kraft gegen die Türe hämmerte, während er selber langsam zu Boden sank. In der Nähe der Kochplatte explodierte eine Flasche mit dumpfem Knall, und die Flammen hatten bereits den Schrank mit den Gewehren erreicht.

Vor Herbies Augen verschwamm alles. Er pendelte kraftlos mit dem Kopf hin und her. Er erkannte schemenhaft Julius, der besorgt auf ihn hinabblickte. Er sah das Regal, das an einer Seite bereits bedenklich in sich zusammengesackt war, den Marder, auf dessen Fell kleine Flammen tanzten, und dann sah er die Türklinke, die sich auf einmal bewegte, ohne daß er sie angefaßt hätte. Sie bewegte sich nach unten. Das Geräusch des Schlüssels im Schloß erahnte er nur, und in dem Moment, in dem die Türe aufgestoßen und er unsanft zur Seite gedrückt wurde, schwanden seine Sinne, und der Rauch verdichtete sich zu einer fetten, schwarzen Masse, die ihn einhüllte, durch sein Gehirn flutete, über und unter und in ihm war.

Siebentes Kapitel

(In bunt, aber mit verwaschenen Farben und weichen Konturen. Verwackelt und mit dem Surren einer frühen Super8-Kamera im Hintergrund.)

Die erste Ohrfeige saß. Der rothaarige Josef hatte entsprechend weit ausgeholt. Dann blickte er Herbertchen Feldmann drohend an und knurrte aus dem Mundwinkel: »Pack aus! Jetz sach schon, wat du hier rumzuschnüffeln has!«

Aber was sollte der kleine Herbert schon sagen? Was gab es da großartig auszupacken? Sollte er wirklich erzählen, daß seine Schildkröte Amalie ausgebüxt war und sich unter dem Gartenzaun hindurch auf das verwilderte Nachbargrundstück, in die unmittelbare Nähe des Geheimverstecks der Bande von Altenraths Jüppchen, gewagt hatte? Sollte er sich dem Spott des etwa zwölfjährigen Straßenschrecks mit den feuerroten Haaren ausliefern, sich als Schildkrötenjäger outen? Ihm schoß durch den Kopf, was diese Bande rotznäsiger Realschulbengel womöglich mit seiner geliebten Amalie angestellt haben könnten. Roch er da nicht irgendwo ein Lagerfeuer?

Jüppchen holte erneut aus und pfefferte dem etwa vier Jahre jüngeren erneut eine, während Friedhelm Brandt und Lothar ›Lolli‹ Bongartz seine Arme festhielten. Und noch eine Ohrfeige … und noch eine …

(Der Blick schärft sich, und selbst die Nacht bekommt wieder farbige Schattierungen.)

Herbie tauchte langsam auf. Es war in der Tat so, als werde er in Zeitlupe an die Oberfläche eines tiefen, pechschwarzen Sees hinaufgetragen. Zwei Gesichter tanzten vor seinem getrübten Blick umeinander, ineinander, gewannen an Schärfe, und schließlich erkannte er sogar wieder die Sorgenfalten auf ihren Stirnen. Julius kannte er bereits seit geraumer Zeit. Sein Anblick erschreckte ihn wenig. Das andere Gesicht jagte ihm jedoch im ersten Augenblick einen gehörigen Schock in die Glieder. Aus nächster Nähe betrachtet war ihre Nase noch ein bißchen krummer und ihr Mund noch ein bißchen breiter, als er das bisher wahrgenommen hatte.

»Fritz«, murmelte er verblüfft und richtete sich auf.

»Sie kennen meinen Namen?« Der Gesichtsausdruck wechselte von ernsthafter Besorgnis zu absoluter Verwirrung. »Ich meine ... Fritz, so nennen mich doch nur ...« Sie stammelte verwirrt herum.

Der rotgelbe Lichtschein, der im Geäst der Schlehenhecken umhertanzte, veranlaßte ihn, den Kopf zu wenden und hinter sich zu blicken. Raben-Päuls Hütte war nur noch ein Haufen flackernden Schutts.

»Donnerwetter!« murmelte Herbie. »Ganze Arbeit. Wenn ich da nicht herausgekommen wäre ...«

Schön, daß du wieder unter uns weilst. Ich dachte bereits, ich müßte mich nach einer neuen Anstellung umsehen. Julius ließ das betont gleichgültig klingen. *Hoffentlich hat dein Hirn nicht noch mehr Schaden genommen. Die Grenze des Vertretbaren war ohnehin beinahe erreicht.*

»Ich habe Sie klopfen hören und sah, daß jemand versuchte, von innen die Türe zu öffnen. Gott sei dank hatte ich den Schlüssel. Wie sind Sie überhaupt hineingekommen, wenn abgeschlossen war?« Fritz hatte sich aus der Hocke erhoben und starrte nun auch in die Flammen.

Vom Dorf her erklang die Sirene.

»Ich bin durch die hintere Türe hinein. Die war nicht verschlossen.«

»Oh verdammt, dann habe ich schon wieder vergessen, den Riegel vorzuschieben! Ich bin aber auch ein Trampel! Na ja, ist ja auch egal jetzt. Kommen Sie, wir machen uns aus dem Staub, bevor die Feuerwehr hier anrückt. Sonst kriegen Sie noch Schwierigkeiten.« Sie machte auf den Absätzen kehrt und stiefelte los in Richtung Hotel.

Herbie und Julius blickten sich an und signalisierten sich, daß es in der Tat ratsam war, den Tatort zu verlassen. »He!«

rief Herbie und versuchte, wie bereits zweimal zuvor, mit ihrer Geschwindigkeit Schritt zu halten. »Das heißt, Sie haben einen Schlüssel zu dieser Hütte gehabt? Wieso das denn?«

Sie stapfte unbeirrt weiter und brummte barsch: »Ich wüßte nicht, was Sie das angeht. Zuerst würde ich gerne von Ihnen mal was hören.«

»Was zum Beispiel?« Er begann, kürzer zu atmen. Die Bewußtlosigkeit hatte seine ohnehin mäßige Kondition empfindlich geschwächt.

»Ich wüßte wirklich gerne, woher Sie meinen Spitznamen kennen, was Sie nachts hierher treibt und … ach ja: Wie wär's mit: Danke für die Rettung?« Sie blieb stehen und wartete mit in die Seiten gestemmten Fäusten, bis er aufgeholt hatte.

Herbie räusperte sich, peinlich berührt. »Stimmt natürlich. Danke vielmals für die Rettung meines Lebens.« Er blieb heftig keuchend stehen und betrachtete sie. »Und was die restlichen Erklärungen angeht, da würde ich vorschlagen, daß wir uns gleich im Hotel mal für einen Moment in Ruhe unterhalten.«

Bist du wahnsinnig geworden? Willst du mit ihr bei einer Tasse Kakao über das Für und Wider einer Hundeentführung diskutieren? Julius stand unmittelbar hinter ihr und ruderte entnervt mit den Armen.

Motorengeräusch wurde laut, und hinter der nächsten Wegbiegung war der bläuliche Signalschein eines Feuerwehrwagens zu sehen. Sie verbargen sich kurz entschlossen hinter dem nächstbesten Gebüsch und warteten, bis der Feuerwehrwagen an ihnen vorbeigerauscht war.

»Viel zu spät«, murmelte Fritz. »Die können höchstens noch was zusammenkehren.«

»Mich würden die jetzt auch zusammenkehren. Nochmals danke.« Sie stiegen über kniehohes Gestrüpp auf den Weg zurück.

»Wollte der Sie töten?«

»Der Pastor? Sie haben ihn gesehen? Glaube ich kaum. Er war auch in der Hütte, hat mich aber anscheinend nicht bemerkt. Nein, ich glaube, der wußte wirklich nicht, daß ich da drin war.«

»Pastor?« Fritz hatte wieder ihre alte Durchschnittsgeschwindigkeit erreicht.

»Ja, der Pastor, vielleicht der aus Buchscheid. Weiß nicht so richtig.«

»Das war kein Pastor. Ich habe einen mit einer roten Daunenjacke gesehen. Lief gerade weg, als ich näherkam. Und eine Mütze hatte der an. Der Pastor Rövenstrunck läuft so nicht rum.«

*

Als sie das Hotel Eifelhöhe erreicht hatten, keuchte Herbie wie ein asthmakrankes Maultier. Erschöpft lehnte er sich an die rückwärtige Hausmauer und japste nach Luft.

Julius applaudierte spöttisch. *Ich hatte immer eine gewisse Hochachtung vor Hochleistungssportlern. Mit deiner heutigen Leistung hast du bestimmt jeden Rekord des Kindergartensportfestes überflügelt. Vielleicht schaffst du ja morgen im hoteleigenen Pool das ›Seepferdchen‹?*

»Ich bin so groggy, das kann sich gar keiner vorstellen. Und einen Hunger habe ich ... Dieses Essen hier ist nichts für mich. So ein paar klitzekleine Sachen auf den Teller runterstreuen, Soße drauf ... da wird doch keiner satt von.«

Fritz betrachtete ihn nachdenklich, sah auf die Uhr, winkte ihm dann stumm mit der Hand und ging voraus um die nördliche Hausecke. Nach ein paar Minuten erreichten sie den Dienstbotentrakt, der Herbie bisher verborgen geblieben war.

Julius zog die Stirne kraus. *Du hast sie auf eine Idee gebracht. Jetzt holt sie ihre Komplizen, und dann machen sie aus dir das, was morgen auf den Teller gestreut wird. Wollen wir wetten?*

In der Tat blieb Fritz vor einem Fenster stehen, das durch die Hanglage des Hotels etwa zwei Meter über ihren Köpfen lag, hob ein paar Steinchen vom Boden auf und warf sie durch die Nacht. Es prasselte deutlich hörbar, aber nichts geschah. Sie wiederholte diese Aktion zweimal, und schließlich wurde das Fenster ruckartig aufgerissen.

Herbie sah zuerst niemanden in der Dunkelheit. Dann sah er, daß der Mann, der in der Fensteröffnung erschienen war, die Dunkelheit selbst war. Es handelte sich um einen Farbigen, dessen weiße Augäpfel jetzt fragend zu ihnen hinunterleuchteten. »Was is?«

»Mach auf! Wir wollen in die Küche! Aber leise!« Fritz zischte die Worte zu ihm hoch und warf einen Kuß hinterher. Der Schwarze schloß wortlos das Fenster, und sie setzten sich ebenso wortlos in Bewegung und gingen zurück um die Hausecke. Vor der Türe, an der Herbie beobachtet hatte, wie sie die Plastiktüte in Empfang genommen hatte, verharrten sie.

Meine Vermutung bezüglich deiner weiteren Verwendung könnte sich bewahrheiten! Julius setzte ein wichtiges Gesicht auf.

Es vergingen keine zwei Minuten, bis die Türe geräuschvoll von innen entriegelt und geöffnet wurde. Der Farbige erschien im Türrahmen. Er hatte sich eine Jogginghose und ein weißes T-Shirt übergezogen. Die Kleidung war fleckig und ungewaschen, aber im Kontrast zu seiner tiefdunklen Haut strahlte sie leuchtend weiß durch die Nacht. »Er hat Hunger. Das Essen im Restaurant, meint er, sei Spielerei für einen vernünftigen Magen.« Fritz grinste schelmisch und hauchte dem Schwarzen einen Kuß auf die Wange. Dieser verzog auf der Stelle das Gesicht zu dem breitesten Grinsen, das Herbie je gesehen hatte, unter Verwendung des strahlendsten Gebisses, das Herbie je gesehen hatte. »Bissen wenig, was? Wie sagt man? Popelskram!«

»So ähnlich«, murmelte Herbie. »Wer sind Sie?«

Der Schwarze reichte ihm eine kräftige, warme Hand. »Rufus, bin Koch hier.« Er grinste jetzt noch ein bißchen breiter und klopfte Herbie auf die Schulter. Dann verschwand das Grinsen, er schnüffelte und sagte: »Riecht nach Rauch. Wassen passiert?« Fritz erklärte: »Die Hütte von Päul ist abgebrannt. Er wäre beinahe darin umgekommen. Er ist Gast im Hotel.«

»Abgebrannt?« Sie stiegen unterdessen ein paar Stufen hinauf, schritten einen langen Gang entlang und erreichten schließlich eine blinkende Metalltüre.

»Ja, alles in Schutt und Asche. Jemand hat sie angezündet. Ich hab ihn weglaufen sehen. War nicht zu erkennen, wer es war.« Fritz schilderte die Sache in einer Art desinteressiertem Singsang, aber Rufus schien trotzdem die Dramatik der ganzen Geschichte messerscharf zu begreifen. »Mann oh Mann. Da hassu ers mal was Richtiges zu essen verdient!« Er öffnete die Türe, betätigte ein paar Schalter, und vor ihnen lag die menschenleere, lichtdurchflutete Küche. Eifrig verschwand Rufus in einem angrenzenden Raum, und sie hörten ihn rascheln und räumen.

Jetzt nutze die Gelegenheit! Julius wackelte ungeduldig mit dem Kopf.

»Ich wollte eigentlich erst mal alleine mit Ihnen sprechen«, sagte Herbie eilig.

»Erst essen.« Fritz holte ein paar Töpfe aus einem chromglänzenden Schrank.

Wenige Augenblicke später tauchte Rufus mit einer Reihe von Zutaten wieder auf.

Herbie sah auf die Uhr. Es war beinahe ein Uhr. Die beiden machten sich über die Zutaten her und schälten und hackten und rührten, und nach kurzer Zeit zog ein ungemein leckerer, aromatischer Duft durch die Küche. Herbie konnte nicht anders, als sich der Vorfreude hinzugeben und geduldig auf einem Stuhl Platz zu nehmen, der neben einer voluminösen Rührmaschine an der Wand stand.

»Is gut, mal was Richtiges zu kochen!« Rufus lachte und schwang einen hölzernen Löffel. »Nis imme nur so Kinkerlitzchen. Wer imme so was ißt, der is beklopp!« Er lachte lauthals. Mit einem Knuff in die Rippen bedeutete ihm die grinsende Fritz, leiser zu sein.

Etwa eine halbe Stunde später saßen sie in einem Nebenraum,

der offensichtlich dem Küchenpersonal als Speise- und Aufenthaltsraum diente, um einen runden Tisch herum und blickten zufrieden und mit gehörigem Appetit auf eine Reihe von sättigend aussehenden, fremdländisch duftenden Speisen.

Julius schüttelte mißbilligend den Kopf. *Ich habe schon viele Gründe gehört, aus denen gemeine Verbrecher niemals ihrer gerechten Strafe zugeführt wurden. Es ging dabei meistens um dumme Zufälle, Bestechung und kugelsichere Westen. Aber Verfressenheit ist mir in diesem Zusammenhang völlig neu!*

Herbie kostete vorsichtig. Fremdartige Speisen riefen bei ihm stets eine gewisse Skepsis hervor. Was er hier vorgesetzt bekam, schmeckte süß und salzig zugleich, war scharf und doch bekömmlich. Was er zunächst nur löffelchenweise versuchte, schaufelte er sich wenig später bergeweise auf den Teller. Rufus und Fritz, die gemächlich vor sich hin kauten, beobachteten ihn mit Freude und unverhohlenem Amüsement.

»Rufus, wenn ich dich so nennen darf, das ist Klasse!« Herbie griff ein weiteres Mal zu. »Wie kannst du nur so einen pingeligen Kram produzieren, den man uns zum Abendessen serviert hat?«

»Das hier is Kelley Welley mit Kochbananas un Ingwer. Nimm dir noch Erdnüsse dassu! Un das da sin gebratene Auberginen mit Terator. Lecker Soße aus meine Heimat, Nigeria. Fritz liebt das auch.«

Fritz zauberte ein Lächeln auf ihr klobiges Gesicht. »Und ich liebe dich.«

Julius rümpfte angesichts der Speisenfolge pikiert die Nase. *Wenn Liebe durch den Magen geht, dann frage ich mich angesichts der Pampe, was wohl das Hirn des Kochs fabriziert, wenn die Liebe im Magen hängt.*

»Und die anderen Sachen? Dachsmilzcroutons an Morchel-Scampi-Sülze über Otternasenparfait hinter verknoteten Lerchenzungen und so. Macht das etwa Spaß?«

Rufus zuckte mit den Schultern und schabte mit einem Stück Weißbrot gedankenverloren den letzten Rest der köstlichen

Soße aus der Schüssel. »Is Beruf. Is viel Mal besser als Arbeit von andere Ausländer. Ich verdien ja auch gut damit. Das kann ich eben ganz gut.«

»Er hat die Lehre als Koch mit Bravour absolviert. Sonst hätten ihn Faßbender und der Chefkoch nicht hierbehalten nach der Ausbildung«, erklärte Fritz. Sie lehnte sich auf ihrem Stuhl zurück und verschränkte die Arme. »Jetzt aber mal ganz was anderes: Was haben Sie mitten in der Nacht in der Hütte vom Raben-Päul verloren? Das ist Einbruch, was Sie sich da geleistet haben.«

»Sie vergessen, daß die Hintertüre offenstand.«

»Das sagen Sie. Ich finde das alles ein bißchen merkwürdig. Zuerst sehe ich die Flammen, dann rennt einer weg, und schließlich finde ich Sie in letzter Sekunde, und Sie erzählen mir was von einem Priester, der da drin gewesen sein soll. Für mich klingt das verdammt nach einer schlechten Vier-Türen-Millowitsch-Komödie.«

Herbie grinste verschmitzt und meinte: »Dann machen wir doch mal die Türe auf, hinter der Sie da plötzlich hervorgestolpert sind.«

»Was ich da gemacht habe, geht niemanden etwas an.« Fritz warf einen schnellen Blick zu Rufus hinüber, der dem Rededuell aufmerksam folgte, ohne daß sein Gesicht eine deutliche Regung zeigte.

»Tja«, sagte Herbie süffisant, holte sein Portemonnaie aus der Gesäßtasche und nestelte daran herum, »und da, meine liebe … darf ich Fritz sagen? Also, genau da, liebe Fritz, haben wir den Fehler!« Er holte ein kleines Tütchen hervor, in dem sich ein Büschel Hundehaare mit leichtem Türkis-Stich kräuselte, und legte es zwischen die Reste des Mitternachtsmenüs auf die Wachstuchdecke.

Gratulation. Ein blendender Schachzug! Sieh nur ihre Blicke.

Die beiden Hotelangestellten schwiegen betreten. In Fritz' Augen mischten sich Überraschung und Enttäuschung, während Rufus begann, nervös mit den Fingern in seinen schwarzen Löckchen herumzubohren.

»Danke, daß ihr gar nicht erst versucht, es zu leugnen. Dem Gebell nach zu urteilen, das ich eben an der Hütte gehört habe, geht es Bärbelchen gut.«

Fritz nickte resignierend.

»Gute Verpflegung hat sie ja mit Sicherheit. Vier-Sterne-Küche. Das ist genau das, was das Hündchen meiner Tante zu schätzen weiß. Ich hoffe nur, daß ihr ihm keine Stopfleber von der Gans gefüttert habt. Seit letztem Jahr reagiert sie nämlich allergisch dadrauf.«

»Dem Tier geht's gut«, meldete sich Rufus zu Wort. »Is bissen dunkel da, wo er jetz is, aber sons is alles okay.« Er ergriff Fritz' Hand und drückte sie tröstend.

»Tut mir leid, daß ich mich so für dieses köstliche Mahl revanchieren muß. Aber so ist das nun mal im Leben. Unrecht Gut gedeiht nicht und so weiter. Habt ihr so was schon öfter gemacht?«

Beide rissen entsetzt die Augen auf. »Aber nein!« empörte sich Fritz. »Das war doch nur, weil die Gelegenheit so günstig war. Da waren so viele Menschen, und die Hellbrecht kenne ich. Die ist steinreich. Das ist Ihre Tante?«

Herbie nickte. »Was nichts heißen soll. Ich bin ihrem Wohlwollen auf Gedeih und Verderb ausgeliefert. Bin meistens pleite, weil sie so knausrig ist.« Er lächelte. »Tja.«

»So was käme uns sonst niemals in den Sinn. Es ist doch nur, weil Faßbender, dieser Drecksack ...« Rufus legte ihr beschwichtigend die Hand auf die Schulter. Sie blickte sich nach allen Seiten um und fuhr etwas leiser fort: »...weil Faßbender, dieser Mistkerl, Rufus dauernd Ärger macht. Wir wollen weg hier! Alle beide. Lieber heute als morgen.«

Rufus zeigte seine blendend weißen Zähne. »Wollen nach Nigeria. Zu meine Familie. Aber iss wolle nis zurückkommen arm, verstehs?«

Herbie nickte. Er kannte das Gefühl, wenn man Geld in rauhen Mengen zum Greifen nahe vor sich sah und doch nicht zupacken durfte. Sie wollten nicht viel. Sie wollten nur eine Starthilfe für ein neues Zuhause und mußten hier tagein, tagaus Leute bedienen und bekochen, für die eine solche Lösegeldsumme ein Trinkgeld war. Peanuts, dachte er und kullerte eine Erdnuß auf dem Tisch hin und her.

Julius sah ihn entgeistert an. *Korrigiere mich, wenn ich das jetzt falsch formuliere, aber könnte es sein, daß du gerade beginnst, für diese beiden zwielichtigen Gestalten so etwas wie Verständnis zu entwickeln?*

Herbie schmunzelte. Daß Julius kein Verständnis für diese Situation mitbrachte, war ihm vollkommen klar.

Er atmete tief ein, richtete sich auf und sagte: »So, und jetzt überlegen wir uns, wie wir das ganze Spielchen sauber beenden.« Er blickte zuerst Rufus, dann Fritz intensiv an. Sie saßen da wie die ertappten Schulkinder. »Morgen früh werdet ihr mir zeigen, wo der Hund ist. Um eine Anzeige werdet ihr nicht drum herumkommen. Darauf wird meine Tante bestehen.«

»Der Hund ist in der alten Fischerhütte unten im Tal an den Fischteichen«, erklärte Fritz trübe. »War nicht leicht, ihn da runter zu bringen.«

»Das glaube ich gerne. Bärbelchen ist eine echte Misttöle. Wäre mir nicht daran gelegen, meine Tante milde zu stimmen, wäre ich froh, wenn der Köter für immer verschwunden bliebe.«

Ich glaube kaum, daß das etwas ist, was man einem Kidnapperpärchen auf die Nase binden sollte.

Fritz stand auf und begann, das Geschirr zusammenzuräumen. Sie hatte anscheinend das Bedürfnis, irgend etwas zu tun. »In der Hütte hätte das Vieh bis übermorgen bestimmt keiner entdeckt. Da unten ist alles verwildert. Ich war selber zum ersten Mal da, als Päul mich und Rosi mal mit da runter genommen hat.«

Herbie musterte sie aufmerksam. »Rosi?«

»Ja, die Rosi aus dem Dorf. Die, die im Steinbruch verunglückt ist.«

»Ich weiß, um welche Rosi es sich handelt. Wir kannten uns von der Schule.«

»Rosi war Klasse«, bestätigte Rufus mit Nachdruck. »War hier immer bei die Theaterleuten. Hat immer Kostüme genäht un so.«

Julius sackte in sich zusammen. Herbies Interesse war geweckt. Jetzt würde er sich mit Impetus auf diese Rosi-Geschichte stürzen.

»Kanntet ihr sie gut?«

»Das wäre zuviel gesagt. Wir waren oft zusammen beim alten Päul. Der Typ war wirklich wahnsinnig. Da haben wir jede Menge Spaß gehabt.«

»Iss kannte nur die Rosi. Vom Päul hab iss nur gehört. Fritz war imme für ihn begeistert.«

Herbie überlegte angestrengt. Wie konnte er vorgehen? Es schien so, als sei hier eine Menge über das Verhältnis von Rosi zu Päul zu erfahren. Was konnte ihm Fritz erzählen? »Sagt mal, findet ihr es nicht merkwürdig, daß der Päul und die Rosi so kurz nacheinander gestorben sind? Das ist doch ein seltsamer Zufall, oder nicht?«

Fritz nickte. »Seltsam schon. Aber es ist bestimmt ein Zufall und nichts anderes. Der Päul war krank. Der hat sich rumgequält zum Schluß. Und das mit der Rosi, das war eben so was, was man nie verstehen wird.«

»Was hatte der Päul denn?«

»Der hat früher gesoffen. Dann war er eine Zeitlang im Heim und ist schließlich wieder in seine Hütte zurück. Da war dann irgendwas mit der Bauchspeicheldrüse oder so. Ich war zum Schluß nicht mehr da.«

»Warum nicht?«

Fritz nahm den Stapel Geschirr, murmelte: »Das sag ich Ihnen nicht«, und verschwand in die Küche. Rufus blickte ihr nach. Sein Blick wurde traurig. »Päul hat se angegrapst. War ein alte geile Mann zu Schluß. Imme lustig, abe mansmal eben einfach bissen ... bissen zu lustig. Klar?«

»Klar.« Herbie erhob sich ebenfalls. Er sah Rufus zerknirscht an. »Danke für das Essen. Es war wirklich ganz hervorragend. Tut mir fast ein bißchen leid, daß ich euch die Tour vermasselt habe. Muß aber sein.« Er schob den Stuhl zurecht und folgte Fritz. Wortlos öffnete diese eine Türe, die zum Restaurant führte. Der Raum wurde nur vom Licht der Eingangshalle schwach beleuchtet. Sie tasteten sich langsam zwischen den Sitzgruppen zum Eingang durch, und Fritz spähte vorsichtig in die Halle. Mit einem Wink signalisierte sie Herbie, daß der Moment günstig war. Die Dame von der Rezeption wandte ihnen den Rücken zu. Herbie sagte: »Wir sehen uns morgen. Ich hoffe, ihr denkt nicht daran, abzuhauen oder so was.«

»Wir sind nicht blöd.«

»Ihr wart schließlich blöd genug, einen Hund zu kidnappen. Gute Nacht.« Dann huschte er in die Halle, während Fritz hinter ihm geräuschlos die Restauranttüre schloß.

Herbie zuckte zusammen, als er auf einem Sessel der Sitzgruppe die Seminartante entdeckte, die, in sich zusammengesackt, krampfhaft eine Flasche Wodka umklammerte. Als sie ihn unter halbgeschlossenen Lidern erkannte, flötete sie »Huhu!« und winkte müde.

Herbie sandte einen knappen Gruß zurück und beeilte sich, zum Aufzug zu kommen.

Als sich die Schiebetüre des Lifts hinter ihnen geschlossen hatte, klatschte Herbie triumphierend in die Hände. »Ich hab's gewußt! Ich habe es von Anfang an gewußt! Sag selber, Julius, treuer Gefährte. War das nicht ausgesprochen souverän?«

Zugegeben. Geschickt eingefädelt, diese Verhörsituation. Obwohl ich den Verdacht habe, daß diese Geschichte mit dem Hunger und dem Essen nicht wirklich vorgeschoben war.

»Gut, gut, ich hatte wirklich Hunger. Tut aber nichts zur Sache. Fest steht: Ich habe die beiden im Netz. Und was noch viel toller ist: Sie können etwas erzählen. Über Päul und Rosi!«

Julius seufzte. *Ich ahnte es! Du setzt deinen triumphalen Einzug im Hause deiner Tante aufs Spiel, wenn du dich jetzt verzettelst.*

»Wieso verzettelst? Ich will nur noch etwas mehr wissen.«

Ich kenne dich bereits seit ein paar Jahren. Tu, was du für das Richtige hältst! Widme dich deinem Mordfall, der keiner ist! Wechsele einfach die Seite, und tu dich mit Bonnie und Clyde zusammen!

»Zusammentun? Wer spricht denn davon? Ich werde mich keinesfalls mit den beiden zusammentun. Ich werde sie ein bißchen ausfragen. Vielleicht werde ich mir überlegen, ob ich sie straffrei ausgehen lasse. Dazu müßte ich was mit der Lösegeldübergabe tricksen. Hauptsache, Bärbelchen kommt zu Tante Hetti zurück. Ist doch wurscht, was mit dem Lösegeld passiert, sollen sie's doch haben.«

Mit einem leisen *Ping* hielt der Aufzug, und die Türe öffnete sich mit einem schleifenden Geräusch. »Na, vielleicht sollte ich mich doch mit ihnen zusammentun.«

Achtes Kapitel

An der Rezeption war Strecker mühelos vorbeigekommen. Eine entnervte Dame, die offenbar irgendeinem Seminar angehörte, diskutierte angeregt mit der Bediensteten. Gemeinsam mit zwei älteren Damen war er im Aufzug hinaufgefahren. Er hatte den Eindruck, als hätten ihre Blicke unentwegt sein Äußeres inspiziert. Zerknittert sah er aus, verschlafen und ungekämmt, eben so, wie man aussieht, wenn man die Nacht in einem Auto verbracht hat. Als er das Klimpern des Bestecks aus dem Speiseraum gehört hatte, hatte sein Magen rebelliert. Eine Tasse Kaffee und etwas Vernünftiges zu beißen hätten ihm gutgetan. Das Butterbrot, das er sich vor seiner Abreise zu Hause geschmiert hatte, war am frühen Morgen nicht mehr gerade taufrisch gewesen.

Im dritten Stock stieg er aus. Feldmanns Zimmernummer hatte er am Vorabend per Telefon von der Empfangsdame erfragt. Er las den Wegweiser aus Acrylglas. 300-320 nach links. Also links hinunter. Der Teppichboden schluckte jeden der Schritte des großen Mannes.

Da lag also Zimmer 317. Es war acht Uhr. Feldmann, dieses faule Subjekt, lag bestimmt noch in süßem Schlummer.

Strecker sah sich um. Ein paar Grünpflanzen am Ende des Flurs, eine kleine Sitzgruppe mit dunkelgrünen Polstern, eine Glastüre zur Feuertreppe. Wo würde er Posten beziehen?

Strecker erstarrte. An der Türe von Zimmer 317 tat sich etwas. Der Türgriff drehte sich, die Türe schwang auf. Panikartig warf Strecker den Kopf hin und her. Wohin? Der Weg zur Nottreppe führte direkt an der Türe vorbei, der Weg zurück zum Aufzug oder zum Treppenhaus war viel zu lang. Feldmann würde ihn zwangsläufig sehen.

Da! In eine Nische in der Wand eingelassen stand der obligatorische Schuhputzapparat. Als Herbie leise murmelnd aus der Türe trat, sprang Strecker zu der Apparatur, beugte sich darüber, äußerste Konzentration vortäuschend, und las die Anleitung, ohne sie zu verstehen, da er alle seine Sinne auf Herbies Schritte konzentrierte, die langsam näherkamen. Er bemühte sich, sein Gesicht so gut es ging zu verbergen. Dann drückte er den Knopf, die Bürsten setzten sich surrend in Bewegung, und Strecker schob seinen Fuß unter die rotierende Bürste für schwarzes Schuhwerk.

Herbie spazierte nichts ahnend vorbei.

Als er im Aufzug verschwunden war, atmete Strecker erleichtert aus. Jetzt hinterher.

Aber sein rechter Fuß wollte nicht aus dem Gerät heraus. Strecker zog und zerrte. Umsonst. Der Schuh hing fest. Die Bürsten schrubbten über das schwarze Leder, und das Gerät ließ sich nun auch nicht mehr ausschalten.

»Hilfe«, flüsterte Strecker.

Dann bückte er sich ungelenk, um sich seines Schuhs zu entledigen.

*

»Ein Altenheim. Ob es sich da um eine geheime Liebschaft unseres Naturburschen handelt? Sybille …« Herbie steckte den Zettel mit der Prümer Telefonnummer wieder in die Tasche. War Sybille eine faltige Seniorin im Rollstuhl oder aber eine knackige Pflegerin im knappen Weißen?

Julius war übellaunig an diesem Morgen. *Ehrlich gestanden fühle ich mich degradiert. Unsere Unterhaltungen beschränken sich in diesen Tagen auf dürftigen Smalltalk im Fahrstuhl.*

Sie lungerten an der Rückfront des Gebäudes herum und warteten auf Fritz, die sich eine halbe Stunde zuvor telefonisch gemeldet und das Treffen in die Wege geleitet hatte.

»Wir befinden uns im Moment permanent unter Menschen. Das macht jegliche Art von Konversation zwischen uns beiden verhältnismäßig schwierig.« Herbie fegte mit den Füßen durch einen Haufen bunten Laubs. »Übrigens bin ich mir nicht sicher, ob ich etwas vermisse.« Er grinste Julius frech an.

Hinter der nächsten Hausecke ertönte in diesem Moment lautes Maschinengeräusch. Offensichtlich ein großer Dieselmotor. Neugierig spähte Herbie um die Ecke und sah einen großen Tankwagen, der an der Hausmauer stand und vor sich hin tuckerte. Ein fetter Schlauch wurde von einem Mann im schmutzigen Overall irgendwo zwischen den Büschen in der Nähe des Gebäudesockels versenkt. Mit einem Mal wehte Herbie ein schier unbeschreiblicher Gestank um die Nase. Es roch nach Kloake, nach verrottetem Fleisch, eine Duftmarke, wie er sie nie zuvor genossen hatte. Jetzt erschien auch Faßbender auf der Bildfläche und gab dem Mann Anweisungen.

Eine Hand faßte Herbie an der Schulter. Er fuhr herum.

Da ist ja unser Covergirl.

Fritz legte den Zeigefinger auf den gespitzten Mund und bedeutete Herbie, ihr schweigend zu folgen.

Als sie den kleinen Wald erreicht hatten und außer Hörweite waren, sagte sie: »Faßbender ist beschäftigt. Fällt also nicht auf, wenn ich meine Kaffeepause ein bißchen überziehe. Ich muß mich vorsehen. Der hat mich schon seit geraumer Zeit auf dem Kieker.« Sie stapfte durch das Laub, und Herbie hatte, wie auch die Male zuvor, Mühe, Schritt zu halten.

»Was war das für ein bestialischer Gestank?«

»Da wird der Fettabscheider der Küche geleert. Lecker, was?« Sie grinste. »Das solltest du mal im Sommer erleben, da läuft dir aber die Farbe aus dem Gesicht.«

Merke auf, treuer Gefährte: Die junge Dame ist soeben in ein vertrauliches ›Du‹ verfallen. Laß dich nicht um den Finger wickeln!

Sie hatten das freie Feld erreicht und stießen auf den Feldweg. Herbie war es, als sei er die Strecke schon mindestens hundertmal gegangen. Erst jetzt bemerkte er die Plastiktüte in Fritz' rechter Hand.

»Was kriegt denn unsere kleine Misttöle Leckeres?«

»Lammrücken von gestern abend. Den hatten diese Seminarleute.«

»Was für ein Seminar ist das eigentlich?«

»Keine Ahnung. Irgendwer erzählte was von Steuerfachgehilfen. Ich weiß wirklich nicht.«

An der nächsten Wegbiegung wurde das Steinbruchschild erkennbar. »Kaum zu glauben, daß das hier passiert sein soll«, murmelte Fritz abwesend. »Wir waren oft hier oben. Bei Päul und so. Das hat uns beiden Spaß gemacht. Und dem alten Sack auch.«

Kann ich mir denken, höhnte Julius. *Gelungene Kombination: Ein alter Sack und zwei junge Dinger.*

»Nicht das, was du denkst«, wandte Fritz ein, und Herbie zuckte unmerklich zusammen. Es klang beinahe so, als habe sie die Antwort Julius gegeben, dabei spekulierte sie nur über Herbies offensichtliche Gedanken. »Ich habe mitbekommen, daß Rufus dir das gestern gesagt hat. Wir haben uns nachher noch gestritten deswegen. Er hätte das nicht erzählen sollen. Päul war gar nicht so. Das ist ihm im Suff passiert. Er hat zum Schluß wieder angefangen zu saufen. Dann hat er mich mal befummelt, und als ich ihm sagte, er solle das gefälligst bleiben lassen, da wurde er auch noch brutal. Passiert ist dann doch nix, weil er viel zu besoffen war. Ich bin dann nicht mehr hingegangen. Hab's niemandem erzählt.«

»Auch Rosi nicht?«

Sie erreichten den zerstörten Zaun und stiegen wie selbstverständlich darüber. Schließlich tat sich zu ihren Füßen der Abgrund auf. Vor ihnen lag, unverändert wüst und verkommen, der ehemalige Steinbruch.

»Nein, Rosi hab ich nichts erzählt. Sie ist dann noch immer zu ihm gegangen. Bis es dann zu Ende ging.«

»Wo ist er gestorben?« Der Wind blies ihnen heftig aus dem Tal entgegen. Herbie vergrub die Hände tief in den Hosentaschen.

»In seiner alten Hütte. Da wollte er nicht mehr weg. Durch seine dreckigen Fenster konnte er die Vögel sehen.« Sie stieß plötzlich mit dem Zeigefinger in die Luft. »Da! Die Kornweihe!«

Ein großer Raubvogel zog in sanft geschwungenen Linien seine Kreise über dem Feld auf dem gegenüberliegenden Bergrücken. Er hatte helles Gefieder und lange, elegante Schwingenspitzen. Sein Flug sah anmutig und majestätisch aus.

»Das war der Liebling vom alten Päul. Er hatte was übrig für ihre Eleganz. ›Meine Eiskunstläuferin‹ hat er immer gesagt. Bald zieht sie nach Süden. Dann wurde Päul immer besonders traurig.« Sie sahen dem anmutigen Flug des Vogels noch eine Weile stumm zu, bis sie ihn schließlich hinter einer Windung des Tales aus den Augen verloren.

»Die Turmfalken, die hat er auch gemocht. Nur der Habicht, so sagte er immer, sei ein wirklich schlimmer Finger unter den Raubvögeln. Der schlägt alle Fasane. Hier gibt's kaum noch welche. Ein gerissenes Vieh, dieser Habicht.«

Herbie sah ihr zu, wie sie sich auf der Stelle drehte und die Weite des Himmels mit ihren Blicken durchmaß.

»Alles ist kaputt hier. Rosi ist tot. Der Alte ist weg. Der Job kotzt mich an. Ich will weg!« Ihre Augen füllten sich mit Tränen. »Ob in Afrika der Himmel genauso hoch ist wie über der Eifel? Ich würde es so gerne erfahren, mit eigenen Augen sehen.«

Herbie schwieg betreten. Auch Julius hatte ein nachdenkliches Gesicht aufgesetzt. Herbie versuchte zu ergründen, was seinen Freund bewegte. Schlich sich da so etwas wie Verständnis hinter die gerunzelte Stirne seines fetten Begleiters?

»Richard ist nach Australien gegangen. Der wollte auch hier weg. Scheint ihm nicht geschadet zu haben.«

Fritz sah ihn an. »Richard? Ach so. Du meinst Rosis Richard. Ja klar! Der ist auch geflohen. Aber wenn du mich fragst, hatte der keinen Grund dazu. Die Rosi, die hat ihn geliebt.«

»Sagte sie das?«

»Manchmal, wenn das Thema auf den Tisch kam, da wurde sie ganz leise und hat alle Schuld auf sich genommen und hat doch tatsächlich gesagt, daß sie ihn wieder nehmen würde, wenn er wiederkäme. So was Verrücktes.« Sie lachte kurz und verächtlich auf.

»Die beiden haben sich nicht scheiden lassen. Warum?« Herbie setzte sich wieder in Bewegung und kehrte dem Steinbruch den Rücken.

»Die hatten wohl beide Angst. Vielleicht haben sie sich geschämt, wieder in Kontakt miteinander zu treten. Und so lebten sie jeder für sich in Ruhe. Ich weiß nicht, was Richard gemacht hat *downunder*, aber Rosi hat alles radikal abgeblockt. An die kam kein Mann ran.«

»Und die Frauen?«

Fritz schmunzelte. »Ach, das meinst du … das war doch nur so'n Ausrutscher. Die Bea war nur ne Freundin, sonst nichts. Da ist nie mehr was gewesen. Soweit ich weiß.«

Sie hatten die Stelle erreicht, an der noch bis zum gestrigen Abend die Hütte vom Raben-Päul gestanden hatte. Es gab ein paar verkohlte Pfosten, die aus dem Haufen aus Asche und Schutt hervorragten. Der Ofen war noch zu erkennen. Ein Wasserfaß, das hinter der Hütte gestanden hatte, war unversehrt geblieben, aber der Rest war verwüstet.

»Jetzt ist gar nichts mehr von ihm übrig. Der Raben-Päul

ist endgültig in die Ewigen Jagdgründe eingegangen. Unten im Dorf hatte er noch ein Häuschen stehen. Direkt hinter der Kirche. Das hat er vor einem Jahr verkauft und ist hier raufgezogen. Das muß man sich mal vorstellen.«

»Und der hat keine Probleme mit den Behörden gekriegt?«

Fritz zuckte mit den Achseln. »Wo kein Kläger, da kein Richter. Der olle Päul war den Leuten doch scheißegal. Die Bauern haben ein bißchen von seiner Hilfe profitiert, wenn er ihnen die Krähen wegjagte. Aber sonst hatte doch keiner was mit dem zu tun. Lebte hier oben ohne Strom und nur mit Wasser aus der Regentonne.« Sie öffnete das Gartentor, das offensichtlich ein umsichtiger Feuerwehrmann wieder ins Schloß gezogen hatte.

»War der Päul vielleicht ein bißchen meschugge?«

Fritz stand vor dem Trümmerhaufen und sah ihn kopfschüttelnd an. »Nein, das war er nicht. Der war seltsam, der hatte verdammt viele Eigenheiten, der war ein Eifeler, wie er typischer nicht sein konnte, aber seine Sinne hatte er noch alle beisammen. Wenn nur der verdammte Suff nicht gewesen wäre!«

Es begann zu nieseln. Sie ließen die Überreste des Schuppens rechter Hand liegen und steuerten auf das Geländer zu.

»Der Päul hatte sich im Suff damals einen Oberschenkelhalsbruch zugezogen. Zuerst kam er ins Krankenhaus in Euskirchen. Dann hat er da in der Psychiatrie den Entzug mitgemacht, und später war er dann ein paar Monate in einem Pflegeheim. Der war vielleicht glücklich, als er wieder auf die Raben losgehen konnte.«

Das Geländer war aus grobem Holz zusammengeschustert. Mit einfachen Bohlen war eine Art Treppe in den Hang gesetzt worden, die sie nun hinunterstiegen.

»Paß auf, bei Regen schmiert man total schnell ab.«

Gib acht auf dein kostbares Schuhwerk!

Es gab streckenweise kurze Unterbrechungen im Treppenverlauf, während derer sie sich quer zum Hang auf Schotterwegen weiterbewegten. Das Gestrüpp und der Baumbewuchs um sie herum wurden immer dichter.

»Hat der Päul mal irgendwas erzählt, was euch irgendwie wichtig und bedeutsam vorkam? Irgendein Geheimnis oder so was? Ich weiß selber nicht genau, was ich da suche.« Herbie achtete peinlich genau darauf, daß er nicht ausrutschte. Der Nieselregen hatte die lehmigen Stufen in Rutschbahnen verwandelt. An der nächsten Treppe war es soweit. Er setzte sich mit Vollgas auf den Allerwertesten.

Fritz beugte sich grinsend zu ihm hinunter.

»Ich helfe dir.« Dann reichte sie ihm die Hand und zog ihn in die Höhe. Sie hatte Kraft. »Du suchst was?«

Herbie versuchte, einen Blick auf seine ruinierte Hose zu werfen, indem er sich wand und drehte. »Nun, weißt du, die beiden Todesfälle von Päul und Rosi liegen mir zu eng beieinander. Und letzterer liegt mir zu knapp vor der Rückkehr Richards. Ich werde den Gedanken nicht los, daß es hier um ein Geheimnis geht, das sich aufzudecken lohnt.«

»Ein Geheimnis? Hm.« Fritz strich sich ein paar ihrer strähnigen Haare aus der Stirne. »Könnte sein. Könnte sehr gut sein.« Aus der undurchdringlichen Szenerie des Waldes drang Gekläffe. »Da will eine den Lammrücken.«

Es dauerte nicht mehr lange, bis sich das Gebüsch vor ihnen teilte und sie auf einen großen Weiher inmitten des überwucherten Tales blickten. Der Scheebenbach war hier zu einem ansehnlichen Teich angestaut worden, dessen Ufer verwildert und verwachsen waren. Es vermittelte den Eindruck, als sei dieses Gewässer auf vollkommen natürliche Art und Weise entstanden.

»Ein Fischweiher«, erklärte Fritz und bahnte sich einen Weg am Ufer entlang nach links. »Ist vor etwa zwanzig Jahren angelegt worden. Dr. Weidenfeld aus Köln hat hier seit Ewigkeiten die Jagd gepachtet. Der hat das damals alles anlegen lassen. Ich erzähle natürlich nur, was ich von Päul weiß. Damals habe ich mit meinen Eltern in Hillesheim gelebt. Weidenfeld & Co, Riesenkonzern. Der Alte ist so klapprig, daß er schon fast zehn Jahre lang nur noch eine einzige jährliche Stippvisite macht. Seither verkommt alles.«

Herbie entdeckte wenige Meter vor ihnen eine kleine Holzhütte. Fritz kramte umständlich einen riesigen Schlüssel aus der Hosentasche. »Der Päul hat für den Doktor den Jagdhüter gespielt, und seit der so tüdelig geworden ist, hatte er hier Narrenfreiheit. Päul war der King hier im Jagdgebiet.« Die Hütte hatte einen Grundriß von etwa drei mal drei Metern und nur ein Fenster, soweit Herbie das vor lauter Gestrüpp erkennen konnte. Aus ihrem Inneren erklang heftiges Scharren und Knurren. Zwischendurch schickte Bärbelchen kläffende Wutlaute aus ihrem Gefängnis in die Freiheit.

Fritz steckte den Schlüssel ins Schloß und drehte ihn. Ein knirschendes Geräusch ertönte. Als sie die Holztüre öffnete, stob ihnen auf der Stelle eine Wolke aus Staub und Stroh entgegen. Als Bärbelchen sie sah, geriet sie außer sich vor Wut, und als Herbie Bärbelchen sah, erschrak er.

Komm, laß uns gehen! Das ist der falsche Hund. Wir suchen einen gepflegten Schoßhund mit mintfarbenen Löckchen.

Aber es war Bärbelchen. Ihrem Elan nach zu urteilen, war sie gesundheitlich voll auf der Höhe. Der Aufenthalt in ihrem Gefängnis schien ihr nicht geschadet zu haben. Nur ihr Äußeres war arg ramponiert. Ihr Fell war zerzaust und verfilzt, die Ohren baumelten zottelig um den Kopf, die ondulierten Löckchen waren schmutzverkrustet. Die türkisfarbene Tönung hatte zugunsten der längst aus der Mode gekommenen Erdfarben den Rückzug angetreten.

»Du meine Güte!« hauchte Herbie. »Hunderte von Mark für die Typberatung im Arsch.«

Bärbelchen versuchte ununterbrochen, kläffend auf sie zuzuspringen, aber die Kette, mit der sie irgendwo im Halbdunkel der Hütte festgekettet war, straffte sich jedes Mal und riß sie zurück. Aus ihren kleinen Pudelaugen sprach die nackte Wut.

»Wie habt ihr sie hierherbekommen?« fragte Herbie ehrlich interessiert.

Sie werden sie in ein Gespräch über Raben-Päul und Rosi Kley verwickelt und hierhergeführt haben. Paß auf, daß du nicht auch in Ketten gelegt wirst. Julius wedelte unheilverkündend mit der fetten Hand.

»Wir haben den Hund aus dem Hotel hinausgelockt. Mit allerlei Naschereien. Rufus hat dann den Rest mit einem großen Plumeaubezug erledigt.« Herbie erkannte den Rest des zerfetzten Bezugs auf dem Boden der Hütte. Auf einem Zipfel war ›Hotel Eifelhöhe‹ eingestickt.

Fritz warf dem geifernden Tier die Essensration hin. »Ich habe ihr dreimal am Tag was gebracht. Das arme Vieh sollte, wenn es schon hier eingesperrt war, nicht auch noch Hunger leiden.«

»Das ist kein armes Tier«, korrigierte Herbie. »Das ist die linkeste Ratte von Hund, die ich kenne. Meine Tante vergöttert die Töle. Aber wir beide hassen uns.« Er näherte sich grinsend dem Hund, der sich über das Fleisch hergemacht hatte und nun eine Mischung aus Knurren und Schmatzen ertönen ließ. Wenige Zentimeter näher, und Herbies Hand wäre dem plötzlich zuschnappenden Tier zum Opfer gefallen. Herbie zuckte zurück.

Und was nun? Wie bringen wir das Tier von hier weg? Du sitzt am längeren Hebel. Du könntest Fräulein Frankenstein zwingen, ihn für dich wieder zum Hotel zu bringen.

»Nein, nein«, murmelte Herbie. »Das werde ich nicht tun.«

»Wie bitte?« Fritz sah ihn verwundert an.

»Oh, nichts, nichts. Nur so ein Selbstgespräch. Passiert mir schon mal. Besser, wir schließen jetzt wieder ab. Gibt es eine Möglichkeit, mit dem Auto hierherzukommen?«

»Gibt's. Ist ein bißchen unwegsam, aber es geht. Man kann den Weg von Buchscheid durch's Tal benutzen.« Sie drehte den Schlüssel im Schloß. Bärbelchen tobte.

»Es war eine sträfliche Dummheit von euch, das Tier hier unten unterzubringen, wo jede Minute jemand auftauchen kann und aufmerksam wird. Gibt's noch Fische in dem Teich?«

»Jede Menge. Fette Karpfen sogar.«

»Na also. Was hättet ihr getan, wenn hier Hobbyangler durch die Botanik streifen? Nein, nein, der Hund muß hier weg.«

Fritz drehte sich zu ihm um. Ihr träger Blick richtete sich fragend auf ihn. Sie zog nachdenklich die Augenbrauen zusammen. Das machte sie nicht eben schöner. »Was willst du damit sagen?«

»Ich will damit sagen: Der Hund muß bis morgen abend irgendwo anders versteckt werden. Unter Aufsicht gewissermaßen. Sonst seht ihr euer Lösegeld am Ende nie.«

Hätten Fritz und Julius sich ansehen können, hätten sie wahrscheinlich festgestellt, daß sie beide denselben dämlichen Gesichtsausdruck aufgesetzt hatten.

Ich kann nicht glauben, was ich höre! Bist du von allen guten Geistern verlassen? Hat dich jetzt endgültig der Wahnsinn gepackt? Deine Tante wird dir deine Haut in Streifen vom Leibe abziehen, wenn sie erfährt, was du vorhast!

»Soll das heißen ...« Fritz hatte den Mund weit offenstehen.

»Das soll heißen: Ihr führt euren Plan durch, und ich bekomme von euch Informationen über die beiden Toten. Nur zur Erklärung: In dem Moment, in dem ich euch beide als Übeltäter bei meiner Tante anschwärze und ihr dieses vermaledeite Hundevieh wieder ins Haus schaffe, bin ich auch meinen Beobachtungsposten de Luxe in Buchscheid und alle anderen Vergünstigungen los, kapiert? Und jetzt gib mir den Schlüssel zu dieser Hütte und dann los. Ich weiß eine Menge Leute, die ich aufsuchen und befragen muß!« Er kramte in seiner Tasche. »Hast du einen Schimmer, was das für eine Telefonnummer sein könnte?« Er hatte sich an den Zettel mit der Telefonnummer erinnert, den er am Vorabend in der Hütte eingesteckt hatte. ›Sybille‹ stand dort neben einer Nummer mit Prümer Vorwahl.

»Keine Idee. Sybille? Nie gehört.«

»Ich wüßte gerne, wer das ist.«

»Ruf an!«

Ein praktisch denkendes Kind. Du selber bist natürlich mal wieder nicht drauf gekommen.

»Hab' ich schon. Da meldet sich ein Altenheim. Haus Dasberg. Als ich nach einer Sybille fragte, sagte man mir, daß eine Frau Krechel die einzige sei, die so heißt.«

»Ich weiß, daß er ab und zu mal nach Prüm runter gefahren ist. Aber mehr kann ich dir auch nicht sagen. Fahr doch hin!«

»Dann brauchen wir jetzt also ein Auto. Für Bärbelchen und für Prüm.«

*

Frau Stoffels!« Pastor Rövenstrunck stand im Treppenhaus und trat ungeduldig von einem Fuß auf den anderen. Er wartete exakt zwei Sekunden, bevor sein Ruf von neuem erscholl: »Frau Stoffels!« Eine Zigarre stand angriffslustig aus seinem Gesicht hervor wie der Schornstein einer alten Dampflok. »Ich zähle jetzt noch genau bis drei, und wenn Sie sich bis dahin nicht hier hinunterbequemt haben, dann können Sie mich mal gern haben! Dann können Sie selber sehen, wie Sie nach Blankenheim kommen!« Seine Laune hatte sich in den letzten Tagen nicht gerade verbessert. Brummend schlüpfte er in seinen grauen Mantel und warf sich einen Schal um. Es war kälter geworden. Der Winter würde nicht mehr lange auf sich warten lassen. Dann setzte er sich die Baskenmütze auf und begutachtete ihren Sitz im Garderobenspiegel. »Nicht rasiert! Verfluchte Scheiße!« Er verstreute Zigarrenasche, wo er ging und stand. »Ach, egal! Wer mich so nicht will, der soll zum Teufel gehen. Frau Stoffels!« Er lauschte in die Stille des Treppenhauses und hörte in weiter Ferne die weinerliche Stimme seiner alten Haushälterin: »Nur noch ein paar Minütchen!«

Ungehalten schickte er ein paar unartikulierte Wutlaute die Treppe des Pfarrhauses hinauf, ergänzte sie durch ein lautstarkes: »Ich bin weg! Tschö!« und ein leiseres: »Wenn die ihren alten Arsch nicht bewegt kriegt … ist nicht mein Bier.« Dann rauschte er, die Diele ein letztes Mal mit trübem Qualm verpestend, zur Türe hinaus.

Die zweiflügelige Eichentüre war gerade ein paar Sekunden zuvor donnernd ins Schloß gefallen, als Frau Stoffels auf dem Treppenabsatz erschien und ihre Handtasche verschloß.

»Herr Pastor?« fragte sie zaghaft. Im selben Augenblick hörte sie, wie draußen der kleine weiße Fiat des Pfarrers davonraste. Sie schüttelte verwirrt den Kopf und zwinkerte hinter ihren Brillengläsern. Sonst machte es ihm nie etwas aus, einen Moment zu warten. Zumeist war er sogar derjenige, der herumbummelte und dies und jenes noch rasch zu erledigen hatte. Aber heute … Dabei hatte er ihr angeboten, sie mitzunehmen, so daß sie ihre Cousine Lisbeth besuchen konnte, die nicht mehr gut zu Fuß war. Wo hatte er noch hingewollt? Auf jeden Fall hatte er sie in Blankenheim ›rausschmeißen‹ wollen, wie er das immer so charmant formulierte. Seufzend stieg sie die Treppe hinunter, um von seinem Büro aus ihre Cousine anzurufen und ihr zu sagen, daß ihr Chauffeur sich bereits aus dem Staub gemacht hatte. Dem Mann war nicht mehr zu helfen. Warum tat sie in ihrem Alter noch diese Arbeit?

All das ging ihr durch den Kopf, während sie das Arbeitszimmer betrat, in dem es nach altem Holz, welkem Papier und abgestandenem Zigarrenrauch roch. Als sie nach dem Telefonhörer griff, fiel ihr Blick in den Papierkorb. Etwa zehn Musikcassetten lagen darin. Das war merkwürdig. Sie erinnerte sich daran, mitten in der Nacht Musik gehört zu haben, hatte aber im Halbschlaf vermutet, daß es sich um die Probe vom Tambourkorps gehandelt hatte. Die Dorfmusikanten von Buchscheid probten im Dorfsaal oft bis in die Nacht, bei offenem Fenster und steigendem Alkoholkonsum.

Der Cassettenrecorder, ein kleines, billiges Ding, stand auffällig zentral in der Mitte des Schreibtisches. Eine Cassette steckte noch darin. Neugierig drückte sie auf den Abspielknopf.

Ein Orchester donnerte mit *tutti* und ließ den mickrigen Lautsprecher dröhnen. Ein klassisches Stück, das sie nicht kannte. Bei den Russen kannte sie sich nicht so gut aus.

*

Fritz hatte den Kücheneingang benutzt. Das verabredete Klopfsignal, das Herbie an die ersten Takte von Beethovens Fünfter und an den verbotenen englischen Sender aus unzähligen Kriegsfilmen erinnerte, hatte Rufus herbeizitiert, der sie ungesehen ins Haus schmuggelte, da ihre Pause bereits vor einer halben Stunde geendet hatte. Herbie überließ es Fritz, ihrem Freund die frohe Kunde zu überbringen.

»Komm schon!« sagte Herbie zu Julius, der den beiden nachsah, wie sie im Haus verschwanden. »Wir werden jetzt bei der obersten Heeresleitung einen fahrbaren Untersatz ordern.«

Ich bin neugierig, wie du gedenkst, dieses Kunststück zu vollbringen. Denk daran, was du beim letzten Mal mit dem Benz deiner Tante angestellt hast. Ich bin mir sicher, daß die Kosten für die Reparatur an dem Fahrzeug dein immenses Erbe mächtig geschmälert haben.

»Unterschätze die Summe nicht, die Tante Hetti für mich verwaltet. Mein unehelicher und mir gänzlich unbekannter Herr Vater hat nicht schlecht verdient und erst recht nicht schlecht gespart. Außerdem habe ich nicht vor, mir ein Fahrzeug zu *leihen*. Ich bin vielmehr der Meinung, daß es an der Zeit ist, daß meine teure Tante mir etwas Vierrädriges *kauft*!«

Und die Erde ist eine Scheibe.

»Du wirst sehen …« Er unterbrach sich, als sie durch die rückwärtige Glastüre den Ausstellungsraum betraten. In ein angeregtes Gespräch mit einem grauhaarigen Herrn mit grellrotem Schal und Gipsbein verwickelt, wurde Faßbender auf ihn aufmerksam und winkte freudig.

»Hallo, Herr Lohse! Kleinen Spaziergang gemacht?« Er winkte ihn, Rücksicht auf die eingeschränkte Bewegungsfreiheit des Mannes an seiner Seite nehmend, zu sich und stellte die beiden einander vor: »Herr Lohse, das ist Herr Kruse, der Schöpfer dieser einzigartigen Kunstwerke ringsum.« Er machte eine ausholende Bewegung mit seiner Hand. »Herr Kruse ... Herr Lohse. Ein Weinkenner erster Güte. Herr Lohse reist incognito.« Er zwinkerte zuerst dem schnauzbärtigen Künstler zu seiner Rechten und dann Herbie verschmitzt zu. Kruse musterte den Neuankömmling über den Rand seiner Halbbrille, die er auf der Nasenspitze balancierte. »Angenehm.« Besonders Herbies Treter und dessen schmutzverkrustetes Heck sprangen ihm ins Auge.

»Herr Kruse ...«, salbaderte Faßbender weiter, »... ist bei seinem letzten *Happening* von der Leiter gefallen. Er hat den Versuch unternommen, den Kirchenanbau seines Wohnorts, mit Hilfe eines Quasts und ultramarinblauer Farbe, mit zwei enormen Frauenbrüsten zu versehen und somit in sein Gesamtwerk einzugliedern.«

Gottes Gericht hat es zu verhindern gewußt!

»Yves-Klein-Blau«, ergänzte Kruse, ohne daß Herbie diese Erläuterung dienlich gewesen wäre, und zurrte den Schal enger.

Dann nahm Faßbender die phänomenale Weinkoryphäe zur Seite und flüsterte: »Ich habe übrigens beschlossen, Ihre Pläne ein wenig zu durchkreuzen. Es ist ja löblich, daß Sie hier Ihr Incognito wahren wollen, aber Sie möchten doch sicherlich auf einen gewissen Komfort nicht verzichten, oder?« Herbie nickte unentschlossen.

»Ich habe die große Suite für Sie herrichten lassen, damit Sie nicht länger in dieser kleinen Abstellkammer Ihr Dasein fristen müssen. Ich hoffe, ich habe in Ihrem Sinne gehandelt.« Herbie schwieg, ließ den Blick schweifen und entdeckte Julius vor einem großformatigen Gemälde bei dem Versuch, sich die ineinander verwobenen Silhouetten nackter Männlein und Weiblein getrennt voneinander vorzustellen. Julius schmunzelte still das Bild an, und Herbie murmelte: »Äh, hm, ja ...«

»Wußte ich's doch!« Faßbender gab ihm einen Knuff in die

Rippen. »So eine Badewanne ist doch eigentlich gar keine, wenn es nicht richtig drin sprudelt, was? Sie können sofort umziehen.«

Als Herbie verdattert die Stufen zur Hotellobby hinaufstieg, feixte Julius: *Weißt du, was der Unterschied zwischen dir und unserem Gaunerpärchen ist?*

»Sag's mir!«

Die beiden sind, wenn alles gut ausgeht, in Nigeria. Du wirst von deiner Tante in einem Massengrab beigesetzt werden, wenn sie mit dir fertig ist. Wenn auch die Hundegeschichte glimpflich verlaufen sollte, die Hotelrechnung wird ihre Freude im Nu annullieren.

Die Empfangsdame winkte Herbie herbei. »Hat Herr Faßbender wegen des Zimmers mit Ihnen gesprochen?«

Herbie nickte. »Hat er, aber ...«

»Wunderbar!« Sie wandte sich wieder der Dame zu, die Herbie bereits als Seminarteilnehmerin kennengelernt hatte. »Frau Schütze-Appelbach, das mit Zimmer 317 geht klar. Sie können Herrn Frisch also getrost kommen lassen.«

»Ein Nachzügler«, erläuterte die Frau mit dem Doppelnamen. »Herr Frisch reist aus dem Bayrischen Wald an und konnte nicht früher. Wir sind froh, daß wir ihn noch unterbringen können. Er ist unsere ...« Sie kratzte albern mit je zwei Fingern einer Hand zwei imaginäre Anführungszeichen in die Luft. »... Stimmungskanone.« Sie kicherte. »Der kleine Frischling.«

Von draußen beobachtete Helmut Strecker das Geschehen an der Rezeption. Da war Feldmann ja endlich! Er schien andauernd irgendeinen Hinterausgang zu benutzen. Das mußte er dringend überprüfen! Feldmann durfte ihm nicht noch einmal entwischen!

Als Herbie im Aufzug verschwunden war, schlenderte Strecker ganz unverfänglich in die Lobby, drehte zwei Runden um die Sitzgruppe und ließ sich in einem unbeobachteten Moment in die Polster plumpsen. Dann griff er sich eine Zeitung und bohrte, wie er das in etlichen Spionagefilmen gesehen hatte, ein Loch in deren Mitte. Daß er viel zu tief angesetzt hatte, merkte er erst, als er die Zeitung genüßlich vor sich ausbreitete. Es half nichts. Strecker mußte, um das Blatt nicht ein weiteres Mal zu durchlöchern, eine ausgesprochen unbequeme Haltung einnehmen und die Arme hoch in die Luft strecken, um durch das Loch den Lift im Auge zu behalten. So saß er da und wartete. Das Blut rann langsam aus seinen Armen, und in denselben breitete sich schon nach einer halben Stunde langsam und unerbittlich ein unerträgliches Kribbeln aus.

Neuntes Kapitel

Aber Tantchen. Ich sage dir, die haben eine geschickte Tarnung gewählt. Wenn all das hier vorbei ist und irgend jemand versucht noch mal, mir weiszumachen, daß in jedem Sprudellaster in der Eifel Sprudel transportiert wird, dann muß ich aber laut loslachen!«

Julius vergrub das Gesicht in den Händen.

»Ja, ich bin mir ganz sicher! Sie verschieben die armen Tiere in Lastwagen mit der Aufschrift ... ›Dauner Kloster-‹ ... äh ... ›-quelle‹ ... Nie gehört? Na ja, die arbeiten ja auch wirklich streng, streng geheim!« Er stand in der Mitte eines Zimmers, das größer war als seine gesamte Euskirchener Wohnung und an das ein Schlafzimmer angrenzte, das ebenfalls größer als seine gesamte Euskirchener Wohnung war und an das ein Badezimmer angrenzte, das immerhin noch größer war als sein Wohnzimmer. Die Einrichtung war um einiges feudaler als in seiner Unterkunft der vorigen Nacht. Fußbodenbeläge, Tapeten, Vorhänge und Bettbezüge waren eine Arie in Lachs und Crème, es gab überall goldblinkende Armaturen im Bad und einen Kosmetikspiegel am Schwenkarm, der beim Hineinblicken Herbies Nase in der Größe eines Kohlrabi reflektierte.

Die Aussicht war bedauerlicherweise nicht halb so schön wie in Zimmer 317, aber diesen Makel nahm Herbie nur allzu gerne in Kauf.

Wir sollten dafür etwas vom Rechnungsbetrag subtrahieren, hatte Julius ungnädig vorgeschlagen.

Herbies anfängliches Zaudern bezüglich der Nobelschlafstätte, ausgelöst durch den bohrenden Gedanken an Tante Hettis mögliche Überreaktion beim Anblick der drohenden Rechnung, war einem ungestümen Anfall von Genußsucht gewichen.

»Aber so versteh doch ... So wie früher der Römerkanal, so verläuft heute anscheinend eine regelrechte *Hundestraße* durch unsere schöne Eifel. Ich will wissen, wo sie beginnt, und ich werde vielleicht auch herausfinden, wo sie endet. Mir bleibt aber unglückseligerweise nur noch bis morgen abend Zeit. Ich brauche ein Auto.« Unmittelbar nachdem er diesen Wunsch geäußert hatte, reckte er plötzlich den Telefonhörer einen halben Meter von seinem Ohr weg. Tante Hettis Gezeter prasselte dünn und blechern daraus hervor.

Julius grinste zufrieden. Er hockte inmitten einer Ansammlung von Brokatkissen am Kopfende des Bettes und erinnerte an einen feisten Pascha.

»... natürlich nicht! Dein Benz ... ja genau: tabu! Ich weiß, ich weiß«, stammelte Herbie. »Nie wieder eins von deinen ... natürlich, Tantchen, natürlich ... aber was ich meine, ist: Ich brauche ein *eigenes* Auto!« Wieder streckte er den Arm aus. »Verschwenderisch ... aber ... natürlich, eine geregelte Arbeit ... vielleicht im nächsten Jahr. Aber es geht doch um deinen kleinen, putzigen Hund, der sich in diesem Moment wahrscheinlich in irgendeinem engen, dunklen Zwinger ganz furchtbar ängstigt und ...« Er lauschte einen Moment angestrengt und begann zu grinsen. »Selbstverständlich ganz billig. Du kannst dich darauf verlassen. Ich habe da einen Freund in ... Telefonnummer?« Er zog skeptisch die Augenbrauen zusammen. Dann nannte er die Nummer von Köbes aus Zingsheim und biß sich auf die Lippen, als er daran dachte, daß Köbes an der Demolierung von Tante Hettis Benz, damals bei der Suche nach dem teuflischen ›Motzer‹, nicht unmaßgeblich beteiligt gewesen war. Dann dachte er plötzlich an seine Cousine Nina, die ihm damals zur Seite gestanden hatte. Seine geliebte, so ferne Cousine Nina. Und er hätte Tante Hetti zu gerne gefragt, ob es Neuigkeiten von ihr aus München gebe, er war sich jedoch im klaren darüber, daß er seine Tante jetzt unmöglich aus dem Konzept bringen durfte. »Ja, ich freue mich, Tante He … aber nein, von Ausnutzen einer Notsituation kann keine Rede sein. … Ja natürlich. Du hast recht. Tschüß, Tan …« Er wollte gerade einhängen, als ihm einfiel, daß es nichts schaden konnte, wenn er die Dringlichkeit der Sache nochmals unterstrich. »Und sag Köbes, daß es wahnsinnig dringend ist! Er soll mir das Auto hierherbringen. Ich erwarte ihn gegen … na, sagen wir mal zwei Uhr vor dem Hotel … Kreditkartenzahlung? Köbes? Ich denke, das wird sich machen la … Jawohl, Tantchen! Du kannst dich auf mich …« Er blickte mit hochgezogenen Augenbrauen in die Muschel des Hörers, zuckte mit den Schultern und hängte ein.

»Julius«, hauchte er ehrfürchtig, »ich bekomme ein eigenes Auto!«

*

Frau Stoffels kehrte die Stufen des Pfarrhauses. Sie schob dabei den Besen, wie sie es seit ihrer Kindheit tat, vor sich her. Auch dann, wenn Pastor Rövenstrunck »Ziehen, Stoffels, ziehen!« moserte, ihr harsch den Besen aus der Hand nahm und mit ein paar ungestümen Besenhieben vorführte, wie man richtig kehrte.

Das erste Laub flatterte in diesen Tagen zu Boden, und wie all die Jahre zuvor schimpfte Frau Stoffels über den riesigen Ahorn, der seine ausladenden Zweige über dem Kirchenvorplatz ausbreitete und im Herbst Unmengen von Laub und geflügeltem Samen über dem Kopfsteinpflaster ausschüttete.

Jemand räusperte sich. Sie hielt mit dem Kehren inne und musterte den jungen Mann am Ende der Treppe. Er sah unscheinbar aus. Blond, kurzes Haar, recht ordentliche Kleidung, nur seine Wildlederschuhe waren nicht mal mehr für einen Altkleidertransport nach Polen zu gebrauchen.

»Guten Tag. Lohse ist mein Name. Wohnt hier der Pastor?« Der junge Mann setzte ein gewinnendes Lächeln auf, verschränkte die Arme hinter dem Rücken und beugte sich leicht nach vorne. Dann warf er einen kurzen Blick auf einen Punkt zu seiner Seite, öffnete kurz den Mund, als wolle er etwas sagen, gab sich aber einen Ruck und lächelte sie erneut an.

»Ja. Das ist das Pfarrhaus«, sagte Frau Stoffels und schob eine Strähne ihres grauen Haares unter das Kopftuch zurück. »Der Herr Pastor ist aber nicht da.«

»Aha. Hm. Das ist aber schade. Ich hätte ihn sehr gerne gesprochen. Sie wissen nicht zufällig, wann er zurückkehrt?«

Frau Stoffels stieg die Stufen zu Herbie hinunter, zupfte ihr hellblaues Wolljäckchen zurecht, das sie über einer blütenweißen Kittelschürze trug, und lehnte den Besen an das Treppengeländer. Dann verschränkte sie die Arme und nahm die typische Haltung ein, die man im allgemeinen für ein ›Klääfchen‹ innehatte. »Der Herr Pastor, der ist wahrscheinlich den ganzen Tag unterwegs. Sie wissen ja, wie das so ist mit den Pastören.« Sie lachte verschmitzt. »Aber fragen Sie mich nicht, wo er hin ist. Ist es denn was Wichtiges? Kann ich irgend etwas ausrichten? Eine Nachricht?« Frau Stoffels legte den Kopf schief und sah Herbie abwartend an.

Julius ahmte die Haltung der Frau nach und zwinkerte mit den Augen. *Tach, Frau Schmitz!* rief er plötzlich dröhnend zur anderen Straßenseite hinüber. Herbie drehte sich unwillkürlich zur menschenleeren Straße um. Dann wandte er sich wieder der Haushälterin des Pastors zu. Was war bei dieser

Frau in Erfahrung zu bringen? War sie schwatzhaft? Ihre Haltung sprach dafür.

»Tja, das ist eine etwas kompliziertere Angelegenheit. Eine knifflige Geschichte um ein uneheliches Kind und so. Haarsträubende Sache«, begann er.

Frau Stoffels wurde neugierig. Sie beschloß, ein wenig zu plaudern, in der Hoffnung, im Gegenzug dafür von dem jungen Mann ein paar pikante Details zu erfahren. »Also, mal ganz unter uns: Normalerweise weiß ich immer ganz genau, wo der Herr Pastor sich aufhält, aber in letzter Zeit ... Er ist ein bißchen ...« Sie suchte krampfhaft nach dem rechten Adjektiv.

»Geheimniskrämerisch?« versuchte Herbie auszuhelfen.

Sie sah ihn mit geweiteten Augen an. »Genau! Geheimniskrämerisch! Genau der richtige Ausdruck! Also, seit kurzer Zeit ist er wie ausgewechselt. Er war schon immer sehr ...« Es schien kompliziert, das Wesen des Pastors in Worte zu kleiden.

»Eigenartig? Schwierig?« versuchte es Herbie erneut.

Draufgängerisch? Lebenslustig? Verwöhnt? Asthmatisch? Was soll das? Wenn du die Eigenschaften des Pfaffen in Erfahrung bringen möchtest, frag sie nach seinem Sternzeichen.

»Schwierig!« stimmte Frau Stoffels zu. »Kein einfacher Mann, der Pastor Rövenstrunck. Kommt vom Niederrhein, wissen Sie. Aber damit komme ich schon klar. Nur in der letzten Zeit ... Wir hatten ein paar Sterbefälle hier, die ihm anscheinend sehr zu schaffen machen. Er ist sehr verschlossen und ruhelos geworden.«

»Sterbefälle?«

»Ein alter Mann aus dem Dorf. Paul Birekoven. Ist vor ein paar Tagen gestorben. Den hat der Herr Pastor sogar noch ein paar Tage vorher besucht und ihm die Beichte abgenommen. Und dann dieses Mädchen. Die Rosi Kley. Wohnte in der Nachbarschaft von meinem Bruder. Schad' drum. Ehrlich.« Sie beugte sich vor und fragte scheinheilig: »Was soll ich dem Pastor denn wegen dem Kind sagen?«

»Eine wirklich sensationelle Geschichte. Die Mutter war … na ja, Sie wissen schon, … so eine. Und dabei die Schwester von einem Doktor, der in Mechernich im Krankenhaus … aber das werde ich alles dem Pastor später erzählen.«

»Ich könnte ihn ja schon mal vorbereiten.«

Herbie wagte einen Vorstoß: »Hört Ihr Herr Pastor gerne Musik?« Sie schüttelte den Kopf. »Ein Radio hat er keins. Und da sind höchstens zwei, drei Schallplatten in seinem Arbeitszimmer. Eine alte Papstmesse, eine Weihnachtsplatte mit Kinderchören, so was eben. Er guckt lieber Fußball im Fernsehen, wenn er Zeit hat. Dabei schimpft er dann immer wie ein Rohrspatz. Und dieses uneheliche Kind? Was hat es denn damit auf sich?«

So läuft das Spiel, Teuerster. Erzählst du mir was, erzähl ich dir was. Jetzt gib ihr Futter! Dann hast du sie bald geknackt.

Herbie war für einen Augenblick erstaunt über Julius' Ausdrucksweise. Dann ließ er seiner Phantasie freien Lauf. Er liebte das. Sein Alltag war langweilig, und er führte bis auf die permanente Anwesenheit von Julius' schillernder Persönlichkeit ein betuliches Dasein. Dabei war er in seinem tiefsten Inneren ein Abenteurer, und in der Gestalt des Herrn Lohse begann er, mehr und mehr aus seinem eigenen Ich herauszuwachsen. Hier konnte er ungestraft fabulieren und nach Herzenslust spinnen.

»Das Kind«, so begann er, »ist also das kleine Töchterchen dieser jungen Frau aus Schleiden. Drei Jahre alt, um genau zu sein.«

Julius stand mit verschränkten Armen neben Frau Stoffels und fuhr sachte mit der Spitze seiner blankpolierten Schuhe die Ritzen zwischen den Steinquadern der Treppe entlang. Er lachte in sich hinein. *Überlege dir den Anfang der Geschichte gut, bevor du das Ende in Angriff nimmst. Mit deinen hanebüchenen Stories wirst du noch in die Geschichte Buchscheids eingehen. Erst lügst du dem Hotelier die Hucke voll, jetzt dieser kreuzbraven Haushälterin. Pfui!*

»Der passende Herr zu der Dame ist ein Kaplan aus … Bevor ich's vergesse: Hat der Herr Pastor einen Cassettenrecorder?«

»Hat er, hat er«, sagte Frau Stoffels unwirsch. ›Kaplan aus ...‹ So konnte man doch nicht mitten im Satz aufhören! Da fiel ihr noch etwas ein: »Merkwürdig, daß Sie das fragen. Normalerweise benutzt er ihn kaum, aber letzte Nacht, da hat er ununterbrochen Musik gehört. Heute morgen lagen dann die Cassetten im Papierkorb. Hören Sie, ich kenne mich nicht so aus mit der heutigen Technik, aber gibt es das? Cassetten, die man nur einmal hört und dann wegschmeißt? Einwegcassetten gewissermaßen?«

Tu es nicht! Du hast Blut geleckt, aber überspann den Bogen nicht!

»Einwegcassetten. Selten, aber ... Es gibt sogar Einwegrecorder. So wie diese Einwegfotoapparate. Einmal die Cassette gehört, und schwups, in den Mülleimer damit. Die machen jetzt sogar schon Versuche mit Einwegfernsehern.«

»Nein!«

»Doch!«

Frau Stoffels schüttelte den Kopf. »Und all der Müll!« Sie besann sich auf Dinge, die für sie von größerem Interesse waren. »Dieser Kaplan ...«

»Ach ja, der. Der ist der Sohn eines Politikers, der im Kreis Euskirchen kein unbeschriebenes Blatt ist. Soviel darf ich verraten. Übrigens: Hat der Herr Pastor denn heute noch einen festen Termin?«

Sie legte nachdenklich die Stirne in Falten. »Ja, hat er. Um acht soll er auf dem Schlösserhof sein. Der Aussiedlerhof vorm Dorf. Die wollen was wegen der Goldhochzeit besprechen.«

»Dann könnte ich ihn ja da vielleicht treffen.«

»Das könnten Sie. Und dann erzählen Sie ihm was von diesem Politiker?«

»Ganz genau.« Herbie nickte wichtig. »Und von der Geschichte mit den falschen Hundertmarkscheinen, mit denen er in Köln diese Frau bezahlt hat. Aber das wird Ihnen der Herr Pastor bestimmt heute abend alles erzählen!« Er schüttelte ihr artig die Hand und überließ sie wieder ihrer

Sisyphusarbeit. Zahlreiche Ahornblätter waren in der Zwischenzeit bereits wieder auf die zuvor gekehrten Stufen herniedergesegelt.

»Nee«, murmelte Frau Stoffels enttäuscht, »tut der nicht. Tut der ganz bestimmt nicht.« Dann schwang sie enttäuscht wieder den Besen.

Der Mann, der in unmittelbarer Nähe, nur durch die niedrige Friedhofsmauer von ihnen getrennt, in gebückter Haltung an einem Grab herumgefummelt hatte, erhob sich und sah Herbie Feldmann, alias Hans-Bert Lohse, mit versteinertem Blick nach. Was hatte der Pastor mit dieser Hundegeschichte zu schaffen? Oder war es vielmehr die Haushälterin, die ihre Finger da im Spiel hatte?

Helmut Strecker beschloß, Frau Hellbrecht bald über seine ersten Ermittlungsergebnisse in Kenntnis zu setzen. Aber hatte er überhaupt schon irgendwelche Ergebnisse? Sollte er nicht dem Pastor einmal auf den Zahn fühlen?

Zunächst aber mußte er sich weiterhin an Feldmanns Fersen heften.

»He!« Etwas Spitzes bohrte sich schmerzhaft zwischen seine Schulterblätter. Vorsichtig wandte er sich um. Ein altes Mütterchen hatte ihm den Regenschirm in den Rücken gerammt und holte nun mit der anderen Hand weit mit einem gefährlich blitzenden Spaten aus. »Wat soll dat? Häs du se noch all?« Sie wies mit einer ruckartigen Bewegung ihres kräftigen Kinns auf sieben ausgerupfte Stiefmütterchen und einen Strauß Margeriten, an dem er, um den Eindruck zu vermitteln, mit der Grabpflege beschäftigt zu sein, alle Blütenblätter einzeln abgezupft hatte. »Ich jlöv, du häs ene Ratsch im Kappes! Wat soll die Sauerei! Maach, dat du dat flöck wedde ördentlich määhs, söns krisste de Kaanes jesäähnt!« Sie war klein, aber drahtig und ließ keinen Zweifel daran, daß sie bereit war, ihren Spaten schmerzbringend einzusetzen.

*

Als es an der Türe läutete, saß Richard gerade an dem kleinen Schreibtisch, den Rosi nach seinem Weggang ins Wohnzimmer geräumt hatte. Das kleine Zimmer, in dem er damals seinen Computer und die Fachliteratur untergebracht und in dem Rosi seinerzeit den Schreibtisch mitbenutzt hatte, diente jetzt als Abstellkammer und enthielt zum großen Teil Dinge, die er zurückgelassen hatte. Dinge, die er schon früher hatte wegwerfen wollen, Dinge, die er erst nach und nach in seiner neuer Heimat vermißt hatte, und Dinge, deren Existenz er schon lange völlig vergessen hatte. Er hatte all das nur kurz überflogen und hatte sich dazu durchgerungen, Rosis Papiere und Akten zu durchforsten. Wenn er wieder nach Australien ging, mußte hier alles geklärt sein.

Er hatte durch das Fenster zur Straße Herbie den Weg zum Haus hinunterkommen sehen. Seufzend ließ er eine Versicherungspolice sinken. Herbie!

Er schlug für einen Moment die Augen nieder, atmete tief durch und erhob sich, nachdem die Klingel verstummt war. Als er die Haustüre öffnete, war Herbie gerade im Begriff, ein zweites Mal zu läuten.

»Hallo Richard. Du hast mich kommen sehen?«

Richard nickte. »Hallo Herbie.« Stumm wies er mit der ausgestreckten Hand in das Innere der Wohnung. Herbie folgte zögernd der gezwungen wirkenden Geste und trat ein.

Richard führte ihn ins Wohnzimmer und bot ihm einen Sitzplatz auf dem Sofa an.

»Na gut. Nicht lange, Richard. Du hast sicher alle Hände voll zu tun. Da muß viel geregelt werden, stimmt's?«

Richard winkte ab. »Ach, hör auf! Polizei und Schwiegermutter habe ich, Gott sei Dank, schon mal hinter mir. Ein einziges Drama. Tee?«

Herbie nickte. »Aber nur, wenn du einen fertig hast.«

Richard verschwand in der Küche. Mit erhobener Stimme führte er die Unterhaltung fort: »Jetzt kommt dieser ganze

Versicherungskram. Die Bank, der Hausverkauf. Willst du vielleicht ein Auto kaufen? Ich habe es gerade eben aus der Werkstatt in Euskirchen abgeholt. Generalüberholt. Roststellen geschweißt. Zwei Jahre TÜV. Für das Geld hätte sie sich einen neuen holen können.«

Herbie schmunzelte. Julius ebenfalls. *Warte ab, was dein Freund Köbes hier ankarrt, Wertester. Vielleicht greifst du ja doch noch auf dieses Angebot zurück.*

»Und wovon soll ich es bezahlen?« zischte Herbie.

Teilt euch doch das Lösegeld. Einer für alle, alle für einen.

»Quatsch!«

»Wie bitte?« rief Richard aus der Küche. Man hörte Geschirr klappern.

»Ich sagte: Danke für das Angebot! Aber ich bekomme zufällig gerade heute ein neues Fahrzeug geliefert.«

Richard erschien, zwei Teetassen balancierend. Es klimperte leise. »Nett, daß du vorbeikommst. Ich muß sagen, daß ich nicht gerade scharf darauf bin, jetzt Hunderte von Kondolenzbesucher zu empfangen. Aber bei dir ist das was anderes.«

»Wieso?« Herbie war erstaunt. Sie waren nie besonders gute Freunde gewesen. Es hatte außer der gemeinsamen Schulzeit nie etwas gegeben, was sie miteinander verband.

»Na ja, zum einen warst du der erste aus meiner Zeit vor Sydney ... vor der neuen Zeitrechnung ...« Er lächelte schwach. »... den ich hier wiedergetroffen habe. Und zum anderen wollte ich mich noch bei dir entschuldigen.«

»Entschuldigen? Wofür?« Herbies Erstaunen wuchs.

»Als wir uns am Steinbruch getroffen haben, war ich reichlich ruppig. Ich war ein bißchen mit den Nerven runter.«

Herbie winkte ab und trank an seinem Tee. Augenblicklich verbrühte er sich die Zunge. »Jetzt geht's dir besser?«

Richard wackelte abwägend mit dem Kopf hin und her. »Geht so. Es muß ja nun alles weiterlaufen. Ich muß mich um die Beerdigung kümmern und all solche Dinge.«

»Du mußt zum Pastor?«

»Das regelt alles das Bestattungsunternehmen. Gott sei Dank!

Rövenstrunck, der olle Pfaffe, und ich, wir haben uns nie besonders gemocht.«

»Mochte Rosi ihn? Oder vielmehr: Mochte er sie?«

»Glaub schon.« Richard schlürfte vernehmlich an seinem Tee und holte eine Zigarette hervor. Das Feuerzeug flammte auf. »Wieso fragst du das? Rück schon raus mit der Sprache!«

Herbie druckste herum, und Julius drängte. *Karten auf den Tisch. Der Mann hat sich vor einem Moment gewissermaßen dafür entschuldigt, daß du ihm gestern auf die Nerven gefallen bist. Du solltest seine milde Stimmung ausnutzen!*

»Ja, also ... Pastor Rövenstrunck. Alles, was ich weiß, ist: Er hat irgendwas mit Rosi und deinem Onkel zu tun. Mit ihnen und ihrem ... Ableben.«

Genial! Er bringt beide unter die Erde. Das ist doch nun wirklich kein Geheimnis!

»Was veranlaßt dich zu dieser Annahme?« Richard blies langsam den blassen Qualm nach oben und wirkte nachdenklich.

Und dann erzählte Herbie. Er begann bei dem Abend, an dem er das Taxi in Bad Münstereifel verlassen hatte, und endete bei dem Gespräch mit der Haushälterin des Priesters. Peinliche Einzelheiten, wie zum Beispiel seine profunde Unkenntnis bezüglich erlesener Weine oder seine Querelen mit Tante Hetti, sparte er der Übersichtlichkeit halber aus. Es war schwer festzustellen, ob das Erzählte Richard in irgendeiner Weise beeindruckte. Er wechselte den Gesichtsausdruck kaum, stand nur auf, ging, während Herbie berichtete, zum Fenster, sah hinaus und zündete sich später eine weitere Zigarette an.

»Und?« Herbie sah ihn erwartungsvoll an und trank seinen abgekühlten Tee. »Was sagst du?«

Richard schürzte die Lippen. »Tja. Schwer zu sagen. Wenn du mich fragst, ob ich auch der Meinung bin, daß da ein Verbrechen hinter der ganzen Sache steckt, muß ich bei meiner Meinung bleiben: Nein.« Er schlenderte zu einem Sideboard und holte aus einer Schublade ein Blatt hervor. »Hier.« Er reichte es Herbie. Fünfundzwanzig kleine Rabenvögel waren aus schwarzem Papier ausgeschnitten, mit Augen und Schnabel versehen und auf ein großes Blatt aufgeklebt worden. Sie unterschieden sich in Form und Größe. Mal waren die Schnitte, mit denen sie aus der schwarzen Pappe getrennt worden waren, elegant, mal fahrig und ungelenk ausgeführt worden. ›Für Paul Birekoven, von den Kindergartenkindern‹ stand in eleganter Frauenschrift darunter. »Rosis Schrift«, erklärte Richard. »Ich habe nicht gewußt, daß sie so engen Kontakt zu ihm hatte. Das hat sie am Telefon nicht erzählt. Von diesem Hotelfräulein habe ich auch nichts gewußt. Aber, mal ehrlich: Soll da was zwischen Rosi und meinem Onkel, diesem alten Sack, gewesen sein? Das glaube ich nie und nimmer!«

»Ich ja auch nicht! Aber, was hat dieser Pastor damit zu tun? Wieso wühlt er sich durch die Musiksammlung deines Onkels?«

»Er war nur mein Onkel dritten Grades oder so.«

»Na ja, trotzdem: Da ist doch was faul!«

Richards Gesichtsausdruck war ernst. Er nickte grüblerisch. »Das ist in der Tat merkwürdig. Aber auch da muß ich sagen: Passe. Was Rövenstrunck und meine Rosi verbunden haben könnte, ist mir schleierhaft.«

Meine Rosi. Hast du's gehört?

Herbie setzte einen flehentlichen Gesichtsausdruck auf. »Bitte, alles, was ich möchte, ist: Sei bitte nicht sauer, wenn ich mich ein bißchen umhöre! Wem kann es denn schon schaden?«

Als Richard die Zigarette im Aschenbecher ausgedrückt hatte, glomm sie noch einen Moment nach und ließ eine schnurgerade Rauchsäule in die Höhe steigen. Er drückte erneut fest mit dem Zeigefinger zu. »Such nur, Herbie! Hefte dich mit Julius an die Fersen des großen Unbekannten!« Er versuchte ein zaghaftes Lächeln. »Ist Julius bei dir?« Als könnte er ihn entdecken, ließ er unbewußt den Blick schweifen.

Herbie nickte beschämt. »Natürlich. Wo kämen wir denn

sonst hin?« Er faltete die Hände. Julius, der Richards vorherigen Platz auf dem drehbaren Bürostuhl eingenommen hatte, räusperte sich. *Zuvorkommender Bursche, dein Schulkamerad. Nett, sich nach mir zu erkundigen. Richte bitte ausdrücklich meinen Gruß aus!*

Herbie hütete sich, dergleichen zu tun. »Denkst du, es könnte Zweck haben, dieser Bea mal einen Besuch abzustatten?«

»Bea?« Richard war vollkommen überrascht. »Du denkst, sie könnte dir etwas erzählen?« Er zuckte mit den Schultern. Wieder erhob er sich und kramte das Telefonbuch hervor. Er fuhr mit den Fingern durch die Seiten und sagte schließlich: »Bea wohnt in Eicherscheid.« Er nannte eine Adresse auf dem Schafelsberg. »Tu, was du willst. Frag Bea, frag den Pastor, denk an die Theatergruppe. Hier ...« Er war zu einem Sessel hinübergegangen, auf dem verschiedenfarbige Stoffetzen kreuz und quer übereinanderlagen. »Sie hat Kostüme geschneidert. Das hat sie mir erzählt. Sollte auch selber eine kleine Rolle übernehmen. Vielleicht erfährst du bei denen was.«

Herbie erhob sich. »Ich bin froh, daß du einverstanden bist. Ist mir sehr wichtig.« Er drückte Richard die Hand. Herzlicher, als er es je zuvor getan hatte. An der Türe hielt er für einen Moment inne und blickte ihm ernst in die Augen. »Trinkst du manchmal noch dein Bier im Kopfstand?« Richard grinste. »Ich sollte es wieder mal mit echten Kölsch versuchen. Möglicherweise bin ich etwas aus der Übung gekommen.«

»Würde es dich freuen, wenn ich etwas herausfände?«

»Wenn etwas herauszufinden ist ...«

Nachdem Richard die Türe hinter Herbie geschlossen hatte, sah er ihm durch das Fenster noch solange nach, bis Herbie die Straße erreicht und aus seinem Blickfeld verschwunden war. »Armer Tropf«, murmelte er und zündete sich eine weitere Zigarette an.

Zehntes Kapitel

Herbie blickte dem ins Tal davonfahrenden Taxi nach und ließ den Blick nach oben wandern. Vom Schafelsberg aus hatte man einen formidablen Ausblick auf das dichtbewaldete Anwesen von Deutschlands prominentestem Barden auf der gegenüberliegenden Seite des Tales. Heino, der in der Kurstadt ein Café mit immensem Erfolg führte, residierte dort oben ungestört und abgeschirmt.

Diesseits der Erft ließ es sich aber auch nicht schlecht leben. Angesichts des Straßengefälles überlegte Herbie allerdings, wie es wohl im frostigen Winter um die Erreichbarkeit der Häuser hier oben bestellt war.

Bea Nelles bewohnte eine Wohnung im Souterrain eines Hauses, das einer Familie aus Köln gehörte und übers Jahr als Ferienhaus diente.

Als Herbie die Namen ›Bea Nelles‹ und ›Ricarda Becker‹ auf dem Klingelschildchen in trauter Eintracht vereint sah, wunderte ihn das nicht.

Vielleicht fand er hier eine weitere Verdächtige im Mordfall Rosi Kley. Er überlegte angestrengt, ob er Rosi schon mal in Begleitung der beiden gesehen hatte, kam jedoch zu keinem nennenswerten Ergebnis.

Seine Gedanken wurden unterbrochen, als sich die Türe öffnete. Eine schlanke, junge Frau mit gelbblondem Stoppelschnitt und gepierctem Nasenflügel öffnete. Sie hatte ein freundliches, offenes Gesicht und strahlte Herbie an. »Du bist Herbie?«

Er nickte, deutete zaghaft, mit ausgestrecktem Finger auf sie und fragte: »Bea?«

Deine Umgangsformen sind formvollendet und vorbildlich. Für einen Buschmenschen jedenfalls. ›Ich Tarzan – du Jane‹.

Die Blonde winkte ab und schob Herbie sanft in den Flur. »Nein, ich bin die Ricky. Komm rein, sonst wird's zu kalt.«

Als die Türe geschlossen wurde, klimperte irgendwo ein silberhelles Glockengehänge.

Ricky half ihm aus der Jacke und schob ihn weiter den Flur entlang. »Geh nur durch! Die Bea ist im Wohnzimmer.«

Herbie musterte im Vorbeigehen die Bilder an den Wänden. Alles war geschmackvoll eingerichtet, ein wenig verspielt und mit vielen Grünpflanzen versehen.

Was hast du erwartet, mein Bester? Denkst du vielleicht, Lesben pflegen sich so viel anders einzurichten als andere Menschen? Ich bin überzeugt davon, daß diese Bea ebenso normal aussieht wie ihre Lebensgefährtin. Sie ißt und trinkt genauso wie ein Großteil der Weltbevölkerung und wird vermutlich auch ebenso auf dem Sessel oder Sofa sitzen wie jeder andere, wenn du jetzt ins Wohnzimmer kommst.

Bea war in der Tat ein absolut unscheinbarer und sympathischer Typ. Sie hatte ihr langes blondes Haar zu einem Zopf geflochten und legte eine Illustrierte weg, als sie eintraten. Sie lachte freundlich, und Julius' Prognose hatte nur einen einzigen Schönheitsfehler: Bea Nelles saß im Rollstuhl. Herbie schluckte.

Äh, nun ja. Versuch mal, es dir vorzustellen: Deine Freundin Rosi bemerkt nicht, wie Bea sich holpernd und polternd von hinten mit dem Rollstuhl anschleicht. Dann dramatischer Zweikampf am Steinbruch. Fäuste fliegen und so weiter und …

»Ein Unfall vor acht Monaten«, erklärte Bea ungefragt. »Karneval. Alkohol. Ich hätte nicht mehr fahren sollen.« Sie lachte gezwungen und klopfte sich auf die Schenkel. »Ich sag's nur, weil du so guckst.« Herbie wurde von ihrer Freundin Ricky sanft in einen Sessel bugsiert. Den angebotenen Kaffee lehnte er dankend ab. »Kannst du gar nicht mehr laufen?«

Bea schüttelte den Kopf. Ihr blonder Zopf pendelte sachte hin und her. »Keinen Schritt. Die Ärzte sagen, daß es irgendwann mal wieder werden könnte, aber ich glaube nicht dran.« Sie rollte den Rollstuhl mit sanften Stößen zum Fenster. Das Fenster nahm beinahe die ganze Wand ein. Das nächste Gebäude lag viel tiefer unterhalb, und der Blick auf den Ort Eicherscheid und das ganze Tal war unbeschreiblich schön. »Eine phantastische Aussicht habt ihr hier«, sagte Herbie, um irgend etwas zu sagen, aber auch, weil es den Tatsachen entsprach.

»Du solltest das an einem klaren Wintermorgen bei Schnee sehen oder im Sommer. Es ist traumhaft.«

»Wir werden trotzdem wegziehen müssen«, warf Ricky ein.

»Wieso?«

»Der Berg ist zu steil. Bea kann ohne fremde Hilfe keinen Meter aus dem Haus.«

»Ich habe zwar Ricky, aber ich mute ihr schon genug zu.« Die beiden strahlten sich an.

Zwei, die füreinander da sind, mein Teuerster. Es wäre an der Zeit, auch mal jemanden zu finden, mit dem du dein Dasein teilst. Du hast zwar mich, aber sei ehrlich: All das, was ich dir gebe, kannst du mir ja gar nicht zurückgeben! Julius warf sich hochnäsig in die Brust.

»Du kommst wegen Rosi Kley, erwähntest du am Telefon«, sagte Bea unvermittelt. Allein die Tatsache, daß sie ihren kompletten Namen nannte, sprach nach Herbies Meinung dafür, daß sie wenig miteinander verkehrten.

»Ich nehme an, ihr habt gelesen, was passiert ist.«

Bea nickte. »Arme Rosi. So hätte es mir auch ergehen können, wenn ich nicht so ein verdammtes Glück gehabt hätte. Ach, Ricky, ich nehme doch einen Kaffee.«

Ricky stand beflissen auf und verschwand in der Küche.

»Ich schätze, du kommst gerade zu mir wegen dieser alten Geschichte. Damals … in Buchscheid? Wohnst du da?«

»Nein, nein, ich bin im Hotel Eifelhöhe untergebracht. Nun, um ehrlich zu sein: Stimmt schon, daß ich wegen dieser Sache auf dich gekommen bin. Da ist damals viel drüber geredet worden. Vor allen Dingen, weil Richard doch danach einfach abgehauen ist.«

»Der Idiot!« Beas Gesicht verfinsterte sich. »Der war doch selber schuld. Was damals passiert ist, konnte doch nur geschehen, weil er sich nie um Rosi gekümmert hat. Du kannst mir glauben: Das ist einfach passiert. Da war nichts geplant.

Rosi wollte ihm keins auswischen, und ich hatte nicht vor, ihm die Frau auszuspannen.«

»Glaube ich dir. Richard bereut scheinbar das, was er dann getan hat.«

»Bißchen spät!«

Julius setzte sich neben Herbie auf die Sessellehne. *Ob ihre Lebensgefährtin davon weiß? Scheint doch so, als habe Bea sie absichtlich hinausgeschickt.*

»Weiß Ricky von der Sache?« Herbie fühlte sich unwohl. Irgendwie hatte er jetzt ein besonders peinliches Gefühl bei seiner ganzen Fragerei. Vielleicht lag es daran, daß er immer daran denken mußte, daß Lesben und Schwule ohnehin schon der permanenten Neugier der ach so ›normalen‹ Mitmenschen ausgesetzt waren.

»Nee. Nur das Nötigste. Wir sind seit anderthalb Jahren zusammen. Ich hab mich nie getraut, ihr die Geschichte komplett zu erzählen. Irgendwie habe ich mich ja auch immer ein bißchen dafür geschämt.«

»Hast du Rosi noch mal gesehen?«

»Vor zwei Wochen waren wir in der ›Post‹ in Münstereifel. Ich hätte gar nicht drauf geachtet, wenn Mano mir nicht Bescheid gesagt hätte. Auch da ist die Sache scheinbar noch aktuell.« Sie zuckte mit den Schultern, klimperte kokett mit den Wimpern und lächelte verzückt. »Ich bin nun mal eine Frau, die für Schlagzeilen sorgt.«

Genau wie du, mein Herr und Gebieter. Julius kicherte.

Ricky erschien mit dem Kaffee. Sie rührte Zucker und Milch hinein und stellte ihn für Bea gut erreichbar auf den Beistelltisch.

»Also, als ich sie in der ›Post‹ traf, da haben wir uns gefreut, uns noch mal zu begegnen. Rosi wußte gar nicht, was mit mir passiert war. Hat sie ziemlich geschockt, glaube ich.«

Ricky steckte sich eine Zigarette an. »Sie war doch mit diesen Theaterleuten da, oder?«

Bea nickte. »Eine von denen hat einen auf ihren Geburtstag ausgegeben.«

»Hat Rosi was Besonderes erzählt?«

Bea schüttelte den Kopf. »Sie versprach, mal anzurufen oder so. Aber da ist wohl nichts mehr draus geworden.«

»Einen Freund oder Bekannten aus Buchscheid hat sie nicht erwähnt?«

Bea lachte. »Sind wir hier bei ›Derrick‹ oder was? Du fragst ja wie ein Kriminaler. Nein, war wirklich nur Smalltalk an dem Abend. Sorry.«

»Bist du enttäuscht?« fragte Ricky bedauernd und schmunzelte. »Was hättest du denn gerne gehört?«

»Ach, es geht um einen alten Mann. Den Raben-Päul. Der ist auch tot.«

»Raben-Päul?« Beas Miene wurde nachdenklich.

»Ist der Name gefallen?«

»Nein, das nicht. Aber ich habe eine Tante, die hat eine Freundin in Buchscheid. Und die erzählt immer von einem alten Sonderling aus dem Dorf. Kann der das sein?«

Herbie nickte eifrig. »Bestimmt ist er das. Gibt's da was Besonderes zu erzählen?«

Bea schüttelte wieder den Kopf. »Ist nur so lustig. Da gibt es solche Trottel in einem Dorf. Einen Dorfdeppen namens Röb gibt's da auch noch.«

»Päul war nicht eben ein Trottel, soviel ich weiß.«

»Mag sein. Aber was ich sagen wollte, ist: So ein Dorf, das prägt die Menschen. Entweder sie schaffen es, sich ihren Freiraum zu schaffen, so, wie Rosi und Richard. Dann haben sie Glück. Sie verblöden nicht. Andere schluckt das Dorf regelrecht runter. Sie braten in ihrem eigenen Saft und sehen nie was anderes. Und dann gibt es wieder andere, die schaffen den ganz großen Wurf. Die studieren im Ausland oder gehen in die Politik oder gründen ein Unternehmen. So, wie der Chef von deinem Hotel zum Beispiel.«

»Faßbender? Er kommt aus Buchscheid?« Bea nickte. »Ist eine arrogante Sau und will mit dem Dorf nichts mehr zu tun haben. Wie sagt Tante Klärchen immer?«

Ricky lachte. »Wenn us Möss Dröss wid!«

Herbie verstand nicht.

Das habe ich jetzt sogar begriffen!

»Wenn aus Mist Driß wird … Mist ist was Nützliches. Stinkt zwar, ist aber wertvoll. Scheiße ist zu nichts mehr nütze. Entschuldige die Ausdrucksweise. Und unter den entsprechenden Bedingungen wird aus gewöhnlichem Mist eben nur noch nutzlose Scheiße.«

Die Wolkendecke riß für einen Moment auf, und der durchdringende Sonnenschein malte goldene Flecken auf die Wiesen des Rothbergs, der am linken Fensterrand noch zu sehen war. Herbie war enttäuscht. Von diesem Besuch hatte er sich mehr erhofft. Bea und Ricky waren zwei sympathische Mädels, und er hoffte, ihnen bei irgendeiner Gelegenheit auch einmal in der ›Post‹ zu begegnen. Aber jetzt half ihm diese Plauderei nicht weiter. Er bereute, daß er den Taxifahrer nicht angewiesen hatte zu warten.

»Kann ich vielleicht mal telefonieren?«

*

Die Musik war laut und dröhnend. Man hätte erwartet, daß im nächsten Augenblick eine Horde wildgewordener Muselmanen säbelschwingend auf Pferden oder Kamelen um die Ecke galoppiert käme. Statt der Derwische erschien dann aber doch nur die Dame aus der Rezeption und steuerte zielstrebig auf das Auto zu, das seit fünf Minuten vor dem Hoteleingang stand und bei den Bässen erbarmungswürdig erbebte. Die Bezeichnung ›Auto‹ traf das Objekt, an dessen Scheibe sie nun mit ihrem zarten Knöchel hämmerte, nicht unbedingt genau. Im Grunde genommen handelte es sich um einen unbeschreiblichen Haufen vielfarbigen Schrotts, der offensichtlich durch irgendeine unsichtbare Kraft vor dem Auseinanderfallen bewahrt wurde und der entfernt an einen alten Opel Kadett erinnerte.

»Die Musik!« rief sie und gestikulierte wild. Im Inneren des Fahrzeugs reckte sich ihr ein erstauntes Gesicht entgegen. Der dümmliche Gesichtsausdruck wurde von einer Unmenge dichter, dunkler Haare umrahmt. Erst nach weiterem Gefuchtel der entnervten Hotelbediensteten fiel Köbes ein, daß es zwecks Konversation ratsam war, die Scheibe herunterzukurbeln.

Er setzte an, versenkte die Scheibe zwei Finger breit in der Türe und stellte fest, daß er hier auf die vielzitierte Tücke der Technik stieß. Dann öffnete er die Türe und lehnte sich halb hinaus.

»Die Musik!« rief die Frau erneut und ruderte wieder wild mit den Armen.

»Geht nicht aus!« rief Köbes, der fanatische Sammler von Film-Soundtracks beim Aussteigen. »Das ist ›The Wind And The Lion‹. Gerade komme ich durch euer Kaff gefahren und drehe so richtig schön auf an der Stelle, an der Sean Connery von seinem Araber steigt, da macht es ›Knacks‹, und der Lautstärkeregler ist im Arsch.« Er grinste entschuldigend. »Geht nicht mehr aus, wenn der Motor läuft.«

»Dann machen Sie doch den Motor in Gottes Namen aus! Die Hotelgäste werden ja schon aufmerksam.« In der Tat waren einige der Gäste bereits von Innen an die Glasfront getreten und beobachteten das Schauspiel interessiert. Frau Schütze-Appelbach begann sogar, rhythmisch mit den Hüften zu wippen.

Köbes krabbelte wieder in den Wagen, und mit einem Mal erstarben Motorengeräusch und Filmmusik. Die Dame von der Rezeption sank ermattet an die Kühlerhaube. »Ich wollte ja nur gerade mal gucken, ob ich das wieder irgendwie gedeichselt kriege. Sie müssen wissen, ich habe nämlich ein Händchen für Autos.«

»Soso!« Sie musterte ihn eiskalt. »Womit kann ich Ihnen denn helfen? Sie suchen doch sicher irgend jemanden. Oder haben Sie sich vielleicht verfahren?«

Köbes stellte den Fuß auf die Stoßstange, die bedenklich wackelte, kratzte sich am verlängerten Rückgrat und sagte: »Hm. Bin hier verabredet. Ein alter Freund von mir pennt bei euch im Hotel. Ich soll ihm sein neues Auto bringen.« Er klopfte auf die Kühlerhaube.

Pikiert beobachtete die Frau im Hosenanzug, daß er nun begann, sich ausgiebig in der Lendengegend zu kratzen, und meinte: »Da liegt sicherlich ein Irrtum vor. Ich glaube kaum ...«

»Da kommt er ja!« Er begann, wild die Straße hinunter zu winken. »Herbie, alter Penner, ich hab auf dich gewartet!« Freudestrahlend sprang er dem überraschten Herbie entgegen.

Da bekommt das Wort ›Heimsuchung‹ doch sofort eine ganz andere Dimension, nicht wahr?

Die Hotelangestellte sah den herannahenden Herbie verstört an. »Herr Lohse?«

»Lohse?« Nun war es an Köbes, dumm aus der Wäsche zu gucken. Mit einem versteckten Fußtritt brachte Herbie ihn dazu, den Mund, den er geöffnet hatte, um das Namenschaos komplett zu machen, rasch wieder zu schließen.

»Ein Jugendfreund. Jakob Nießen.« Er lächelte verlegen und fummelte an seinem Kragen herum. »Herbie ... eigentlich ganz falscher Name ... Aber im Kindergarten, da ... und da war dann immer dieser Käfer im Fernsehen und Ha Be von Hans-Bert ... Sie verstehen?«

Sie nickte verunsichert und trat den Rückzug an. Auch die restlichen Zuschauer verloren umgehend das Interesse und wurden erst wieder an die Scheibe gelockt, als Köbes das Fahrzeug startete und ein neuerlicher Schwall von Pauken und Trompeten an die Grundfesten des Hauses brandete.

»Bist du wahnsinnig?« rief Herbie auf dem Beifahrersitz. »Mach sofort den Lärm aus!«

Köbes war beleidigt. »Erstens ist das kein Lärm! Jerry Goldsmith hat nen Oscar für den Soundtrack gekriegt. Und zweitens ...« Er erklärte mit wenigen Worten, welchem technischen Defekt sie es zu verdanken hatten, daß sie die Fahrt nunmehr vor der Klangkulisse säbelrasselnder und brandschatzender Berberstämme fortsetzen durften.

»Das ist mein Auto?« rief Herbie zum Fahrersitz. Die Anstrengung in seiner Stimme überdeckte die geballte Enttäuschung über das quietschende Vehikel, das sein Freund ihm andrehen wollte.

»Geil, was? Ein eigenes Auto! Deine Tante hat mich angerufen und etwas Fahrbares für zweihundert Mark geordert.« Er lenkte munter den Berg hinab. »Hat noch drei Wochen TÜV!« Herbie betrachtete schweigend das lammfellüberzogene Lenkrad, das verstaubte Armaturenbrett, den fleckigen Kunstlederhimmel und das zertrümmerte Handschuhfach.

Ich hasse diesen Kunststoffgeruch in neuen Autos. Julius schnupperte betont auffällig. *Hier hat er sich zum Glück schon ein wenig verflüchtigt.*

Neben dem Lenkrad baumelte eine Christophorusmedaille an einem letzten Rest Kleber. Meins, dachte Herbie, ein totaler Schrotthaufen, aber meins. Und mit einem Mal begann er, etwas für den rostigen Berg zusammengewürfelter Ersatzteile auf vier Rädern zu empfinden.

Das ist Besitzerstolz. Die Gebrüder Schlumpf haben seinerzeit etwa fünfhundert Oldtimer zusammengesammelt. Spürst du das, was auch ihre Brust vor Stolz schwellen ließ?

»Wo fahren wir eigentlich hin?« Sie hatten gerade die Nordfront des Hotels erreicht, als Fritz am Straßengraben auftauchte und heftig winkte. »Mein Gott«, rief Köbes, »ist die häßlich! Mit der Nase zu trampen, ist mehr als blauäugig!«

»Halt an!« rief Herbie durch eine klagende Melodie mit viel Sand- und Dattelpalmentimbre. »Das ist Fritz.«

»Fritz?«

»Ich kann mitfahren. Stefanie hat mit mir getauscht, und ich habe den Rest des Tages frei«, erklärte Fritz atemlos, als Herbie die Beifahrertüre geöffnet hatte. »Eigentlich ein echter Beschiß, weil ich doch schon übermorgen nicht mehr hier bin, aber ...« Sie sah Köbes fragend an, und Herbie, der ausgestiegen war und es nach mehrmaligem Hin- und Herruckeln zuwege gebracht hatte, den Sitz nach vorne zu klappen, um sie hineinzulassen, konnte sie beruhigen: »Köbes weiß noch nichts, aber das, was er nicht weiß, dürfte er getrost wissen.« Fritz schwenkte zwei Plastikbeutel und einen schlaffen Bettbezug. »Filetspitzen und ein Transportbehältnis für den folgsamen Hund und afrikanische Maisküchlein für die tapferen Fahrensleute. Schöne Grüße von Rufus.«

Wenige Minuten später bahnte sich der klappernde Kadett seinen Weg über einen holperigen Waldweg und durch ein Meer von Schlaglöchern zum Fischweiher. Herbie erläuterte Köbes die grobe Rahmenhandlung des Abenteuers, in das er verstrickt war, und achtete dabei darauf, daß er nicht zu viel und zu kompliziert erklärte, um auf der einen Seite seinen Freund nicht zu sehr zu strapazieren und um auf der anderen Seite nicht permanent gegen die musikalische Begleitung des ›Wüstenepos‹ anbrüllen zu müssen.

»Kann man die Cassette eigentlich nicht einfach auswerfen?« fragte Fritz vom Rücksitz aus. Köbes hatte den Rückspiegel verstellt, um nicht fortwährend von ihrem auffallenden Äußeren abgelenkt zu werden. »Klar doch. Geht. Das Problem ist nur: Ich kann doch nicht ganz ohne Musik fahren!«

Der Weg führte sie mitten in das immer dichter bewaldete Tal des Scheebenbachs hinein, und während sie so von einer Pfütze in die nächste donnerten, bemerkte keiner von ihnen das Auto Helmut Streckers, das ihnen in gemessenem Abstand folgte, umsichtig jedes Schlagloch umrundend, sachte um die Kurven rollend, damit eine plötzliche Begegnung ausgeschlossen blieb.

Strecker hielt das Steuer mit festem Griff umklammert und malmte mit den Zähnen. Das würde Stunden dauern, bis er seinen Peugeot wieder auf Hochglanz poliert haben würde. Aber er hatte das sichere Gefühl, daß hier etwas ablief, das Frau Hellbrecht brennend interessieren und ihren verblödeten Neffen endgültig ans Messer liefern würde. »Feldmann, ich komme«, raunte er bösartig in seinen grauen Bart. Seine Marschmusik hatte er ausgeschaltet, da sich die Bässe von Köbes Monumentalklängen ständig dazwischengemogelt hatten. »Und bald, schon sehr bald, habe ich dich!«

*

Es ging bergauf. Gerade hatte Pastor Rövenstrunck mit seinem kleinen, dreckigweißen Fiat Stadtkyll und Kronenburg passiert und steuerte auf der vierspurigen B51 geradewegs auf Dahlem zu. Es mochte zwanzig Jahre oder noch länger her sein, daß er diese Strecke zuletzt gefahren war. Auf einem Bergrücken linkerseits der Straße erkannte er unmittelbar am Waldrand seltsame Gebilde. Er fischte ein Antibeschlagtuch aus dem Handschuhfach und wischte hastig die beschlagene Scheibe frei. Dreckigbraune Ränder zeigten sich auf dem Tuch. Woher dieser Dreck wohl kommen mochte? Nachdenklich paffte er gräulichen Qualm aus dem Mundwinkel. Was sich dort oben auf dem Berg scharf gegen das Grau des Herbsthimmels abzeichnete, war eine abstruse Ansammlung großer hölzerner Silhouetten, aufgestellt in Reih und Glied. Der Hochsitz schien ihm authentisch. Ein Gipfelkreuz, das mochte ja noch angehen, aber ein Hase, dichtgefolgt von einem Jägersmann mit gezückter Flinte, ein Elefant, oder was das sein mochte, und dann eine riesenhafte Giraffe … eine Arche? Die Künstler, die das fabriziert hatten, hatten sich angestrengt. Trotzdem fand ihr Werk in seinen Augen keine Gnade.

»So ein Schrott«, schimpfte der Pastor und schaltete einen Gang zurück. Seine üble Laune hatte sich durch seinen Besuch in Prüm nicht verflüchtigt, wie er sich das eigentlich erhofft hatte, sondern höchstens noch gesteigert. Der lange Weg war im Grunde genommen umsonst gewesen. »Ein Schuß in den Ofen!« resümierte er für sich, während er mit der Rechten ein paar Häufchen blaßgrauer Zigarrenasche von seinen schwarzbehosten Knien fegte. »Wäre ich blöder, alter Trottel doch zu Hause geblieben! Ich bin zu alt für diese langen Touren durch dieses verdammte Mittelgebirge! Nachher trifft mich irgendwo in einem dieser Käffer der Schlag, und ich werde auch noch hier begraben!« Seit langem war ihm der Gedanke ein Greuel, in der Eifel beigesetzt zu werden. Er hatte sich schon lange vorgenommen, sich in Bälde wieder an den Ort seiner Kindheit, an den Niederrhein, versetzen zu lassen. »Nur weg von diesen Bekloppten!« Er verstaute den Stummel der Zigarre in dem übervollen Aschenbecher, fingerte eine neue aus der Schachtel und fummelte am Zigarettenanzünder herum. Prompt verbrannte er sich die knochigen Finger. »Verfluchter Mist! Dreimal verfluchte und verdammte Scheiße!«

Fluchend und fingerlutschend lenkte Pastor Rövenstrunck sein Auto die schnurgerade B51 an Schmidtheim vorbei in Richtung Blankenheim.

*

Bärbelchen schickte knurrende Wutlaute in die Stille des Tales, das wie ausgestorben dalag, seit Köbes mit Pauken und Trompeten in den Naturfrieden eingebrochen war und Karnickel und Eichhörnchen in die Flucht geschlagen hatte.

Bärbelchen witterte vermutlich ihren Intimfeind Herbie bereits aus großer Entfernung. Das Knurren schlug in wütendes Kläffen und bösartiges Bellen um, je näher sie der kleinen Hütte kamen. Die drei bahnten sich ihren Weg dicht am Ufer des Weihers entlang, der still und trüb dalag, fast wie verwunschen.

»Dahinten ...« Fritz wies mit dem Finger auf das gegenüberliegende Ufer und das Gestrüpp, das es säumte. Sie strengten ihre Augen an, aber es war nichts zu entdecken. »Da hatte Päul eine von seinen Fallen. Eine Kastenfalle. Man kann die gelbe Signalfarbe sehen. Er konnte von hier aus anhand der Farbe erkennen, ob sie zu war oder offen. So sparte er sich den Weg.«

»Was hat er damit gefangen?« fragte Herbie, der den Bettbezug über der Schulter baumeln hatte und mit den Armen ruderte, um nicht mit den Füßen versehentlich in das Wasser zu treten.

»Marder und so'n Zeugs. Füchse auch. Alles, was sich über Hasen und Karnickel hermacht. Er fing sie und ... Peng! Fangschuß.« Sie hatten die Hütte jetzt beinahe erreicht. »Als er tot war, bin ich mit Rosi rundgefahren und habe sie alle außer Betrieb gesetzt. In einer Falle am Leeßenpesch saß ein Marder drin. Wir haben ihn befreit und laufenlassen. Päuls Hühner haben wir auf den Hof vom Schlösser gebracht.«

Befreien. Ein gutes Stichwort.

Herbie drehte sich zu Julius um und hatte für einen kurzen Moment die Vision, er gehe hinter ihm geradewegs über die Wasseroberfläche.

Ich freue mich schon diebisch darauf, dem seltsamen Spektakel des Abtransports eines der friedfertigsten Hundetiere, das mir kennenzulernen jemals vergönnt war, beiwohnen zu dürfen. Noch dazu, wenn so erfahrene Hundefänger wie ihr drei zu Werke gehen.

Herbie wurde es mulmig. Er dachte an die bevorstehende Verladeaktion und bekam weiche Knie. Er kannte Bärbelchens Qualitäten von zahlreichen Begegnungen bei seiner Tante und dem ein oder anderen Besuch beim Hundefriseur. Konnte durchaus sein, daß in diesem Fall, ausgelöst durch Bärbelchens angestaute Aggression, der ein oder andere Finger dran glauben mußte.

Er mußte auch daran denken, daß Köbes' ohrenbetäubende Musik unter Umständen dazu nütze war, bei der vor ihnen liegenden Fahrt durch bewohntes Gebiet das Gebell des im Kofferraum eingesperrten Hundes zu übertönen.

Und dann folgte, kurz bevor Fritz den Schlüssel ins Schloß steckte, eine Kettenreaktion von Gedanken, die ihn plötzlich erstarren ließ.

»Was ist?« fragte Köbes, den mittlerweile das Spektakel des Hundes ebenfalls einschüchterte.

Stärkst du dich durch ein paar Momente autogenes Training? Wo sind die Räucherkerzen?

Auch Fritz wollte etwas fragen, aber Herbie winkte ab. »Das mag euch jetzt feige vorkommen, aber …« Er blickte die zwei ernst an. »… ich muß euch mal für einen Moment alleine lassen. Dauert vielleicht eine halbe Stunde. Verladet inzwischen dieses vermaledeite Vieh, und wenn ich zurück bin, können wir losfahren.«

»Aber wo willst du denn hin?« fragte Fritz entgeistert. Herbie drückte ihr den Bettbezug in die Hände und sagte: »Ich beeile mich.« Dann verschwand er. Er schlug nicht den Weg zum Auto, sondern den ein, der ihn zu der Treppe und hinauf auf den Bergrücken führte.

Als Helmut Strecker, der sich auf Umwegen durch das Dickicht bis in ihre unmittelbare Nähe geschlagen hatte, ihn auf sich zukommen sah, war es bereits zu spät, sich zu verbergen. Er machte ein paar unbeholfene Bewegungen zur Seite, geriet mit einem Fuß in den glitschigen Uferschlick, rutschte langsam mit dem Bein ins Wasser und verlor schließlich vollends die Balance. Helmut Strecker glitt mehr oder weniger geräuschlos in den Tümpel, versuchte hektisch nach dem dürren Gras des Ufers zu greifen und versank schließlich gänzlich im trüben Wasser. Als er wenige Augenblicke später auftauchte und Herbie näherkommen sah, verkniff er sich jedes Husten, das sich brennend seinen Hals hinaufkämpfte, jedes Japsen, das ihm die Luft beschert hätte, die seine Lungen jetzt so dringend brauchten, und watete statt dessen rasch vom Ufer weg und im Sichtschutz einer kleinen, bewachsenen Landzunge auf das andere Ufer zu. Dort krabbelte er durchnäßt und zitternd ans Ufer, verlor den Halt im unzugänglichen Gewucher des Buschwerks und glitt erneut in die Fluten.

Julius folgte Herbie auf den Fuß, überholte den immer langsamer werdenden Kumpan bei seinem Aufstieg aus dem Tal sogar auf halber Höhe im Hang. *Feigheit vor dem Feind. Nun bin ich aber tatsächlich mal gespannt, was dich bewogen hat, plötzlich, wie von der Tarantel gestochen, die altbekannte Hasenfußtaktik anzuwenden.*

»Ich mußte an die Cassette denken. Zuerst nur an Köbes' nervtötende Dudelei.« Herbie keuchte atemlos. »Dann an die Cassetten, auf die der Pfaffe so scharf war. Und dann fiel mir etwas ein, das ich gestern registriert habe, aber das mir, ohne den richtigen Zusammenhang betrachtet, überhaupt nichts gesagt hat.«

Ich bin gespannt. Kommt jetzt der Name des Mörders?

»Quatsch!« Als sie das obere Ende des Dickichts erreicht und die letzten Stufen emporgestiegen waren, tauchte vor ihnen das verkohlte Anwesen des alten Wildhüters auf. Ohne sich lange darum zu kümmern, stiefelte Herbie unbeirrt weiter und steuerte auf den Weg zu. Nach weiteren zehn Minuten, in denen Herbie hastig ausschritt und kein Wort sprach, zeichnete sich weiter vorne das Steinbruchschild gegen den Himmel ab.

»Ich hätte natürlich einen Weg durch das Tal nehmen können. Schließlich muß ich jetzt gleich wieder hinunter, aber ...«

Aber dein sportlicher Ehrgeiz ist erwacht?

»Das, was ich zu finden hoffe, sehe ich wahrscheinlich besser von einem erhöhten Standpunkt aus.« In freudiger Erwartung galoppierte er auf den Abgrund zu, hielt etwa an der gleichen Stelle inne, an der er am Vortag mit Richard gestanden hatte, und starrte angestrengt in die Tiefe. Alles war genauso wie gestern. Der Steinbruch war verwaist, Müll verrottete in der ein oder anderen Ecke, die Stelle, an der man Rosis leblosen Körper gefunden hatte, war immer noch kahl und unscheinbar. Noch immer deutete nichts darauf hin, daß sich hier erst kürzlich ein grausames Schauspiel zugetragen hatte. Herbie suchte und suchte, aber so sehr er sich auch anstrengte, das, was er zu finden hoffte, war nirgendwo zu entdecken.

Ich könnte einen Folterknecht engagieren, der es aus dir herauspreßt, aber du könntest es mir auch getrost von selber sagen: Wonach hältst du Ausschau? Vier Augen sehen mehr als zwei.

»Die Cassette«, murmelte Herbie. Der Pastor ist hinter einer geheimnisvollen Cassette her, soviel steht fest. Mir sind schon oft irgendwo am Straßenrand oder anderswo herausgerupfte Cassettenbänder aufgefallen, die zwischen Gräsern und Büschen im Wind flatterten. Ich habe mich immer wieder gefragt, was wohl auf all diesen Bändern drauf ist, und habe mir immer mal vorgenommen, eines einzusammeln, zu Hause in ein Gehäuse hineinzufriemeln und abzuhören.« Er stampfte wütend mit den Füßen auf. »Gestern hing hier so ein Stück Band in einem der Bäume da unten.« Er wies, mit dem Finger rudernd, in die Tiefe. »Jetzt ist es weg.«

Eine fixe Idee, nichts weiter! Sieh dich nur um! Hier liegt ausreichend Müll herum. Fehlt nur noch, daß du in der leeren Lenorflasche da unten irgendwelche diabolischen Gifte vermutest oder die Überreste des alten Damenfahrrads da hinten für ein todbringendes Mordinstrument eines durchgeknallten Erfinders hältst! He, was machst du da?

Herbie hatte begonnen, die Böschung nach einer Möglichkeit abzusuchen, einigermaßen sicher in die Tiefe zu kommen. Er fand schließlich eine Stelle, an der das Gefälle weniger steil war als im übrigen Bereich des Steinbruchs. Unbeirrt begann Herbie den Abstieg, wobei er einen Weg wählte, der zwar den ein oder anderen riskanten Abhang enthielt, der aber mittlerweile so von Gesträuch aller Art überwuchert war, daß er sich daran festklammern konnte. Herbie kletterte konzentriert und stumm, und Julius' Zetern konnte ihn nicht aufhalten. »Keine Sorge!« gab er nur einmal ächzend von sich, kurz bevor er die Talsohle erreicht hatte. »Du hast vielleicht Angst, deinen Gefährten und deine Daseinsberechtigung zu verlieren, wenn ich mir jetzt hier das Genick breche, aber das ist nicht der Himalaja, und ich bin nicht Reinhold Messner!« Dann entglitt ein dürrer Ast, an dem er sich festgehalten hatte, seiner Faust. Er stellte für den Bruchteil einer Sekunde fest, daß er nur noch dürres Herbstlaub in Händen hielt, und rutschte den Rest des Abhangs, der aus losem Geröll bestand, schreiend hinunter.

Julius empfing ihn unten und schüttelte den Kopf. *Und ich bin nicht der Yeti.*

Herbie erhob sich stöhnend und wußte gar nicht, was er sich vor Schmerzen zuerst reiben sollte.

Willkommen auf der Erde.

»Heee! Haste dir weh getan?« Eine Kinderstimme kam von

hinten. Als Herbie herumfuhr, entdeckte er zwei Kinder, die auf einem alten Autoreifen hockten und anscheinend seinen halsbrecherischen Abstieg vom Anfang bis zum gloriosen Ende mitverfolgt hatten.

»Bist du'n Bergsteiger?« fragte der kleinere von beiden. Er hatte hellblondes Haar. Herbie schätzte die beiden auf etwa fünf Jahre.

»Blödsinn!« rief der andere, rundlichere, der einen dunkelblonden Stoppelschnitt hatte, und tippte sich an die Stirne. »'n Bergsteiger hätte sich doch bei so 'nem pipileichten Hang nicht auf die Fresse gelegt.«

»Was macht ihr denn hier?« fragte Herbie beschämt und ging auf sie zu, wobei er mit dem linken Bein leicht zu humpeln begann.

Die beiden Knirpse sahen sich fragend an, grinsten dann und sagten unschuldig: »Spielen. Was denn sonst?« Sie waren der Witterung entsprechend verpackt, waren aber darüber hinaus mit allerlei Zierrat wie Federn und Stirnbänder und diversem kriegerischen Gerät ausgestattet, das sie als Apachen oder Sioux auswies. »Das ist unser Jagdgebiet!« erläuterte der dickere altklug und baute sich herausfordernd vor Herbie auf.

»Wißt ihr«, begann dieser zögernd, »ich suche hier was.«

»Was denn?« wollte der zierlichere wissen und trollte sich an die Seite des dicken Blondschopfs. »Triffst du hier 'ne Frau?«

Der andere wollte es genauer wissen: »Wollt ihr knutschen?«

Das Verhör spitzt sich zu. Du solltest mit der Sprache rausrücken, sonst gipfelt das Ganze in größeren Peinlichkeiten, und sie versuchen deine sexuellen Abgründe zu erforschen.

»Nun seid mal nicht so vorlaut!« entschied sich Herbie für die autoritäre Variante. »Ich habe hier gestern was gesehen. So ein Band von einer Cassette. Das hing da oben im Baum. Ich hab's von da oben aus gesehen.« Er deutete auf den Bergrücken, von dem er sich eben mehr oder weniger glanzvoll hinabbewegt hatte. Als er hinaufblickte, erschrak er im nachhinein über die Höhe des Hanges.

»Ein Cassettenband?« Der Hellblonde sah Herbie skeptisch an. »Und deshalb bist du da runtergeklettert? Echt?« Sie musterten Herbie beide, als hätten sie es mit einem kompletten Vollidioten zu tun.

Ihr habt ja so recht, Kinderchen. Er ist ein treuer Gefährte, aber im Grunde genommen leider eine verteufelt hohle Nuß.

»Und mit wem hast du eben gesprochen, als du da gehangen hast?« Der Dickere deutete auf den Abhang.

Herbie überging die Frage geflissentlich und beschloß, die beiden zu ignorieren. Er sah sich um und begann, Sträucher und versteckte Winkel nach dem verschwundenen Band zu untersuchen.

»Hast du denn nicht genug Geld, um dir eine richtige neue Cassette zu kaufen?« fragte der Kleine besorgt, und der Dicke bot sogar an: »Soll ich dir was leihen?«

Herbie teilte die Sträucher mit den Händen, fuhr mit den Schuhen durch dürres Gras und schritt die Flecken ab, an denen irgendwelche Umweltfrevler ihren Müll entsorgt hatten.

»Wir haben hier mal'n alten Wecker gefunden. Der war noch okay. Willste den?« Die beiden waren wirklich hilfsbereit. »Und 'ne olle Pfeife. Das ist jetzt unsere Friedenspfeife. Die können wir dir mal leihen.«

»Müßt ihr nicht nach Hause? Hausaufgaben machen?« Herbie war überrascht, wie schnell seine Geduld am Ende und wie ungeübt er im Umgang mit Kindern war.

»Wir kommen doch erst nächstes Jahr in die Schule!« kam es wie im Chor.

Plötzlich schnupperte Herbie. Es roch verbrannt. Die beiden grinsten ihn wissend an. »Das ist der Leo, der hat ein Feuerchen gemacht.« Sie erhoben sich und stapften davon. Beiläufig erwähnten sie: »Und dein doofes Cassettenband liegt hier nicht. Das hat der Leo aus dem Baum geholt. Der Leo ist Klasse. Der ist nämlich Sir Lancelot!«

Hastig setzte Herbie ihnen nach, und als er sie eingeholt hatte, sah er auch schon ihren Spielkameraden, den er zwei, drei Jährchen älter schätzte. Er pustete gerade angestrengt in ein munteres kleines Feuerchen und war auf Anhieb als tapferer Ritter erkennbar. Sein Brustpanzer war aus dem Rückendeckel eines Zeichenblocks gefertigt worden, und seine Hände steckten in schweren, silberglänzenden Handschuhen. Seinen Kopf zierte ein Fahrradhelm aus Styropor, der mit Stanniolpapier verziert und, zu Herbies grenzenloser Freude, mit einem dichten Federbusch aus gekräuseltem, braunem Cassettenband versehen war. Leo betrachtete seine Freunde und den Neuankömmling und fragte: »Will der mitspielen?« Herbie verneinte kategorisch und schickte besänftigend hinterher: »Ich hab leider jetzt keine Zeit. Vielleicht ein anderes Mal.« Dann trat er auf den Jungen zu, der ein paar kleine Äste durchbrach und ins Feuer warf. »Schöner Spielplatz. Hier liegen ganz schön viele Sachen rum, was, Leo?«

Leo beäugte ihn skeptisch und fragte: »Was willste von mir?«

Julius zuckte mit den Schultern, als wolle er sagen: *Nun, was hast du erwartet? Kinder und Diplomatie. Zwei Welten.*

»Kann ich vielleicht deinen Federbusch haben?«

»Nö.«

»Ich bräuchte ihn aber wirklich sehr dringend.«

»Ich auch. Ohne den ist der Helm doch total doof.«

»Und wenn ich dir was gebe?«

»Was denn?«

Herbie wägte kurz Kosten und Nutzen ab und machte ein Angebot: »Fünf Mark?«

»Nö.«

»Wieviel denn sonst?«

»Zehn vielleicht.«

Nimm das Angebot an!

Herbie wurde wütend. »Kommt ja überhaupt nicht in Frage! Ich gebe dir jetzt fünf Mark, und du gibst mir das Band. Es geht aber auch anders. Dann hole ich mir den Federbusch, und du kriegst gar nichts!«

Nimm das Angebot an!

»Es geht aber auch noch anders«, meinte Ritter Leo ganz

unbeeindruckt, rupfte das Bandgewirr vom Helm und hielt es über das Feuerchen.

»Ja, genau!« johlten die beiden anderen begeistert. »Wirf es ins Feuer! Der ist doch doof.«

Ich sagte doch: Nimm das Angebot an!

»Schon gut, schon gut!« rief Herbie hastig und kramte sein Portemonnaie hervor. Er holte einen Zwanzigmarkschein heraus und weitete entsetzt die Augen, als Leo sich dem Feuer näherte. »Ihr könnt nicht zufällig wechseln?« Stumm schüttelten die drei den Kopf, und er reichte Leo unwirsch den Schein. »Hier, nimm! Und jetzt her mit dem Band!«

*

Fritz und Köbes staunten nicht schlecht, als Herbie eine Weile nach seinem Weggehen plötzlich aus ganz anderer Richtung den Waldweg entlang auf sie zugehumpelt kam. Auch Herbie stellte amüsiert fest, daß die letzte Dreiviertelstunde an allen dreien nicht schmerzlos vorübergegangen war.

Hier muß ein Massaker stattgefunden haben, mutmaßte Julius. Die beiden sehen aus, als seinen sie mit knapper Not im alten Rom aus dem Circus Maximus entkommen.

Tatsächlich zierten Kratz- und Bißspuren ihre Hände, Köbes Nase und Fritzens langen Hals.

Der Kofferraum des verbeulten Autos spuckte ununterbrochen aggressives Gekläffe aus.

»Da hast du dich ja fein aus der Affäre gezogen«, spöttelte Köbes, aber Herbie winkte ab. »Tut mir leid. Tut mir wirklich leid. Aber es hat sich vielleicht gelohnt.« Während des Fußwegs hatte er das Band akkurat um seine Hand geschlungen. Jetzt präsentierte er es den beiden. »Ich fahre, und du, Köbes, du wirst bitte in der Zwischenzeit versuchen, das hier in eine deiner unvermeidlichen Filmmusikcassetten hineinzubasteln.« Hastig stieg er ein und signalisierte so, daß keine Zeit zu verlieren war. Wenige Sekunden später heulte der Motor auf, sie setzten rückwärts aus dem Busch auf den

Waldweg zurück und fuhren den Weg, den sie gekommen waren.

Erst als das Motorengeräusch und die begleitende Musik verklungen waren, traute sich Helmut Strecker aus seinem feuchten Versteck am Ufer, von dem aus er zwar nicht das geringste hatte sehen, jedoch einiges, inklusive Hundelärm, hatte hören können, nachdem er das Wasser aus den Ohren hatte laufen lassen. Bibbernd schlug er sich dann in die Büsche und folgte einem kleinen Pfad, von dem er glaubte, daß er ihn zu seinem in der Nähe geparkten Fahrzeug führen würde. Ein Trugschluß, den der frierende Strecker erst erkannte, als er nach einer Viertelstunde Zittern und Zähneklappern schließlich auf eine spielende Gruppe Kinder stieß, die ihm zehn Mark für einen Platz am wärmenden Feuer und einen weiteren durchnäßten Zehnmarkschein für eine alte, halbverrottete Decke abknöpften, die angeblich den Krönungsmantel von König Artus darstellte.

Derweil hatte der Kadett das Ortsschild ›Buchscheid‹ hinter sich gelassen. An der Stoppstraße hatte ein dicker alter Mann mit hängender Unterlippe gestanden, der eine zerschlissene Aktentasche unter dem Arm trug. »Das ist Feuser-Hännes. Der tickt nicht ganz sauber«, erklärte Fritz und sagte: »Fahr weiter!« Aber noch während Herbie mit dem altersschwachen Schaltknüppel herumrührte, war der Alte an die Scheibe getreten, zeigte ungefragt seinen speckigen Schwerbehindertenausweis und raunzte durch die geschlossene Scheibe: »Ich muß nach Euskirchen!«

»Nix da!« sagte Herbie energisch, und mit einem Satz schossen sie nach vorne.

»Der pendelt jeden Tag zwischen Buchscheid und Euskirchen«, fuhr Fritz fort. »Der stinkt vielleicht!«

Schade. Hätte doch vorzüglich zu den beiden anderen Schönheiten gepaßt, sagte Julius heiter.

Minuten später knatterte der Kadett über Hümmel und Falkenberg nach Tondorf.

»Wohin geht die Reise eigentlich?« wollte Köbes wissen,

der auf dem Beifahrersitz gerade seine ganze Konzentration aufbrachte, um unter Zuhilfenahme seines Schweizer Messers die Cassette wieder zu verschrauben, aus der er kurz zuvor unter heftigem Protest das Band mit dem Soundtrack zu dem Film ›Swashbuckler‹ von John Addison herausgeriffelt hatte, um es durch das zerknitterte Stück Band zu ersetzen, das Herbie angeschleppt hatte.

»Wir fahren dich heim nach Zingsheim«, erklärte Herbie. »Nach Hause. Dich und … den Hund.«

»Den Hund?« Köbes schreckte auf. »Was soll das bedeuten?«

»Nur bis morgen abend, Köbes. Bitte!«

Auch Fritz unterstrich die Dringlichkeit des Ortswechsels. »In der Hütte war es zu riskant, den Pudel weiterhin unterzubringen.«

»Das ist ein Pudel?« fragte Köbes ehrlich erstaunt. »Sieht nach allem möglichen aus. So zottelig. Wieso ausgerechnet bei mir?«

»Du bist der einzige, der uns helfen kann. Außerdem wohnst du abgeschieden, hast eine große Garage, und bei dem Lautstärkepegel deiner Musik bleibt das Gebell von Bärbelchen bestimmt unbeachtet.«

Er könnte dem Tierchen ja vielleicht zur Erbauung von morgens bis abends die Musiken zu ›101 Dalmatiner‹, ›Lassie‹ oder ›Susi und Strolch‹ vorspielen.

»Also gut«, lenkte Köbes ein. »Wenn's euch hilft. Mal sehen, was Ulrike dazu sagt.«

»Ulrike?« staunte Herbie. »Sie ist wieder da?« Er kannte das. Bei seinem Freund Köbes und seiner Frau Ulrike gab es mit feierlicher Regelmäßigkeit entweder eine Trennung zu betrauern oder kurz darauf eine entsprechende Versöhnung zu feiern. Momentan war also die Flagge offensichtlich gehißt, die Queen wieder im Lande. Sie erreichten Engelgau, und Köbes rappelte stolz mit der wiederhergestellten Cassette. »Fertig!«

Ungeduldig schob Herbie sie in den Cassettenschacht, und

im selben Moment erschütterte die ›Symphonie Fantastique‹ von Berlióz das Fahrzeug. Erschrocken hörte Bärbelchen im Kofferraum für einen Augenblick auf zu bellen.

»Geil«, fand Köbes. »War auch mal in 'nem Film mit Julia Roberts.« Die Aufnahme war total lädiert, da das Band in den letzten Tagen nicht eben so pflegliche Behandlung erfahren hatte, wie sie Tonträgern dieser Art normalerweise zuteil werden sollte. Die Musik klang holprig, knackste und hatte fortwährend Aussetzer.

Herbie sah enttäuscht aus. »Ist aber nicht unbedingt das, was ich suche.«

»Was suchst du denn?« wollte Fritz wissen.

Ach, gutes Kind, wenn er das doch selber nur wüßte! Julius, der direkt neben Fritz auf der Rückbank hockte, machte eine wegwerfende Handbewegung.

Herbie blieb nichts übrig, als Julius' Worte zu wiederholen, da sie den Tatsachen entsprachen: »Wenn ich das wüßte!«

Er spulte vor und startete an einer anderen Stelle einen erneuten Versuch. »Die Symphonie steuert auf ihr Ende zu«, murmelte er und spulte erneut.

Und du solltest dich vorsehen, sonst steuerst du noch auf dein Ende zu! Beide Hände ans Steuer und Viertel-vor-drei-Haltung bitte!

Als die letzten klassischen Töne verklungen waren, herrschte Stille. Die Aufnahme war zu Ende. Herbie spulte noch einmal kurz, dann endete auch die Cassette. Köbes half ihm, warf die Cassette aus und drehte sie um. Aber auch auf der anderen Seite erschollen die ersten Takte einer klassischen Melodie.

»Grieg«, murmelte Herbie enttäuscht.

Und dann, sie hatten Zingsheim erreicht und bogen gerade auf den von hohen Fichten umsäumten, riesigen Vorplatz von Köbes' Behausung ein, auf dem Unmengen von Autos und solche, die es einmal gewesen waren, herumstanden, brach die Musik plötzlich jäh ab.

Geklapper war zu hören. Knarrende Geräusche, wie sie entstehen, wenn jemand die Aufnahmetasten eines alten

Cassettenrecorders betätigt. Und dann kam die Stimme. Es war die Stimme eines alten Mannes. Rauh, tief und mit einem knirschenden Unterton. Er sprach mit deutlich hörbarem Eifeler Tonfall, und auch seine Worte hatten unter der Zerstörung der Originalcassette stark gelitten. Sie mußten aufpassen, um alles genau zu verstehen.

»Ich will dat jetz aufnehmen, damit dat bekannt wird, wenn ich mal net mehr bin.«

»Päul«, hauchte Fritz. »Die Stimme aus dem Grab.« Herbie bedeutete ihr mit einem Wink, sie möge schweigen.

»Wat mir damals jetan haben, dat kann niemals wieder jutjemacht werden. Wenn hier dat einer hört, bin isch bestimp schon längst in der Hölle. Da bin isch mir sischer. Et is lange, lange her. Mir waren zu zweit. Isch kann misch noch jenau dadran erinnern, weil mir die Jeschichte seit damals …«

Ende.

»Verflucht!« Herbie hieb mit der flachen Hand auf das Armaturenbrett. Irgendwo löste sich ein Kunststoffteil und rasselte zu Boden. Das Gebläse sprang selbsttätig an.

Herbie schaltete den Motor aus.

Ich weiß nicht, warum du dich ereiferst. Du hast viele Sachen erfahren. Erstens: Die Cassette ist tatsächlich die von dem alten Rabentöter. Zweitens: Er hat sich auf ihr Luft gemacht und gebeichtet. Eine alte Geschichte. Drittens: Sie waren zu zweit. Viertens: Die Tatsache, daß dieser Fetzen Band am Ort von Rosis Tod flatterte, läßt in der Tat den Schluß zu, daß sie möglicherweise der Cassette und ihres Wissens wegen getötet wurde.

»Wenn du es so siehst …« Köbes und Fritz starrten ihn überrascht an. Köbes verstand. »Julius?« Hastig winkte Herbie ab und lenkte auf ein anderes Thema um.

»Jetzt kommt erst mal der Hund in die Garage. Okay?« Köbes machte ein säuerliches Gesicht. »Na gut. Setz das Auto am besten langsam rückwärts an das Tor heran.«

›Auto‹. Ha!

Elftes Kapitel

Strecker hatte telefonisch Bericht erstattet. Er glaubte, das Bellen ihres geliebten Schoßhunds gehört zu haben. Er erzählte etwas von Pastören, langhaarigen Verbrechertypen, häßlichen Gangsterbräuten und von einem Mordversuch durch Ertränken. Und fortwährend hatte er geniest und geschnieft. Sie war sich mittlerweile auch bei Strecker nicht mehr ganz sicher, ob es richtig gewesen war, ihn in diese Sache hineinzuziehen.

Eine Träne tropfte auf die Fotografie eines kleinen Pudelwelpen, der auf den zitronengelben Polstern einer Hollywoodschaukel lag. Rasch glitt Henriette Hellbrechts Finger darüber und wischte die Flüssigkeit weg. Gleich darunter klebte in dem großen ledergebundenen Fotoalbum, das sie auf den Knien balancierte, ein weiteres Foto von Bärbelchen. Da war sie schon etwas älter, trug eine große orangefarbene Schleife im Schopf, wie es damals Mode war. ›Frisch vom Coiffeur‹ stand darunter. Am rechten Bildrand war gerade noch ein Arm zu erkennen, auf dem eine helfende Hand dabei war, eine klaffende Bißwunde mit einem popeligen Pflaster zuzukleben. Der blutende Arm gehörte ihrem beschränkten Neffen. Wem sonst?

Das Telefon klingelte. Nach dem Hörer greifen und »Hallo« sagen war eins.

Da war die Stimme zum Arm.

»Es gibt Fortschritte, Tantchen. Gut, daß wir jetzt ein Auto haben! Ich will ja noch nicht zuviel verraten, weil ich erst alles hieb- und stichfest haben will, aber wir müssen viel rumreisen. Euskirchen, Bonn, Luxemburg. Ein wahrer Sumpf tut sich da auf. Man ahnt ja gar nicht, wer alles in diese Geschichte verstrickt ist. Es macht fast den Eindruck, als sei das eine regelrechte Hunde-Stasi …« Sie fiel ihm ins Wort. »Wer ist verstrickt? Kann ich jetzt vielleicht endlich einmal etwas Genaues erfahren?«

»Wie gesagt: Noch habe ich keine Gehaltsliste dieses Pharmakonzerns und dieser Fleischereikette, aber ich warte stündlich auf ein Fax aus Italien.«

»Italien?«

»Palermo. Muß ich noch mehr sagen? Ein wichtiger Informant ist leider ausgefallen. Der Chefarzt des Bonner Krankenhauses schiebt eine Virusinfektion vor, aber du weißt ja, was die in ihren Labors ...«

»Herbert!« Zum erstenmal erhielt ihre Stimme einen weinerlichen, fast flehenden Tonfall. »Ich bitte dich nicht oft um etwas. Normalerweise bitte ich dich nicht, sondern schreibe dir vor oder befehle ganz einfach. Darum hör jetzt genau zu: Das alles klingt sehr nach deinen üblichen Phantasieprodukten. Du hast dein Hotelzimmer bekommen, du hast dein Auto ... tobe dich aus, aber sorge dafür, daß mein Hund wieder freikommt!«

Im Hörer wurde plötzlich Lärm laut. Dann folgten Schüsse. Ein unterdrückter Schrei. »Ich muß jetzt Schluß machen, Tantchen. Ich melde mich später wieder.«

*

Als Herbie aufgelegt hatte, bot Köbes feixend in den lärmenden Kugelhagel hinein an: »Ich hätte hier auch noch ein Flakgeschütz und einen formidablen Autocrash.« Als Herbie abwinkte, schaltete Köbes die Geräusche-CD aus und studierte noch einmal die Hülle. »Das hier ist auch geil: Atombombenexplosion. Willst du nicht doch noch mal anrufen?«

»Wir müssen los, wenn du pünktlich zum Treffen mit dem Pastor zurück sein willst«, drängte Fritz.

Ich würde zu gerne noch der Atombombe lauschen.

Herbie grübelte für einen Augenblick darüber nach, ob es überhaupt ratsam war, sie mit in dieses Altenheim nach Prüm zu nehmen. Würden ihre Gesichtszüge den alten Leutchen nicht unter Umständen den Schreck ihres Lebens einjagen? Er entschied sich, sie trotzdem mitzunehmen.

Als sie von Köbes' Hof rollten und Fritz die Maispfannkuchen auspackte, brachte Herbie zuerst einmal das Autoradio zum Schweigen, indem er die Cassette auswarf.

Dem Himmel sei Dank! Päuls Worte waren nicht aussagekräftig genug, als daß wir sie bis nach Prüm wieder und wieder mit nicht verstellbarer Lautstärke hören müßten.

»Ich möchte mich noch mal bei dir bedanken«, sagte Fritz mampfend zwischen zwei Bissen der köstlichen Pfannkuchen. »Auch im Namen von Rufus. Du weißt gar nicht, was du da für uns tust.«

»Oh doch, das weiß ich. Ich riskiere im Grunde genommen Kopf und Kragen, aber ich empfinde kaum so etwas wie Angst. Kummer mit meiner Tante bin ich gewöhnt. Ich habe sozusagen sowieso Tante Hetti lebenslänglich.« Er lachte.

Fritz erzählte von Rufus und von Nigeria in den schillerndsten Farben, so, als sei sie bereits selber unzählige Male da gewesen.

»Wirst du die Heimat nicht vermissen?« wollte Herbie wissen.

Fritz blies verächtlich die Luft aus den Backen. »Ich wollte immer schon weg von hier. Ich war auch mal ein paar Monate in München. Einfach abgehauen!«

München.

Nina? Deine zauberhafte Cousine? Wärst du ein richtiger Mann und nicht so ein bedauernswerter Tropf, dann hättest du sie nicht so einfach ziehen lassen!

»Halt mal an!« rief Fritz aus heiterem Himmel. Erschrocken lenkte Herbie das Vehikel auf den Seitenstreifen. Fritz kletterte aus und steuerte auf eine große Rübenmiete am Rand eines mächtigen Ackers zu. »Komm mit!« rief sie, und Herbie folgte. Die Rübenmiete war mit einer weißen Plastikfolie abgedeckt.

Als er sah, was Fritz veranlaßt hatte, hierherzukommen, sträubten sich ihm die Nackenhaare.

Am Ende der Rübenmiete stak ein etwa drei Meter hoher Pfosten im staubigen Boden. An seinem oberen Ende war ein horizontal laufendes Holz angebracht, das an einer Seite weit hinausragte. Ein Galgen! An das Querholz war ein Strick angebunden worden, und am unteren Ende dieses Stricks pendelte kopfüber eine tote Krähe im Herbstwind. Sie hatte die Schwingen schlaff ausgebreitet. Ihr Gefieder war zerrupft und zerfleddert. Einzelne Federn standen wirr aus dem vertrockneten Körper hervor, und ihr Kopf war nahezu skelettiert.

»So was hat Päul oft für die Bauern gemacht.«

»Warum? Was soll das sein?«

Gewiß eine Art von Eifel-Voodoo. Bei Vollmond tanzen vermutlich Bauer und Bäuerin drum herum, trinken frisches Rinderblut und vergraben geweihte Rüben, auf daß im nächsten Jahr die Ernte üppig ausfalle.

Fritz erklärte, daß dies angeblich eine sichere Methode darstellte, die gefräßigen Artgenossen des toten Rabenvogels davon abzuhalten, mit ihren Schnäbeln Löcher in die schützende Folie über der Miete zu hacken.

Subtile Vorgehensweise. Manchmal opfern sie auch eine jungfräuliche Bauerstochter. Wer weiß?

»Auch Ratten mußt du beim Sterben zum Schreien bringen, damit die anderen fernbleiben, hat Päul immer gesagt«, erzählte Fritz später im Auto.

»Päul hat die Krähen gehaßt, nicht wahr?«

Sie wußte nicht so recht. »Gehaßt? Vielleicht auch ein bißchen geachtet. Schwer zu sagen. Er wollte seine List und seine Kräfte immer mit ihnen messen. Früher hat man versucht, die Vögel mit künstlichen Eiern zu ködern und abzumurksen, in denen Phosphor drin war. Das mochte er nicht.«

»Da war wirklich nicht viel List und Kraft im Spiel, oder?«

»Nee. Er hat mir mal was Lustiges von einem selbstgebastelten Uhu erzählt, den er in der Nähe ihres Schlafbaums plaziert hatte. Der Uhu ist der natürliche Feind der Krähen. Sie haben sich zu zwanzig Vögeln über ihn hergemacht und Päul und sein Gewehr gar nicht bemerkt. Ansonsten sind die Viecher mörderisch schlau. Können angeblich sogar verschiedene Waffen und ihre unterschiedlichen Reichweiten unterscheiden.«

»Ob er mal ein schreckliches Erlebnis mit ihnen hatte? Vielleicht die Geschichte aus der Vergangenheit?«

»Mag sein.« Irgendwo aus dem Kofferraum kam, seit sie Bärbelchen verfrachtet hatten, ein ungesund rasselndes Geräusch.

»Es sieht doch so aus«, begann Herbie zusammenzufassen, »als ob Päul ein düsteres Geheimnis hatte, das er schon seit Ewigkeiten mit sich herumtrug.«

»Und das ihn mit jemand anderem verbindet.«

»Er spricht es auf Cassette, und vieles spricht dafür, daß Rosi vor oder nach seinem Tod darauf gestoßen ist.«

»Was wiederum eng mit ihrem Tod zusammenzuhängen scheint. Liegt also der Schluß nahe ...«

»... daß die zweite Person aus Päuls Geschichte noch im Lande ist und ihre Finger mit im Spiel hat«, komplettierte Herbie stolz.

Oder ein Verwandter des zweiten Mannes oder ein Erbe der zweiten Frau oder der Zeitungsbote des angeheirateten Vetters der ...

Es knackte unangenehm, und das rasselnde Geräusch wurde für den Rest der Fahrt von einem metallischen Quietschen abgelöst.

Bei Olzheim bog Herbie von der B51 ab. Er erinnerte sich, daß das der Weg gewesen war, den seine Mutter früher einmal genommen hatte, als sie mit ihm einen entfernten Verwandten zu seinem Siebzigsten in Prüm besucht hatte. Das war lange her, aber als sie in den Staatsforst Schneifel eintauchten, erinnerte er sich noch genau an den Streckenverlauf.

Die Straße in den Ort hinein führte steil bergab. Zur Linken erkannten sie durch kaum noch belaubtes Geäst hindurch die schaurigen Militärwohnklötze der früheren Air-Base. Das Gefälle der Straße war beträchtlich, und es war geradezu so, als müsse man mit ungebremster Kraft weiter und weiter rollen, vorbei an plötzlich sich verdichtenden Leuchtreklamen, sich aneinanderreihenden Geschäften und Gaststätten, bis man, ins Tal hinunterkullernd, alles Unwichtige rechts und links liegenlassend, schließlich dort ankam, wo man hingehörte, wo des Menschen Zuflucht war: Vor der großen, zweitürmigen, blaßroten Basilika der früheren Benediktinerabtei. Ein imposantes Bauwerk, das in keinem Verhältnis zu der es umgebenden, eher kleinen Ortschaft stand.

So sehr sie der Anblick des Kirchengebäudes und des angrenzenden Gymnasiums in der alten Abtei aber auch beeindruckte, ihr Ziel war ein anderes. An einem vollbesetzten Parkplatz schräg gegenüber der Pforte der Basilika entdeckte Fritz eine Hinweistafel mit einer Straßenkarte. Herbie hielt für einen Moment im Halteverbot, während Fritz hinaussprang und einen Blick auf den Plan warf. Herbie sah, wie sie einen Passanten ansprach, der ihr zuerst etwas mit dem Finger auf der Tafel und dann mit weit ausholenden Gesten im größeren Maßstab erklärte.

»Weiter die Straße runter«, erklärte Fritz, als sie wieder einstieg.

Sie folgten der Straße, die sie nach wenigen Metern parallel zur stillgelegten Bahnstrecke durch das Prümtal führte. Als sie dann rechts abbogen, fuhren sie auf der Kreuzerstraße wieder steil den Berg hoch und fanden das Haus zur Rechten. »Haus Dasberg.«

Das Alten- und Pflegeheim war in einem alten Gebäude aus den Dreißigern untergebracht. Der Charme, den es ausstrahlte, war ein verblichener, und trotzdem wirkte das Haus einladender und freundlicher, als Herbie das von vielen Altenheimen neueren Datums kannte.

An der kleinen Rezeption schickte sie eine junge Frau im weißen Kittel über die Treppe in den ersten Stock. Die Wände im Treppenaufgang waren mit Faksimiles russischer Ikonen und mit Batikarbeiten gesäumt, die vermutlich von den Hausbewohnern hergestellt worden waren. Es roch nach Bohnerwachs und Äther. Im oberen Stockwerk fanden sie in unmittelbarer Nähe des Treppenhauses ein kleines Zimmer, in dem zwei junge Schwestern zusammenhockten. Herbie klopfte zaghaft an die Glastüre, und eine der Schwestern erhob sich. Sie öffnete die Türe einen Spalt. »Ja bitte?«

Julius schlüpfte an ihr vorbei in den Raum, schlenderte zu der anderen Schwester, die an einem Schreibtisch saß, und spähte über ihre Schulter in die Illustrierte, die sie gerade durchblätterte.

»Wir suchen Frau Krechel.« Die Schwester, die ein Namensschildchen mit der Aufschrift ›Carola‹ nebst einem buntgemalten Blümchen trug, musterte zuerst Fritz mit unverhohlen skeptischem Gesichtsausdruck und schickte sie dann den Flur entlang. »Frau Krechel wohnt im Zimmer siebzehn. Sie gehört nicht zu den Pflegefällen. Die kann sich noch ganz gut selber helfen. Hat also ein Einzelzimmer. Sind Sie Verwandtschaft?«

»Gewissermaßen«, log Herbie. »Ihr Vater war ein Vetter … ach, das würde jetzt zu weit führen.«

Erstaunlich, wie sehr du diese Lügerei mittlerweile verinnerlicht hast. Wahrscheinlich kannst du bald schon gar nicht mehr anders, als die Unwahrheit sagen.

In einer Art Erkerzimmerchen saßen drei alte Leutchen zusammen um einen kleinen Zeitungstisch und starrten vor sich hin. »Frau Peetz!« schrie eine plötzlich laut und herrisch. Die anderen reagierten mit keinem Wimpernzucken.

Als sie das Zimmer von Frau Krechel erreicht hatten, klopfte Fritz vorsichtig an.

Es dauerte einen Moment, und dann wurden sie hereingelassen.

»Frau Peetz!« tönte es wieder von hinten, als sie eintraten.

Sybille Krechel sah aus wie eine kleine alte Kröte.

Wie eine Schildkröte, der man den Panzer stibitzt hat, während sie gerade außer Haus war.

Die kleine Frau blickte sie von unten herauf fragend an, zwinkerte nervös hinter ihren dicken Brillengläsern und suchte nach den rechten Worten, um zu erfragen, womit sie den beiden Besuchern dienen könne.

»W …« und ein paar tonlose Lippenbewegungen waren alles, was sie zustande brachte.

Vermutlich versucht sie gerade herauszufinden, ob irgendwo noch ein Erinnerungsfetzen in ihrem verstaubten Hirn ist, der ihr sagen kann, woher sie euch kennt. Sie wird bei ›Zwergnase‹ und ›Frankenstein‹ landen, wenn du sie nicht bald ins Bild setzt.

»Wir kommen aus Buchscheid«, begann Herbie die Begrüßung.

»Na, so was«, antwortete sie mit einer dünnen, zischenden Stimme. »Schon wieder jemand aus Buchscheid.« Und als sie die erstaunten Gesichter der beiden sah, schickte sie erläuternd hinterher: »Heute morgen war schon Pastor Rövenstrunck hier. Ein reizender Mann. Wir waren im Café Neises ein Stück Kuchen essen.« Sie deutete mit knochiger Hand auf ein altes Sofa aus den Fünfzigern, auf dem, liebevoll drapiert, Zierkissen lagen, die mit allerlei Stickarbeiten versehen waren. Das gesamte Mobiliar des Raumes sah absolut unscheinbar aus. Es gab einen alten Schleiflack-Wohnzimmerschrank und ein dazu passendes Tischchen samt zwei Stühlen. Da war ein Regal voll mit Nipp- und Glassachen und ein auf Öl gemachter Kunstdruck mit einer norditalienischen Seenlandschaft. Diese Dinge schienen Überbleibsel aus einem Leben vor dem Heim zu sein. Das Bett war Hauseigentum. Einfach, zweckmäßig, schlicht.

»Er war hier, um mir die Sache mit Paul zu erzählen. Sie sehen, Sie kommen zu spät. Ich bin im Bilde.« Sie zog sich mit zwei Händen einen der Stühle heran und ließ nicht zu, daß Fritz ihr dabei half. »Ich habe es geahnt. Paul hat schon eine Weile nichts von sich hören lassen. Das war kein gutes Zeichen.« Sie kramte aus einer Schublade des Schrankes eine Tüte Eierplätzchen hervor und fragte: »Ein Glas Sprudel vielleicht?« Herbie lehnte ab. Fritz nahm dankend an. Sie beobachteten die alte Frau, wie sie mit zittrigen Händen Mineralwasser in ein Glas schüttete und es, sorgsam darauf achtend, daß sie nicht schlabberte, zu Fritz balancierte. »Haben Sie Paul gut gekannt?« Sie blickte Fritz unvermittelt ernst an. Fritz nickte.

»Er hat mir viel von der Natur erklärt. Da war er ganz groß drin.«

Die Alte lachte. »Ja! Ja! Paul und die Vögel!« Dann klaubte sie sich eine Handvoll Plätzchen aus der Tüte, lehnte sich auf ihrem Stuhl zurück und begann zu erzählen. »Ohne Paul wäre ich wahrscheinlich schon tot. In dem anderen Heim in Zülpich wäre ich gestorben. Schon lange. Päul hat mich hierhergebracht. Das war lieb von dem Kerlchen.«

»Haben Sie ihn dort kennengelernt?« wollte Herbie wissen. Die alte Dame war froh, mit jemandem zu plaudern.

»Nein, kennengelernt haben wir uns in Euskirchen.« Und mit wichtiger Miene fügte sie hinzu: »In der geschlossenen.« Dann biß sie in den Keks und kaute krümelnd. »Er war da wegen seiner Trinkerei. Sie hatten ihn mit diesem Bruch eingeliefert und ihm dann direkt diesen Entzug verpaßt. Ich war da wegen ... na ja, vielleicht später. Und wir haben uns gemocht. Paul war ja viel jünger als ich. Eigentlich müßte ich jetzt unter der Erde liegen. Nicht er. Erst zweiundsechzig ...« Sie kaute und schwieg.

Kurioserweise spricht immer alles vom ›Alten‹. Glatte Fehlschätzung würde ich sagen.

»Und Sie haben immer Kontakt gehalten? Die Geschichte mit dem Krankenhaus liegt doch schon ein paar Jahre zurück, oder?«

»Wie gesagt: Ohne den Paul wäre ich schon nicht mehr. Hat er denn niemals davon erzählt?« Die beiden schüttelten den Kopf.

»Er hat immer nur von Raben erzählt. Bei uns war er der Raben-Päul«, meinte Fritz schulterzuckend.

»Na eben! Die Raben, die Krähen, die Elstern und so. Das war es doch gerade!« Sie beugte sich verschwörerisch vor und holte tief Luft. Sie war im Begriff, eine ganz besondere Geschichte zu erzählen. »Ich war im Krankenhaus wegen dieser ... wegen dieser Wahnvorstellungen. Können Sie sich vorstellen, wie das ist, wenn man etwas sieht, was kein anderer sehen kann? Tag für Tag? Jahr für Jahr?«

Herbies Augen weiteten sich. Diese Frage war ihm noch nie gestellt worden. Hätte jemand anders diese Worte gesprochen, jemand, der nicht gerade steinalt, ehrfurchteinflößend und beeindruckend sachlich war, Herbie wäre vermutlich in prustendes Lachen ausgebrochen

Julius brach in prustendes Lachen aus. Er hielt sich seinen fetten Bauch und torkelte zum Schrank, lehnte sich mit dem Arm dagegen, begrub kichernd sein Gesicht in der Armbeuge, hörte nicht auf zu lachen und wandte sich wieder um. Das Lachen mündete in ein schnarrendes Kichern, und als er sich schließlich wieder in der Gewalt hatte, wischte er sich eine Träne aus dem Augenwinkel und murmelte: *Guter Witz.*

Die beiden Frauen musterten Herbie erstaunt, der fassungslos ins Leere starrte. Als er das merkte, riß er sich zusammen. »Nein, kann ich mir nicht vorstellen. Wen haben Sie denn gesehen?«

»Was! Was haben Sie gesehen ... Ich habe Raben gesehen. Große, schwarze, flatternde Raben. Auf den Tischen, Stühlen, Bildern, an den Wänden ... Raben. Sie haben mich heimgesucht. In Scharen haben sie dagesessen und mit ihren Schnäbel an meine Blumenvasen gepickt, mit ihren Klauen meine Tischdecken zerrupft, tagein, tagaus ...« Hastig schob sie sich wieder ein Eierplätzchen in den Mund. »Und dann kam Paul in die Klinik. Und Paul machte dem ganzen Spuk ein Ende.« Sie kicherte leise. »All die Ärzte haben immer versucht herauszufinden, wie mir zu helfen sei. Jedenfalls taten sie den lieben langen Tag so. Aber Paul war der einzige, der es richtig angefaßt hat. Er kam eines Tages in mein Zimmer, als die Raben da waren. Ich rief: ›Paß auf!‹ Er fragte: ›Wieso? Was ist?‹ Und ich erklärte ihm, daß ein ganzer Schwarm schwarzer Raben oder Krähen, oder was weiß ich, dasaß und bereit war, mit den scharfen Schnäbel auf ihn loszugehen, wenn er näher ins Zimmer käme. Und er hat nur laut gelacht, hat gesagt: ›Kommt her, ihr dreckigen Viecher!‹ und hat wild um sich gehauen. Er ist um mein Bett gewirbelt und die Wände entlanggefegt und hat das Fenster aufgemacht und sie hinausgetrieben. Mit Tritten und Schlägen und Fausthieben. Und dann waren sie auf einmal weg. Einfach so.«

Fritz und Herbie hatten der alten Frau aufmerksam zugehört. »Er hat sie richtig verjagt?« fragte Herbie staunend.

»Oh ja, das hat er! Und dann hat er für mich dieses Heim hier ausfindig gemacht. Das einzig richtige auf der ganzen Welt, wenn Sie mich fragen.«

»Was macht es so passend für Sie?« Fritz sah sich um. »Es ist schön, aber ...«

Die alte Frau Krechel erhob sich ächzend, schlurfte mühsam zum Fenster und winkte mit ihren knochigen Fingern. »Kommt mal her!«

Folgsam erhoben sich Fritz und Herbie aus dem Sofa, und auch Julius war scheinbar neugierig geworden. Er folgte ihnen auf den Fuß.

Die Alte öffnete das Fenster so weit es ging. So hatten sie zu dritt Platz, um hinauszusehen. Nur Julius mußte hinten stehen und bemühte sich, auf Zehenspitzen hüpfend, zu erkennen, worum es ging.

»Hier habe ich einen hervorragenden Ausblick!« Zu ihrer Linken konnten sie gerade noch die Türme der Basilika am Rande der nächsten Hausecke erspähen. »Da unten ist der Friedhof«, erklärte sie mit ausgestrecktem Zeigefinger. »Das Ziel sollte man immer vor Augen haben.« Sie kicherte. »Aber das Wichtigste ...« Ihr Finger wanderte höher und wies auf den dichtbewaldeten Berghang auf der gegenüberliegenden Seite des Prümtales. »Da hinten, dieses Stück Wald, das ist ›die Held‹. Seht ihr diese Bäume dort?«

In der Tat erkannten sie eine Gruppe von riesigen alten Buchen, die deutlich aus der Reihe ihrer Artgenossen hervorstachen, da sie über und über mit düsteren, monströsen Vogelnestern gespickt waren. Um sie herum flatterten Krähenvögel in einer Menge, wie keiner von beiden sie bisher je hatte beobachten können. »Saatkrähen«, kicherte Sybille Krechel. »Die größte Kolonie in Westdeutschland. Das sind die ›Schönecker Krohen‹. Warum sie so heißen, weiß keiner so genau. Schönecken liegt noch ungefähr sechs oder sieben Kilometer weit weg. Das sind etwa 450 Brutpaare da hinten. Die Burschen flattern den lieben langen Tag hier durch das Tal. Und am Abend, da suchen sie ihre Schlafplätze auf. Auf der Basilika und so.«

Ihre Besucher staunten nicht schlecht, angesichts der jahrhundertealten Bäume, in denen sie jeweils bis zu dreißig Horste und mehr zählen konnten.

»Ja ja. ›Dahinten sind die dreckigen Viecher!‹ hatte Paul gesagt. ›Mach dein Fenster zu, und guck sie dir jeden Tag an, wie sie da draußen rumflattern. Dann weißt du immer, wo sie gerade sind, und brauchst keine Angst mehr zu haben, Billa.‹ Er nannte mich immer ›Billa‹.« Auf einmal verschleierten Tränen ihren Blick. »Schade, daß der Paul nicht mehr da ist. Er wird mir fehlen.«

Sie tastete sich langsam an der Wand entlang zu ihrem Stuhl zurück. Sie wirkte jetzt älter als eben noch.

»Ich komme auch aus Buchscheid«, sagte sie tonlos und drehte gedankenverloren den Plastikbeutel mit den Plätzchen wieder zu. Ihre knochigen Hände verkrampften sich dabei zitternd um den knisternden Kunststoff.

»Ach, das haben wir noch gar nicht gewußt«, staunte Fritz, und Herbie fügte hinzu: »Das hat der gute alte Päul uns gar nicht erzählt.«

Der gute alte Päul, dein Skatbruder und Saufkumpan. Hat er dir nicht das erste Bier deines Lebens spendiert?

»Ich habe es ihm gegenüber auch nur einmal erwähnt. Ganz am Anfang, als er fragte, ob ich eine Idee hätte, warum denn diese Krähen immer zu mir kämen. Ich habe ihm dann die Geschichte von meinem Mann erzählt.«

Jetzt wird uns die gute Frau etwas wirklich Wichtiges erzählen! Obacht! Bringt sie nicht aus der Reihe! Julius' Gesicht wurde mit einem Mal sehr ernst.

Die beiden kamen näher. Sie bewegten sich langsam. Geradezu so, als könne eine unbedachte Bewegung, ein störendes

Geräusch die alte Frau aus ihrer Erzählung in die Gegenwart zurückholen.

»Mein Mann ist gestorben. Wir waren gerade mal drei Jahre verheiratet, und ich habe doch damals dieses Kind erwartet. Er war Feldschütz in Buchscheid. Er mußte aufpassen, daß sich keiner auf den Feldern zu schaffen machte. Die Leute waren ja so arm. Ich habe manchmal gedacht, daß er zu streng mit ihnen ist, aber er nahm seinen Posten sehr, sehr ernst. Und eines Nachts, da ist er nicht aus dem Feld zurückgekommen. Das war nichts Ungewöhnliches. Das passierte öfters. Aber diesmal, da kam er nicht wieder bis zum Morgen. Und da habe ich den Leuten Bescheid gesagt, und wir sind los, um ihn zu suchen.« Ihre krächzende Stimme wurde dünner und dünner. »Und oben am Leeßenpesch, da haben sie ihn gefunden. In die Luft gesprengt. Eine Bombe aus dem Krieg oder so. Keiner hat je herausgefunden, ob es ein Unfall war ... oder vielleicht ein Racheakt, oder so was. Er hat vielen weh tun müssen damals. Als ich dann den Berg raufkam, da waren sie alle da. Männer und Jungens, alles, was auf den Beinen war, hatte sich versammelt, und sie hatten Mühe, die Raben wegzuscheuchen.«

»Die Raben?« fragte Herbie tonlos.

Sie nickte bitter. »Die Rabenkrähen saßen auf seiner Leiche und auf der vom Rex. Sie pickten und rupften ... Waren kaum zu verjagen, die Viecher.«

Die Tüte mit den Eierplätzchen platzte, und die runden Kekse kullerten zu Boden. Fritz und Herbie beeilten sich, sie aufzuheben.

Frau Krechel entspannte sich. »Na ja, ist lange her.« Auf ihrem alten Krötengesicht zeigte sich wieder der Anflug eines Lächelns. »Alles ist lange, lange her. Ich bin dann nach Frankfurt gegangen, zu einer Cousine. In Buchscheid konnte ich nicht bleiben. Es war ja kein Geld mehr da, und das Leben einer Witwe allein mit einem kleinen Kind war nicht leicht, damals auf dem Dorf. Die Edith ist dann gestorben, als sie fünfzehn war. Von einem Auto überfahren, mitten in der Stadt.

Da bin ich dann wieder weggezogen. Nach Euskirchen.« Sie erhob sich und deutete zum Fenster. »Jetzt ziehe ich nur noch einmal um.« Sie kicherte und formte mit ihren knotigen Händen ein Kreuzzeichen. »Wollen mal hoffen, daß die Krähen mich nicht wieder ausbuddeln!«

Da hätten wir also das Jugenderlebnis unseres Freundes Päul: Sieht ganz so aus, als sei er mit jemand anderem zusammen Schuld am Tod jenes Herrn Krechel gewesen. Sie haben ihn gewissermaßen den Raben zum Fraß vorgeworfen. Schönes Wortspielchen, nebenbei bemerkt, oder?

Als sie sich wenig später verabschiedeten, mußten sie ihr versprechen, unbedingt wieder zu kommen. Jedoch beim nächsten Mal mit telefonischer Vorankündigung. Dann werde sie sich frisch machen. Da könne man dann wenigstens mal in den Ort runter, ins Café.

»Das hat der Herr Pastor mir auch versprechen müssen.«

»Ach ja, der Pastor«, fiel es Herbie ein. »Ist der eigentlich nur hier gewesen, um Sie von Päuls Tod in Kenntnis zu setzen?«

Sie überlegte angestrengt. »Hm. Da war noch irgendwas … Ach ja! Der Herr Pastor hat die ganze Zeit etwas von einer Cassette erzählt. Etwas, das der Paul aufgenommen hat. Er wollte unbedingt wissen, ob er mir das zugeschickt hat.«

»Und?« hakte Fritz nach. »Hat er?«

Sybille Krechel schüttelte den Kopf. »Nein, nicht, daß ich wüßte. Ich habe ja nicht mal einen Cassettenrecorder. Reicht mir schon, wenn wir einmal in der Woche Singkreis haben. Nein, so vernarrt in klassische Musik wie der Paul war ich nie. Ich bin dann jedenfalls noch zu den Schwestern gegangen, um zu fragen, ob noch irgendwo Post für mich liegt. Wissen Sie, die verbummeln das schon mal. Aber da war auch nichts. Der Paul hat mir aber auch nichts davon erzählt.«

Bei ihrem Weg zum Treppenhaus strengte sich die alte Frau in der Leseecke erneut mächtig an und rief: »Frau Peetz!« Bis sie das Treppenhaus erreichten, zählten sie es insgesamt vier Mal.

»Jetzt reicht es aber!« echauffierte sich plötzlich der Opa neben ihr, dessen Hörgerät empfindlich piepte. »Die Frau Peetz ist doch schon drei Jahre lang tot!«

»Frau Peetz!«

Auf der Rückfahrt ließen sie das soeben Gehörte noch einmal Revue passieren und kamen zu dem Schluß, daß es sich bei dieser grausigen Geschichte mit Frau Krechels Mann möglicherweise um das Geheimnis des toten Päul handeln konnte. Dafür sprach auch der Umstand, daß Päul sich so rührend um diese alte Frau gekümmert hatte. Oder war es die bloße Nächstenliebe, die ihn dazu getrieben hatte?

»Wie alt war Päul wohl damals, als Krechel ums Leben kam?« fragte Fritz, und Herbie begann zu rechnen. »Fünfzehn ... zwanzig, wenn ich alles richtig behalten habe.«

»Alt genug, um einen Menschen zu töten.«

Sie beeilten sich, da es begann, dunkel zu werden. Das Gespräch mit dem Pastor von Buchscheid stand noch aus. Von Westen her näherte sich eine fette Wolkenbank, die in diffusen Grautönen dahergerollt kam und Regen ankündigte. Von Osten her kroch die Dämmerung übers Land, und geradewegs über ihnen blieb noch ein Streifen hellen Tageslichts übrig, das sich bizarr gewunden über die Eifel schlängelte. Bald würde es auch von den Wolkenmassen oder der bläulichen Schwärze der Nacht verschluckt werden. Ganz gleich, wovon, sie steuerten in einen beunruhigenden Abendhimmel hinein, der eine finstere und stürmische Nacht verhieß.

Zwölftes Kapitel

Diesmal war es ein Anruf. Keine Buchstabenschnipsel, kein Umschlag. Nur die Worte: »Morgen abend. Zwanzig Uhr. Sie fahren von Falkenberg nach Tondorf. Auf dieser Straße nehmen Sie die erste Gelegenheit nach rechts in den Wald.

Dann zweite Gelegenheit links. Unbefestigter Waldweg. An dieser Einmündung findet die Übergabe statt. Ein Fehler, und Ihr Hund kommt in die Wurst, Teuerste!«

Herbie legte hastig den Telefonhörer auf und sah Fritz und Rufus panisch an. »Oh Mann«, sagte er und räusperte sich den Belag aus der verstellten Stimme. »Das war riskant. Wenn sie jetzt eine Fangschaltung installiert hat, bin ich geliefert!«

Du hast dich angehört wie Rudi Carell unter Wasser.

Herbie erhob sich aus den weichen Polstern seines feudalen Sofas, um das herum Fritz und Rufus im Schneidersitz gesessen hatten. »Ich muß jetzt los, wenn ich den Pastor abfangen will.«

Sie verließen die Suite gemeinsam, verstreuten sich jedoch in unterschiedliche Richtungen. Rufus suchte die Küche auf, Fritz verschwand im Dienstbotentrakt und Herbie verließ das Haus und ging zu seinem Auto, das er in angemessener Entfernung vom Hotel am Straßenrand geparkt hatte. Faßbender sah ihm mit hochgezogenen Augenbrauen nach und die Empfangsdame zu seiner Seite murmelte: »Hast du dieses Auto gesehen? Ich meine, ist das überhaupt ein Auto?«

»Du sollst mich nicht immer duzen, wenn wir nicht alleine sind! Wann kapierst du das endlich?« zischte Faßbender aus dem Mundwinkel und fügte hinzu: »Und diesen Lohse laßt ihr mir in Ruhe! Leute mit Geld neigen bisweilen zu … Absonderlichkeiten. Ein Exzentriker, verstehst du? Schau dir doch bitte bloß mal seine Schuhe an!«

*

Strecker schneuzte sich in sein Taschentuch und hätte beinahe das blecherne Vehikel verpaßt, das, gelenkt von Herbie Feldmann, ganz dicht an seinem Parkplatz vorbeigerattert kam. Rasch zündete er den Motor, warf krachend den Rückwärtsgang ein und hängte sich dran.

»Jetzt haust du mir so schnell nicht ab, Bürschchen!« lachte er heiser und nieste geräuschvoll. Sein unfreiwilliges Bad im

Tümpel zeitigte unangenehme Folgen. Natürlich hatte er an alles gedacht und auch Kleidung zum Wechseln mit eingepackt. Nur an Taschentücher hatte er keine Gedanken verschwendet. So hatte er kurzerhand ein Feinripp-Unterhemd auf Streifen gerissen und zur Taschentuch-Meterware umfunktioniert. Er stellte fest, daß es sich gelohnt hatte, auf dem Posten zu bleiben, anstatt im Edekaladen des Dorfs ein Päckchen Tempos zu kaufen. Jetzt würde er Feldmann nicht mehr aus den Augen lassen! Er schaltete den Scheibenwischer an. Es begann zu regnen.

*

Den Schlösserhof fand Herbie nach Fritzens Wegbeschreibung auf Anhieb. Es handelte sich um einen modernen Aussiedlerhof mit riesigem, silbrig schimmerndem Silo, etwa zwei Kilometer außerhalb von Buchscheid. Er parkte seinen Wagen unmittelbar neben der Toreinfahrt an der Zufahrtsstraße.

Mittlerweile war es stockfinster geworden. Der Regen wurde stärker, und als er auf den Hof trat, zog Herbie sich die Jacke schützend über den Kopf. Neidisch blickte er neben sich auf Julius, der trockenen Fußes den Hof überquerte und sogar interessiert den Kopf gen Himmel reckte. *Es regnet, glaube ich beinahe. Mächtige Tropfen, wenn du mich fragst. Ach, ich wünschte, es wäre mir nur ein einziges Mal beschieden, einen Regenschirm tragen zu dürfen.*

Herbie beschleunigte seinen Schritt und schimpfte darüber, daß der Bauer nicht einmal die Hoflampe angeschaltet hatte.

Du hättest dich vorher ankündigen sollen. Vermutlich hätte er nicht gezögert, den roten Läufer auszurollen. Vielleicht hätte er ja sogar einen livrierten Schirmträger importiert, damit auch ja kein Tröpfchen an deine Zuckerfigur kommt.

Ein offenes Scheunentor bot einen passenden Unterschlupf, in dem er auf die Rückkehr des Pastors aus dem Haus warten konnte. Nahe der Eingangstüre zum Wohnhaus entdeckte

Herbie einen kleinen weißen Fiat. »Ob das das Auto vom Pastor ist?«

Möglicherweise. Warum wartest du hier in der Scheune und klingelst nicht?

»Weil ich nicht scharf darauf bin, meine Fragen in Anwesenheit des Bauern und seiner Familie zu stellen.«

Und warum wartest du dann nicht im Auto? Trocken und ein wenig komfortabler. Obwohl … bei dieser Kutsche fällt die Wahl zwischen den durchgesessenen Polstern und einem bequemen Strohballen vielleicht leichter, als man meinen sollte.

»Ganz richtig. Außerdem will ich den Pfaffen abfangen, bevor er losfährt. Ich schätze, bei einer wilden Verfolgungsjagd durch die Mutscheid hätte ich keine Chance mit meiner Rostlaube.«

Herbie lauschte dem immer heftiger werdenden Regen und sah sich in der Scheune um. Zwei Traktoren standen darin und allerlei landwirtschaftliches Gerät, dessen Verwendung ihm schleierhaft war. Jeder seiner Schritte wurde vom Rascheln des Strohs begleitet, das sich zu seinen Füßen kräuselte. Draußen wurde der Lärm des anschwellenden Regens immer lauter, und das Muhen einer Kuh, das ab und an aus dem angrenzenden Gebäude hinüberdrang, war jetzt kaum noch zu hören.

Herbie war gerade damit beschäftigt, seine Augen an das ihn umgebende Dunkel zu gewöhnen, und versuchte zu erkennen, wohin der schmale Durchgang führte, der zu seiner Linken in der massiven Bruchsteinwand eingelassen war, als er plötzlich in dem länglichen Streifen fahlen Lichts, den die Öffnung des Scheunentors auf den Boden malte, einen Schatten wahrnahm.

Julius hatte es auch entdeckt und rief: *Sieh dich vor, alter Knabe! Besuch!*

Es war nur ein kurzes Vorbeihuschen, und es kam so unvermittelt, daß Herbie erschrocken herumwirbelte. Er konnte gerade noch eine Schattengestalt im Dunkel ausmachen, die sich vor ihm erhob und deren Silhouette bedrohlich und einschüchternd wirkte, weil sie die Arme hob und in ihren Händen etwas Großes, Klobiges führte, das im nächsten Augenblick auf Herbies Schädel niedersauste. Die Finsternis um ihn herum explodierte plötzlich vor leuchtenden Farben, und durch das Gewimmel bunter Lichter und Blitze erkannte er ein letztes Mal Julius, der ein erschrockenes Gesicht zur Schau stellte, und dann war die Dunkelheit wieder die, die sie vorher gewesen war. Nur fraß sie jetzt seine Gedanken auf und hinterließ in Sekundenschnelle nichts als rabenschwarze Leere.

*

Als der Fiat aus der Toreinfahrt setzte, hatte Pastor Rövenstrunck sich bereits die gute Havanna entzündet, die Bauer Schlösser stets in begrenzter Menge für seine besonderen Besucher in der obersten Schublade seines Schrankes, gleich neben den Herdbüchern, den Deckformularen und dem Kalender von der Molkerei, in einer kleinen alten Lebkuchendose aufbewahrte.

Sie schmeckte gut, und Rövenstrunck zog gierig daran, während er ins Dorf zurücktuckerte.

»Ein langer Tag«, dachte er bei sich und war an diesem Abend zum ersten Mal ein wenig versöhnt mit sich und der Welt. Eine gute Zigarre und ein prachtvoller Pflaumenschnaps aus Schlössers eigener Destille, da war man doch gleich wieder Mensch.

Er parkte das Auto vor dem Pfarrhaus. Wie sehr hätte er sich eine Garage gewünscht. Aber das ganze Pfarrhaus und der angrenzende Bruchsteinschuppen standen unter Denkmalschutz. Da konnte er noch so sehr betteln und flehen. An Umbau war nicht zu denken. Bei diesen Gedanken verflüchtigte sich seine wohlwollende Laune rascher als der zähe Zigarrenqualm.

Als er ausstieg, spannte er rasch den Schirm auf. Dieses Dreckswetter war ja nun wieder genau das Richtige! Hatte nicht der fette Nücken, der Totengräber, am Morgen irgendwas davon gebrabbelt, daß die Gemeinde ihm wieder besonders viel aufgebürdet hatte? Sechs Beerdigungen in den nächsten Tagen. Das hieß, sechs Gräber ausbaggern, und das hieß dennoch nicht, daß er sich kaputt arbeitete, dieser fette Nichtsnutz. Aber Nücken hatte ihm einen vorgeheult, daß er nun aber das Grab für die Beerdigung Kley schon einmal ausheben müsse, weil er sonst in Zeitdruck geriet.

»Zeitdruck!« Pastor Rövenstrunck lachte verächtlich und blies eine Qualmwolke unter seinem Regenschirm hervor. Da stand jetzt also das Grab noch fast zwei Tage lang offen, und heute nacht würde es vermutlich randvoll mit Wasser laufen.

Neugierig und mit böser Vorahnung machte sich der Pastor auf den Weg über den nächtlichen Friedhof, um sich das Werk des Totengräbers anzusehen. Es konnte doch nicht angehen, daß er am heutigen Abend ins Bett ging, ohne sich noch einmal zünftig aufzuregen! Ob der Kerl auch alles richtig abgedeckt hatte? Fehlte nur noch, daß ein Kind beim Spielen da reinfiel und absoff oder sich das Genick brach. Die spielten doch immer an der Leichenhalle rum und rauchten heimlich. »Sind ja erst sechs Beerdigungen im Stadtgebiet Bad Münstereifel in den nächsten Tagen! Kommt dann eben noch eine dazu!« knarzte er und durchschritt die Grabreihen. »Hat er was zu tun, der faule Mistkerl. Muß er eben den Gartenteich bei Schiffers noch ein paar Tage warten lassen!«

Die Schritte seiner blankpolierten schwarzen Schuhe mahlten knirschend flüchtige Fußabdrücke in den feinen Kies des Kirchhofs, die sich in Sekundenschnelle mit Regenwasser füllten.

Rechts und links des Weges flackerten die Grablichter in ihren roten Hüllen und erinnerten an Markierungsleuchten, die in der Finsternis den Weg wiesen. Der Pastor nahm die Abkürzung, indem er sich an dem riesigen, verwitterten Grabkreuz des Pastors Bruch vorbeischob.

Dann konnte er in der Dunkelheit die frisch ausgehobene Grabstelle bereits erkennen.

Sah er richtig? Hatte dieser faule Mistkerl etwa gar keine Abdeckung darübergelegt? Als er näherkam, bestätigte sich seine Befürchtung. Der Totengräber hatte jede Menge Schaltafeln und Vierkanthölzer herbeigekarrt, sie jedoch säuberlich neben dem schwarzen, rechteckigen Loch abgelegt, anstatt es mit ihnen zuzudecken.

»Verflucht!« Der Pastor legte unwirsch seinen Schirm zur Seite und bückte sich nach dem Holz. Es dauerte nur wenige Momente, bis er vollkommen durchnäßt war. Er griff nach den glitschigen Schaltafeln und schickte sich an, sie wenigstens provisorisch über das Grab zu legen, als er einen Schuh bemerkte, der plötzlich direkt neben seinem rechten Knie auf dem Kies auftauchte und dort starr stehen blieb. Der Schrecken fuhr ihm durch die Glieder, und beinahe wäre ihm die kostbare Zigarre aus dem Mundwinkel gerutscht. Sein Blick wanderte an dem Hosenbein hinauf, das zu dem Schuh gehörte. Er erkannte eine rote Jacke. Ein Meer von Regentropfen besprenkelte in dem Moment seine Brille, als er versuchte zu erkennen, wer da neben ihm stand. Seine Lippen formten halblaut die Worte: »Wer in Dreiteufelsnamen ...« Aber er konnte nichts erkennen. Er sah nicht, wie die Gestalt einen schweren Hammer hob und ihn für einen Augenblick unschlüssig über ihrem Kopf schwenkte. Er wischte mit dem Finger über sein Brillenglas, verschmierte aber nur bräunliche Lehmschlieren darauf. Er sah nicht, wie der Hammer niedersauste. Er ahnte nur, was jetzt mit ihm passierte, und in diesem endlos scheinenden Moment schoß es ihm durch den Kopf, daß er jetzt doch in diesem verfluchten Kaff bleiben würde, bis sein Leib verfault war, daß das Grab ihn im nächsten Moment gierig und gefräßig verschlucken würde, so, wie Friedhofserde eben immer hungrig war, daß in diesem Augenblick die Kirchturmglocken neun Uhr schlugen und daß er vielleicht ein friedlicheres Ende gefunden hätte, wenn er nicht immerzu in der verdammten Kirche so verdammt viel geflucht hätte. Sollte das nun die Quittung für seinen langjährigen Ungehorsam sein? Sie kam gänzlich unerwartet.

Beim zweiten Glockenschlag traf der Hammer seinen Schädel genau zwischen den Augenbrauen. Das krachende Geräusch mischte sich unter den prasselnden Regen und das blecherne Läuten der Glocke.

Pastor Rövenstruncks alter Körper sackte in sich zusammen, erschlaffte, rutschte an den Rand des schwarzen Lochs, in dessen Tiefe sich gluckernd und platschend der Regen sammelte, und stürzte schließlich hinein in die ewige Finsternis.

Seine Zigarre war ihm im Sturz aus dem Mund gefallen und auf den lehmverklebten Kies vor dem Grab gekullert. Der Mörder trat langsam mit dem Fuß darauf und vollführte eine mahlende Bewegung mit der Sohle, und im selben Moment, in dem sie erlosch, erlosch auch Pastor Rövenstruncks Lebenslicht.

*

Und noch jemand war in dieser Nacht im strömenden Regen unterwegs.

Strecker nieste. Er war froh, daß er vorausschauend ein paar dunkle Kleidungsstücke mitgenommen hatte. Genau die waren nämlich gerade jetzt notwendig, weil er beabsichtigte, sich dem Hotel ungesehen von hinten zu nähern. Er hatte Feldmann verloren. Was ja zu erwarten war. Es war ihm unverständlich, wie es dieser Niete immerzu gelingen konnte, sich unbemerkt aus dem Staub zu machen. Strecker tröstete sich damit, daß finstere Elemente schon immer ein besonderes Gespür dafür entwickelt haben, wann sie sich irgendwie drücken oder davonstehlen können.

Das Auto war auch am Hotel nicht wieder aufgetaucht, und Strecker hatte die Situation für passend befunden, Feldmanns Unterkunft einen kleinen Besuch abzustatten. Was ihm zunächst unmöglich erschienen war, hatte sich ihm am Nachmittag, als er wieder einmal wartend das Gebäude umstreift hatte, plötzlich in einem ganz anderen Licht präsentiert: Er hatte zwei Dachdecker dabei beobachtet, wie sie sich mit einigen Rollen Teerpappe, einem Schweißbrenner und einer Leiter an einem kleinen Vordach zu schaffen gemacht hatten. Der pünktliche Feierabend schien der Vollendung ihrer Arbeit allerdings einen Strich durch die Rechnung gemacht zu haben. Die Leiter hatten sie am Sockel des Gebäudes abgelegt, wo sie auf einen erneuten Einsatz am nächsten Tag wartete. Strecker hatte jedoch vor, sie in der Zwischenzeit für gänzlich andere Zwecke zu verwenden. Er hatte entdeckt, daß Feldmanns Zimmerfenster sich in unmittelbarer Nähe des Vordachs befand, und hatte sich ausgerechnet, daß es ihm gelingen müßte, das Vordach zu besteigen, die Leiter nachzuziehen und mit ihrer Hilfe dann schließlich das gewünschte Fenster zu erreichen. Mit Hilfe der Taschenlampe würde er einen Blick in das Zimmer werfen können, und unter Umständen hätte er sogar die Chance, das Fenster zu öffnen, wenn Feldmann es nicht richtig verschlossen hatte. Feldmann verschloß niemals etwas richtig! Die Haustüre, die Mülltonne, die gelben Säcke mit Plastikmüll, die er wochenlang auf seinem Treppenabsatz deponierte, bis es nach und nach im Treppenhaus begann, verschimmelte Joghurtbecher zu regnen. Strecker nieste in die verregnete Nacht hinein.

*

Zuerst war alles schwarz. »So schwarz wie deine Seele, Julius«, murmelte Herbie, noch immer ganz benommen. Er hoffte, daß er Schatten erkennen würde, wenn sich seine Augen erst einmal an die Dunkelheit gewöhnt hätten, aber nichts änderte sich. Es blieb tiefschwarz.

Dafür gibt es eine ganz einleuchtende Erklärung: Wer immer das auch getan hat, hat deinen Schädel genau an einer der wenigen Stellen getroffen, hinter der der winzige Teil deines Gehirns sitzt, der auch tatsächlich richtig arbeitet. Vermutlich hat er dein Sehzentrum getroffen. Du bist blind. Ich sehe eine bunte Blumenwiese um uns herum und farbenprächtige Schmetterlinge … oh, guck mal: Ein Heißluftballon!

Als nächstes registrierte Herbie, daß es erbärmlich kalt war. »Blumenwiese … Schmetterlinge … Und warum friere ich so? Und was … was ist das?« Sein Wahrnehmungsvermögen hatte sich soweit regeneriert, daß er nicht nur den enormen Schmerz fühlte, der sich durch Kopf und Nacken fraß, sondern auch, daß er in irgendeiner Flüssigkeit lag, die er als noch wesentlich kälter empfand als die Luft, die ihn umgab. Er bibberte.

Ach, und noch was: Findest du es auch so heiß wie ich? Die Sonne blendet nicht nur, die ist auch ganz schön heiß heute.

»Julius, hör mit dem Unsinn auf! Warum hocke ich hier in der Dunkelheit im Wasser? Was ist passiert?« Er tastete seine Umgebung ab und fühlte nichts als spiegelglattes, eiskaltes Metall. Er klopfte dagegen. Es klang metallisch, aber ungewöhnlich dumpf. Als er versuchte, die Ausmaße des Raumes zu ertasten, in dem er gefangen war, bemerkte er verunsichert, daß es sich keinesfalls um ein Gefängnis mit Ecken und rechten Winkeln handelte, sondern vielmehr um ein Behältnis, das etwa knapp anderthalb Meter hoch und im Durchschnitt kreisrund war. Etwa so, wie eine riesenhafte, quergelegte Tonne. Als er versuchte, die Länge zu erkunden, stieß er gegen ein senkrecht von der oberen Rundung nach unten verlaufendes Metallrohr. Natürlich traf es ihn an genau der Stelle, an der sein Angreifer vorhin auch zugeschlagen hatte.

Bingo!

Das Rohr war am unteren Ende, vielleicht eine Handbreit vom Tonnenboden, mit zwei drehbaren Metallflügeln versehen, aber so sehr sich Herbie auch bemühte, die Art des Behältnisses zu erraten, in dem sie sich befanden, es wollte ihm nichts Passendes in den Sinn kommen.

Der Behälter war ungefähr zwei Meter lang, und Herbie tastete mit wachsendem Grauen an den Wänden entlang. Es gab nichts, was ihm als Fluchtmöglichkeit dienen konnte. Nur an dem Ende, an dem er aus seiner Umnachtung erwacht war, gab es eine fest verschlossene, kreisrunde Öffnung in der

Decke, die anscheinend die Tatsache seines Hierseins überhaupt erst möglich gemacht hatte.

»Verdammt, Julius! Es ist so verdammt kalt! Wo sind wir hier?« In Herbie stieg nackte Panik auf.

Nur die Ruhe, mein Bursche. Je mehr du herumkrakeelst, desto schneller ist der Sauerstoff verbraucht. Wonach riecht es denn hier? Julius tippte sich vielsagend gegen die Nase.

Herbie schnüffelte. Das roch nach … Es roch irgendwie … Es fiel ihm unsagbar schwer, den Geruch zu beschreiben, der die knapp bemessene Luft erfüllte. Ahnungsvoll tauchte er die Hand in die Flüssigkeit, in der er bis zum Bauch kniete. Er führte sie zum Mund und kostete.

Milch!

»Man hat mich in einem Milchkühltank versenkt!«

Uns!

»Ach, du verdammte Scheiße!« Er hämmerte mit einem Mal wie wild an die Wand. Es klang immer noch beängstigend erstickt. Die Wände des Tanks waren vermutlich ordentlich isoliert, so daß die Kälte, wie gewünscht, drinnen blieb, so daß der Schall aber auch nur schwerlich nach außen dringen konnte. Wenn es draußen immer noch so heftig regnete, wenn dieser Behälter sich in irgendeinem abgeschiedenen Nebenraum des Hofes befand, wenn es mitten in der Nacht war, dann konnte es bis zum nächsten Melken im Morgengrauen dauern, bis überhaupt irgend jemand auf ihn aufmerksam wurde, und das konnte bedeuten …

»Wir werden erfrieren!«

Du!

»Ich werde hier in diesem riesigen Edelstahlsarg mein Leben aushauchen, und keiner wird es merken! Möglicherweise finde ich mich schon in den nächsten Tagen im Kühlregal wieder. Da kann man mich dann in Milchflaschen, Joghurtbechern und Sahnetütchen bestaunen. Oh Gott, Julius, was mache ich bloß?« Wütend schlug er in die ihn umgebende Milch, daß es nur so spritzte.

Milch ist gesund. Du solltest dir erst einmal einen Schluck ge-

nehmigen. Das gibt Kraft. Und dann wartest du. Abwarten und Milch trinken.

*

Es war ein sattes, dunkles ›Plopp‹, als der Korken aus der Champagnerflasche schoß und irgendwo hinter dem Hotelbett verschwand. Der heraussprudelnde Schwall schäumender Flüssigkeit ergoß sich in zwei klingende Gläser und auf den Nachttisch darunter.

Hildegard Schütze-Appelbach kicherte erregt und öffnete den Knoten ihres Haares. »Ich bin so froh, daß du kommen konntest.« Sie ergriff mit der einen Hand das Glas, das ihr gereicht wurde, und kicherte wieder enthemmt, als ihr ein paar Spritzer eiskalten Champagners in den Ausschnitt tropften und langsam zwischen ihren zierlichen Brüsten nach unten rannen. Mit der anderen Hand griff sie wild in das dichte Kraushaar von Alois Frisch, der gerade erst aus dem Bayrischen Wald angereist war.

»Mein kleiner Frischling«, kicherte sie und preßte ihm unerwartet wild ihre vollen Lippen auf den Mund unter dem buschigen Schnurrbart. Frisch erwiderte ihren Kuß leidenschaftlich. Es war ein Jammer, daß man sich nur dreimal im Jahr auf diesen Tagungen traf. Und dieses Mal wäre es beinahe auch noch schiefgegangen! Er hätte beinahe verzichten müssen, weil seine Frau mal wieder keinen günstigeren Zeitpunkt hatte finden können, um das Wohnzimmer renovieren zu lassen. Dann war das reservierte Zimmer plötzlich weg gewesen, und jetzt hatte es zu guter Letzt dann doch noch geklappt. Zu Hause kämpfte die dußlige Kuh mit Kleister und Tapeziertisch, und er freute sich auf ein paar wunderschöne Tage, die er gegebenenfalls mit dem ein oder anderen Vortrag unterbrechen würde.

»A kloans Momenterl noch!« sagte er plötzlich erschrocken.

»Was ist?« Sie sah ihn verunsichert an. »Stimmt was nicht?«

Er beugte sich zu ihrem Dekolleté vor und begann, langsam ihre Bluse aufzuknöpfen. »Da ist was reingetropft.«

Jetzt war es soweit. Ungehemmt begannen sie, sich gegenseitig die Kleidungsstücke von den erhitzten Körpern zu schälen, bis sie schließlich auf dem Hotelbett lagen. Splitternackt, bis auf Frischs Goldkettchen und ihre beiden Eheringe. Ein muskelbepackter, braungebrannter Vollbayer und die blasse, vielleicht etwas zu schlank geratene Rheinländerin ohne Akzent.

Während er sich daran machte, die oberen Regionen ihres erregten Körpers mit seinem Schnauzbart zu durchbürsten, tastete seine Rechte nach dem Lichtschalter der Nachttischlampe.

»Laß aus«, hauchte seine Gespielin. »Hier sind soviele Bäume drum herum. Ich habe immer den Eindruck, daß hier jeder reingucken kann.«

In diesem Augenblick erscholl ein lautes Niesen, und der helle Schein einer Taschenlampe drang durch das Fenster, irrte wild durch das Zimmer und blieb auf Frischs Allerwertestem haften. Dann wanderte er langsam an den beiden nackten Körpern entlang nach oben, und schließlich verengten sich unter der Kraft des gebündelten Lichts die Pupillen der beiden Liebenden zu kleinen Punkten.

Während Hildegard Schütze-Appelbach nach der ersten Schocksekunde ein schrilles Kreischen ausstieß, sprang der leidenschaftliche Schwimmer, Tennisspieler und Bodybuilder Frisch aus dem Bett, riß mit einem heftigen Ruck am Fenstergriff und kriegte schon im nächsten Augenblick den Kragen des verblüfften Helmut Strecker zu fassen. Die Taschenlampe stürzte in die Tiefe, Frau Schütze-Appelbach schrie ganz undamenhaft: »Schlag ihn kaputt, schlag ihn kaputt!« und versuchte, mit dem Bettlaken ihre Blöße zu bedecken. Alois Frisch rüttelte an Streckers Kragen, als handele es sich um eine Flasche Hustensaft, so daß die Leiter zu dessen Füßen hin und her schaukelte.

Dann flog Frischs Faust. Als sie Streckers Kinn traf, krachte es schauerlich. Dessen Kopf flog zurück, und einem winzigen Moment der Unachtsamkeit auf Frischs Seite hatte Strecker es zu verdanken, daß er sich losreißen konnte. Mehr rutschend als kletternd flog er die Leiter hinunter und konnte gerade noch verhindern, daß der bullige Bayer, der sich weit aus dem Fenster lehnte, die oberste Sprosse zu fassen bekam. Er nahm die Leiter blitzschnell von der Mauer weg und vollzog auf ihr einen ebenso hastigen Rückzug von dem Vordach, wie vor einer Sekunde von Feldmanns Zimmerfenster. »Seine Komplizen!« dachte Strecker voller Panik, während Frisch ihm von oben bajuwarische Unflätigkeiten hinterherbrüllte. »Ich habe sie auf mich aufmerksam gemacht. Sie sind mit Sicherheit bewaffnet.« Er sprang das letzte Stück einfach hinunter und humpelte dann schmerzgepeinigt davon, raus aus dem Schußfeld, in die sichere Deckung, in den nahen Wald.

»Ein Detektiv!« schluchzte Hildegard Schütze-Appelbach und klammerte sich fest an den vor Zorn bebenden Körper ihres Teilzeitliebhabers.

»Von meinem Mann!«

»Von meiner Frau!«

*

Nach einer Weile hatte Herbie aufgehört zu zählen.

Ich sage ja, es ist kompletter Unsinn, die Sekunden und Minuten zu zählen. Was nützt es dir, wenn du ohnehin nicht weißt, wie spät es ist?

»Du hast ja recht.«

Er verlagerte sein Gewicht auf das rechte Knie. Das linke drohte wieder einmal einzuschlafen. Die Kälte hatte sich von unten durch ihn durchgefressen. Selbst die Teile seiner Kleidung, die bisher noch einigermaßen trocken geblieben waren, hatten sich jetzt mit Luftfeuchtigkeit vollgesogen und klebten naßklamm auf seiner Haut. Er war dazu übergegangen, die Finger einzeln in den Mund zu stecken und anzulutschen, wodurch sie sich jeweils für eine kleine Weile erwärmten.

»Ich wüßte zu gerne, wie die Beerdigung ausfällt, die Tante Hetti für mich inszenieren wird.«

Von ›inszenieren‹ kann keine Rede sein. Sie wird bedauern, daß Massengräber heutzutage meist nur noch in Kriegsgebieten vorzufinden sind.

»Vielleicht exportiert sie mich auf den Balkan.«

Zu deiner Beruhigung, Wertester: Einige der genialsten Leute sind in Massengräbern beigesetzt worden. Mozart zum Beispiel.

»Fritz und Rufus werden niemals nach Afrika kommen.«

Nun mach dich mal nicht unentbehrlich!

»Eins verstehe ich nicht, Julius: Warum steckt dieser Pastor mich hier rein. Er hätte mich direkt erschlagen können, wenn er den Eindruck hatte, daß ich ihm auf den Fersen war, oder?«

Vielleicht dachte er, du wärest tot. Er hat dich möglicherweise nur in diesen Kuhsaftbunker gestopft, um Zeit zu gewinnen. Niemand soll seinen Besuch auf dem Hof mit deinem Ableben in Verbindung bringen.

»Mag sein.« Herbie kratzte sich am Kopf, und von seinem Ellbogen tropfte Milch zurück in die Tiefe. Das Tröpfeln schallte in der Stille des Tanks.

Aber da war noch ein anderes Geräusch!

Zuerst war es kaum wahrnehmbar, aber dann schälte es sich deutlich aus der Stille heraus, die Herbie mittlerweile regelrecht in den Ohren summte. Schritte!

Herbie jauchzte auf und holte weit aus. Dann ließ er seine Fäuste in wildem Stakkato auf die Metallwand donnern.

Nach ein paar Sekunden hielt er inne, um zu lauschen, und merkte erschrocken, daß es draußen wieder still geworden war. Er wollte gerade wieder voller Panik lostrommeln, als plötzlich Geräusche über seinem Kopf laut wurden. Jemand machte sich an dem Deckel des Tanks zu schaffen.

Sekunden später drang das grelle Licht der nackten Glühbirne, die von der Decke des schäbigen Raumes baumelte, in dem der Tank untergebracht war, in das Innere des Tanks, und zwei Augenpaare starrten vollkommen verstört auf Herbie hinunter, der ihnen aus dem Milchsee erleichtert entgegenlächelte.

»Dat jitt et jarnet! Dat han isch noch nie jesehn«, hauchte Bauer Schlösser und rieb sich das stoppelige Kinn.

»Dann hät die Stemm am Telefon ja doch net jelore!« stellte seine Frau fest.

Dreizehntes Kapitel

Fritz schüttelte den Kopf und lachte leise vor sich hin, als sie vom Parkplatz an der alten Münstereifeler Polizeistation durch das Werthertor gingen.

»Kleopatra hat in Eselsmilch gebadet, damit ihre Haut geschmeidig wurde«, sagte sie.

»Aber nicht bei diesen Temperaturen! Der Bauer sagte, daß es nur ungefähr drei Grad waren. Bevor ich in dem Kasten erstickt wäre, wäre ich eher erfroren!«

Oder ertrunken. Bloß gut, daß du keine Milchallergie hast.

»Gott sei Dank war es wirklich nur eine Dreiviertelstunde, die du da drin zubringen mußtest!«

Sie erreichten das Café T, das durch seine Fenster gemütliches warmes Licht auf das herbstlich nasse Kopfsteinpflaster von Bad Münstereifels Fußgängerzone warf. Fritz öffnete die Türe, da Herbie sich weigerte, die Hände aus den wärmenden Jackentaschen zu nehmen. Das glühendheiße Vollbad im Luxusschaumbad seiner Hotelsuite hatte zwar seine Lebensgeister geweckt, aber eine innere Kälte hatte sich in ihm festgenagt und verließ seinen Körper nur langsam und widerwillig.

Du gehörst eigentlich ins Bett, Teuerster. Du hättest dir im Hotel eine De-Luxe-Wärmflasche aus mundgeblasenem Kautschuk für dein De-Luxe-Bett bringen lassen sollen und hättest deinen Second-Class-Körper in das Vier-Sterne-Bett versenken sollen.

Aber Herbie hatte noch etwas vor. Laut Fritz tagten zu dieser Stunde die Mitglieder der Theatergruppe in Bad Münstereifel, nachdem sie sich die Seele aus dem Leib geprobt hatten. Bei diesen Leuten gab es möglicherweise noch einen Ansatzpunkt, um hinter Rosis Geheimnis zu steigen. Da zählte keine Unterkühlung, da waren schrumpelige Finger nicht der Rede wert.

Seine erste Handlung vor einer Stunde, nachdem ihn das immer noch staunende Bauernpaar mit trockenen Klamotten versorgt hatte, war der Griff zum Telefon gewesen. Die Nummer des Pfarrhauses gaben ihm die Schlössers bereitwillig, obwohl sie keine Idee hatten, wie der Besuch des Herrn Pastor, der darauffolgende anonyme Anruf, der ihnen riet, in ihrem Milchkühltank einmal nach dem Rechten zu sehen, und das Auffinden des wildfremden jungen Mannes inmitten der gesammelten Milch aus etwa neunzig prallvollen Eutern in Zusammenhang zu bringen waren.

Frau Stoffels erklärte am Telefon verängstigt, daß der Herr Pastor noch immer nicht ins Pfarrhaus zurückgekehrt sei und daß ihre Sorge um ihn wuchs.

»Das kann sie auch getrost!« hatte Herbie grimmig gedacht. »Wenn ich diesen Pfaffen zu fassen kriege, werde ich ihm Gelegenheit genug geben zu erfahren, was es heißt, in Milch eingelegt zu werden wie ein Kaninchen, das am nächsten Tag in den Topf wandert.«

Schwarz auf weiß gewissermaßen, hatte Julius amüsiert hinzugefügt.

Werner stand am Tresen und mixte einen Cocktail, der mit jeder neuen Zutat auf beunruhigende Art und Weise seine Farbe änderte. »Tach, liebe Jung«, grüßte er fröhlich und musterte Herbies Begleiterin. Souverän ging er über Fritzens ungewöhnliches Äußeres hinweg und sagte: »Hinten durch ist noch ein Plätzchen.«

Marcel steckte den Kopf aus der Küchentüre und grinste Herbie an. »Neue Schuhe?« Betreten blickte Herbie nach unten und versuchte, die Hosenbeine möglichst flächendeckend über Bauer Schlössers zwei Nummern zu große, schwarze Riesentreter baumeln zu lassen, was ihm mißlang.

Fritz ergriff das Wort und sprach die beiden auf die Theatergruppe an.

»Ach, die Chaoten«, meinte Werner und verdrehte die Augen.

»Die sind oben.« Marcel deutete mit dem Finger zur Decke, und Herbie und Fritz stiegen die Treppe hinauf. Auf halbem Wege begegneten sie der freundlichen Kellnerin, die ihre Bestellung aufnahm. Herbie befand einen steifen Grog für genau richtig angesichts seiner verfrorenen Konstitution. Fritz erbot sich, das Auto nach Buchscheid zurückzufahren.

Aus dem oberen Stockwerk, das aus zwei Zimmern und kurioserweise einer Dusche bestand und angefüllt war mit ollem Mobiliar und zahlreichen Dekorationsstücken, drang ihnen lautes Stimmengewirr entgegen. Die Theatergruppe tagte.

Fritz winkte fröhlich, als sie eintraten. Die jungen Leute grüßten gleichfalls freundlich zurück. Wie Fritz Herbie erklärt hatte, fanden sie sich hier ein, um sich am Vorabend der Aufführung von Dürrenmatts ›Physikern‹, wie sie es ausdrückte, ›noch mal ordentlich die Kante zu geben‹. Alle fieberten der Aufführung am morgigen Abend entgegen.

Fritz kannten sie aus dem Hotel, und es fiel nicht schwer, Kontakt herzustellen.

Vermutlich liebäugelt der Regisseur mit dem Gedanken, irgendwann ›Das Phantom der Oper‹ auf die Bretter zu bringen, und er hält sich Fritz für die Titelrolle warm.

»He, Fritz! Kommst du morgen abend auch?« fragte ein Dicker mit albernem rotem Kinnbart.

Fritz zog sich einen Stuhl hinzu und ließ sich nieder. Herbie tat es ihr nach.

»Ich fürchte, morgen abend habe ich was Wichtiges vor. Wie lange wird es dauern?«

Der Regisseur faltete geduldig die Hände und sagte: »Wir beginnen um sieben, und wenn alles gut läuft, sind wir um halb zehn durch. Da aber nicht alles gut läuft, werden wir vielleicht gegen drei Uhr morgens den letzten Vorhang haben.« Er schlürfte an seinem Tee und murmelte: »Und woran das liegt, wissen wir ja alle.«

»Ich konnte meinen Text von Anfang an.«

»Jaaa, klar!« Der Dicke plusterte sich auf. »Jacqueline konnte ihren Text von Anfang an. Und meinen! Und den von Catrin! Und den von Haffner!«

»Haffner hat keinen Text, Haffner souffliert! Und das ist das einzige, was mich hoffen läßt«, äußerte der Regisseur zischend.

Haffner war ein stoppelhaariger, schlanker Kerl mit Nickelbrille am anderen Ende des Tisches. »Weil ich so gut souffliere?«

»Nein, weil du dann nicht auf der Bühne zu sehen bist!«

Alles lachte.

Eine andere blonde Aktrice wandte sich unmittelbar an Fritz und Herbie. »Nein, aber im Ernst: Wir waren uns bis vor ein paar Tagen nicht schlüssig, ob wir überhaupt aufführen sollen.«

»Wegen Haffner?« fragte Herbie frech. Ein großer, rundlicher Blonder mit roten Bäckchen prustete in sein Bier. »Hansi, du Sau!« rief ein schlaksiger Kerl mit wirrem blondem Schopf und wischte sich Schaum vom Ärmel.

»Laßt Catrin doch mal erzählen«, ereiferte sich der dicke Ziegenbart.

Die Blonde fuhr fort: »Nein, wegen Rosi. Du weißt ja ...« Fritz nickte. »Die Rosi hat uns die Kostüme geschneidert und hat auch eine winzige Rolle übernommen. Die Rolle zu besetzen ist nicht so sehr das Problem. Noch nicht mal Text. Stumm. Das macht jetzt unser großer Zampano selber.«

»He, he!« Der Regisseur drohte mit dem Finger.

»Aber Rosi ist nicht mehr bei uns. Und das ist richtig Scheiße!« Ihre Stimme bekam eine weinerliche Färbung.

Auch die anderen schwiegen für einen Moment betreten.

Eine schlanke Brünette mit schläfrigem Augenaufschlag

meinte: »Rosi würde uns was anderes erzählen, wenn wir nicht aufführen würden!«

»Eben!« stimmte ein dunkelhaariger Dicker zu. »Ich denke, das Thema ist durch.«

Alle nickten zustimmend. Schließlich erhob sich im hinteren Teil des Raumes einer mit krausem Kinnbärtchen und Pferdeschwanz. »Wir trinken jetzt einen auf Rosi!«

»Genau!« Alle grölten und stießen miteinander an.

Fritz machte einen Versuch, Herbie als Fragesteller anzukündigen. »Das hier ist Herbie. Und der Herbie war ganz scharf drauf, euch kennenzulernen.«

»Das sind alle«, rief der Dicke mit großartiger Geste und schüttelte Herbie überschwenglich die Hand. »Thorben der Name. Autogramme nach der Aufführung.«

Der Regisseur musterte Herbie mit einem Mal interessiert. »Hast du schon mal Theater gespielt?«

»Ein Krippenspiel«, bekannte Herbie. »Ist allerdings schon eine Weile her.«

Wen hast du gespielt? Julius war verblüfft. *Eins von den Schafen?*

»Was trinkt ihr beiden?« fragte der Regisseur. Sie erklärten, bereits bestellt zu haben.

»Geht auf uns!« Mit verschwörerischer Miene beugte er sich über den Tisch. »Ich will ja nicht übertreiben, aber dich schickt der Himmel!«

Herbie war verunsichert. »Wieso?«

»Ich habe mich zwar bereit erklärt, diese kleine Rolle von Rosi zu übernehmen, aber ich muß ehrlich sagen, es wäre mir lieber, wenn ich mich dieses Mal aufs Regieführen beschränken könnte. Fünf Minuten am Anfang, und schon bist du fertig! Spätestens Viertel nach sieben ist der Part erledigt!« Er zwinkerte verheißungsvoll mit den Augen. »Dann kann ich besser auf Haffner aufpassen. Der Kerl treibt mich noch in den Wahnsinn.«

Erkenne die Gelegenheit! Man will etwas von dir. Schmeiß dich ran, biete dich an! Sei ihr Freund, und du wirst alles über Rosi Kley erfahren! Du hast es selber gehört: Schon gegen Viertel nach sieben bist du durch. Was hast du zu verlieren?

»Eine stumme Rolle?« Herbie pirschte sich vorsichtig an.

»So stumm, wie man sich eine Rolle nur denken kann! Na?« Der Regisseur machte ein gespanntes Gesicht, und Catrin warf ihm einen wütenden Blick zu, den Herbie nicht deuten konnte. Die Kellnerin erschien und brachte die Getränke.

»Also gut, ich mach's!«

Alles jubelte und prostete ihm zu. Auch Fritz schien ehrlich erfreut. Nur Catrin meinte zum Regisseur: »Du hättest fairerweise sagen können, daß es sich um eine Frauenrolle handelt.«

Herbie schluckte.

»Halb so wild! Du bist nur die ermordete Krankenschwester und wirst nach den ersten fünf Minuten von der Bühne geschleppt«, rief Thorben und winkte einem Mädchen am anderen Tischende. »Sabine, wirf mal den Kittel rüber!« Und Herbie bekam sogleich einen Krankenschwesternkittel gereicht, den er unter Jubel und Pfiffen anprobieren mußte.

»Du hast das gewußt, Julius!« dachte er bei sich. »Du wußtest, daß ich mich zum Hanswurst mache!« Julius grinste unschuldig, zuckte mit den Schultern, pfiff und schaute in die Luft. Dann machte er sich an einer riesigen Ballonflasche voller Flaschenkorken zu schaffen, die in einer Ecke des Raumes stand.

Später, es ging auf Mitternacht zu, saßen sie nur noch mit ein paar Leuten zusammen. Der Regisseur war zu Frau und Kind nach Hause gefahren, und eine andere Gruppe war aufgebrochen, um sich noch im Irish Pub zu verlustieren. Der Rest trank tapfer einen nach dem anderen, und Herbie merkte, wie der Alkohol ihm zunehmend die Sinne raubte.

Nenn mich einen ungeselligen Drängler, aber für meine Begriffe versäumst du die Chance, wichtige Fragen zu stellen!

Julius hatte recht.

»Wißt ihr, ich habe die Rosi gekannt«, sagte er und rührte in seinem fünften Grog. »Die war wirklich Klasse.«

Thorben schien seine sentimentale Ader entdeckt zu haben und nickte schwermütig. »Der einzige Mensch auf der Welt, der ohne zu mosern meine Kostüme geändert hat, auch wenn ich zehnmal ab- und wieder zugenommen habe.« Er kicherte albern und bekam von Catrin einen Ellenbogenhieb. Der schlaksige Blonde namens Mori stimmte ebenfalls zu. »Die hat sich richtig wohl bei uns gefühlt. War zwar ein paar Jährchen älter, aber trotzdem war die richtig gut drauf.«

»Hatte Rosi denn keinen Freund in der letzten Zeit?« Herbie merkte, wie seine Zunge schwer wurde.

Jacqueline schüttelte den Kopf. »Ein paar haben es probiert. Aber alle sind abgeblitzt. Sie war ja auch noch verheiratet.«

»Mit Richard.« Catrin nickte nachdenklich. »Seltsam. Nie hat sie von ihm gesprochen. Aber in der letzten Woche, da hat sie plötzlich immerzu von ihm erzählt.«

Herbie wurde hellhörig. »Gutes?«

Sie nickte.

»Sie hat mit ihm telefoniert«, warf Fritz ein, um das Gespräch auf der richtigen Bahn zu halten.

»Aber erst, als dieser Alte gestorben war«, meinte Catrin.

Fritz nickte. »Päul.«

»Wußte ich gar nicht.« Thorben zündete eine Zigarette an und trank sein Glas Weizenbier leer.

»Unsere Theaterfrauen haben Geheimnisse vor dir, Thorben«, sagte Haffner listig. »Das muß unterbunden werden.«

»Rosi hat mich gefragt, ob sie ihn anrufen soll«, berichtete Jacqueline. »Ich habe gefragt: Wieso? Nur weil sein entfernter Onkel krank ist? Der Kerl hat dich sitzenlassen!«

»Und als es dann hieß, daß er nach Deutschland kommt, da war sie total aus dem Häuschen. Sie sagte, daß er bald da wäre und ihr eine schwere Gewissenslast abnehmen würde«, fuhr Catrin fort.

»Gewissenslast?« fragte Fritz. »Davon hat sie nie was erwähnt.«

»Ja! Am Abend vor ihrem Tod, da hat sie mich noch mit ihrem Auto nach Münstereifel zur ›Post‹ mitgenommen. Sie erzählte, daß Richard gesagt habe: ›Warte nur, bis ich da bin, dann klären wir das.‹ Es klang so ungeheuer wichtig. Und sie hat niemandem etwas davon erzählt. Wieso also gerade Richard?«

»Ihr meint also ...« Herbie riß sich zusammen, um nicht zu sehr zu lallen. »Ihr meint, daß sie Richard am Telefon in irgend etwas eingeweiht hat?«

»Klang jedenfalls so.«

Herbie sah Fritz an. »Ich sollte morgen doch ... vielleicht dann doch noch einmal bei ...« Er mußte aufstoßen. »... bei Richard vorbeischauen. Möglicherweise hat sie in einem Nebensatz irgendwas erwähnt, dem er ... den er ... bei dem ... dem er gar nicht die richtige Bedeutung beigemessen hat.«

Die fünf sahen Fritz und ihn an. »Fragt ihr euch etwa durch?« wollte Haffner wissen. Nervös kippte Herbie seinen Cognac runter, den Thorben spendiert hatte.

Du solltest deine Zunge hüten, mein Herzblatt! Deine Unterwanderungstaktik wird offensichtlich, wenn du den Grog weiter so konsumierst, als wärest du trinkfester als Harald Juhnke!

»Und du ...«, wandte sich Herbie jetzt direkt an Julius, der am Nachbartisch saß und seine Fingernägel polierte, »du solltest dich hier nicht so aufspielen, als kämst du ... als kämst du von der ... vonner Heilsarmee! Du Landplage!« Dann rutschte er polternd unter den Tisch, und alle sahen sich verwundert an.

Vierzehntes Kapitel

Als Herbie am nächsten Morgen das Auto erneut in Richtung Bad Münstereifel lenkte, wußte er gar nicht mehr, welcher Umstand größere Schuld an seinen dröhnenden Kopfschmerzen trug: Die Tatsache, daß man ihm um ein Haar den Schädel gespalten hatte, oder die, daß er im Verlauf des

Vorabends sein übliches Alkohollimit um Längen überschritten hatte. Er passierte das Ortsschild mit der Aufschrift ›Buchscheid‹ und gab Gas, als an derselben Stelle wie am Vortag der dicke Alte wieder versuchte, eine Gratisfahrt nach Euskirchen zu erbetteln.

Herbie dachte an die vergangenen beiden Stunden zurück. Es war ein Morgen der Telefonate gewesen.

Zuerst hatte Tante Hetti ihn in aller Frühe aus dem Bett geklingelt. Den Vorwurf, daß er den ganzen Abend nicht zu erreichen war, wies er zurück, indem er dringende Ermittlungen vorschob, was ja auch irgendwie den Tatsachen entsprach. Um seinen Phantasien genügend Gewicht zu verleihen, flocht er in seine abenteuerlichen Erzählungen noch ein konspiratives Treffen am Radioteleskop in Effelsberg und eine haarsträubende Komponente names ›Bundesnachrichtendienst‹ ein.

Tante Hetti trichterte ihm im folgenden das, was er ohnehin schon wußte, nochmals mit eindringlicher Stimme ein: »Zwanzig Uhr!« wiederholte sie dreimal, und auch das Wort »Waldweg« versuchte sie ihm durch permanentes Wiederholen besonders ans Herz zu legen. Schließlich ordnete sie an, daß er bis zehn Uhr spätestens bei ihr zu Hause zu erscheinen habe, da das Geld mittlerweile eingetroffen und bereit zur Abholung sei. »Soll ich nicht vielleicht doch besser selber dabei sein?« fragte sie ungewöhnlich verschüchtert.

»Liebes Tantchen! Ich werde dir gleich mal eine Beule zeigen, die wird dich umstimmen. Hier haben wir es mit eiskalten Profis zu tun. Da waren sogar ein paar Gesichter bei, die kenne ich noch von der früheren Terroristenfahndungsliste aus der Sparkasse!«

Schließlich klingelte Fritz an. Sie fragte in einer Art hinterhältigem Tonfall, ob er frisch und munter sei, was ihn vermuten ließ, daß die Heimfahrt am Abend, an die er sich kaum erinnerte, nicht ganz reibungslos verlaufen war. Er erinnerte sich nur an die Digitalanzeige der Nachttischuhr, bei deren Anblick er gekichert hatte: »Oh, einsneunundvierzig? Das ist aber billig!«

»Du wirst staunen, was passiert ist«, tönte Fritzens Stimme aufgeregt aus dem Hörer.

»Der alte Raben-Päul ist auferstanden und hat sich in den Kopf gesetzt, dem Wetterhahn vom Kirchturm mit einem künstlichen Uhu und Phosphoreiern den Garaus zu machen«, vermutete Herbie falsch.

»Knapp daneben!«

»Schade.«

»Aber die Kirche, die …«

»Der Pastor! Natürlich! Ich werde sofort anrufen.«

»Das kannst du dir sparen!«

»Wieso dies?«

Fritz räusperte sich und flüsterte danach nur noch. »Ich muß leiser sprechen. Faßbender schleicht in der Küche rum. Heute morgen wurde es schon in Radio Euskirchen gemeldet: Pastor Rövenstrunck ist tot!«

Herbie sank zurück in seine Kissen. »Sag das noch mal!«

»Es sieht so aus, als sei er erschlagen worden. Man hat ihn im frisch ausgehobenen Grab von Rosi Kley gefunden.«

Herbie wußte nicht, was er sagen sollte. Er öffnete ein paarmal den Mund und schloß ihn dann in Ermangelung einer Inspiration wieder. »Aber das wirft ja alle unsere Theorien über den Haufen«, brachte er schließlich hervor. Der Pastor war also vermutlich kaum der Mörder, auf dessen Spur sie waren. Es war unwahrscheinlich, daß zwei Mörder sich zeitgleich eingefunden hatten, um aus vollkommen unterschiedlichen Motiven die Bevölkerung Buchscheids auszurotten.

»Ich muß Schluß machen. Faßbender kommt.« Fritz legte den Hörer auf, und Herbie betrachtete noch eine Weile nachdenklich das Telefon, bevor schließlich auch er den Hörer auf die Gabel legte.

Dann meldete sich Köbes, und Herbie standen die Haare zu Berge. Aus einem Klanggemälde, das möglicherweise einem alten Hollywoodschinken mit Vivien Leigh entstammte, erklang dünn und kraftlos seine Stimme: »Die Ulrike ist schon wieder weg!« Herbie verdrehte die Augen und sah sich unterdessen in seiner Luxusunterkunft um. Wo war Julius?

»Den Hund habe ich nach Gemünd gebracht.«

»Wie bitte?«

»Nach Gemünd. Mein Onkel hat dort einen Zwinger, in dem er bis zum Frühjahr seinen schwarzen Mischling drin hatte. Da habe ich ihn untergebracht.«

»Warum, in aller Welt?«

»Ich muß heute nach Trier. Ulrike hat dort scheinbar einen neuen Lover. Das muß ich mir ansehen.« Er schneuzte sich trompetend, was sich harmonisch in eine Bläserpassage seiner Background-Musik einwob. »Keine Sorge! Ich werde heute abend pünktlich an Ort und Stelle sein. Neun Uhr, bleibt's dabei?«

»Acht!« schrie Herbie entnervt ins Telefon. »Um acht findet die Geldübergabe statt. Und du erscheinst gefälligst eine Viertelstunde vorher, damit du pünktlich wieder von der Bildfläche verschwunden bist! Ich habe das ungute Gefühl, daß irgend jemand aus Tante Hettis Dunstkreis unerwartet auftauchen wird, und da möchte ich einen erstklassigen Austausch inszenieren.«

»Schon okay. Ach, und, Herbie ...«

»Was?«

»Wie ich eben sagte: Der Mischling meines Onkels war schwarz. Und damit es nicht unnötig auffällt, habe ich ...«

»Nein!«

»Ulrikes Freundin ist Friseuse. Sie war hier, um mir das mit Ulrike auszurichten, und da habe ich ... Sie sagt, das sei nur eine Tönung und das ginge nach ein paar Wäschen wieder völlig raus.«

Wo war Julius? Herbie hatte plötzlich unbändige Lust, sich mit jemandem zu streiten, dem er Auge in Auge gegenüberstand. Ob dieser Jemand aus Fleisch und Blut war oder nur ein Trugbild, das war ihm egal.

Während des Zähneputzens erinnerte sich Herbie dann bruchstückhaft an den Vorabend, und er versuchte, Richard zu erreichen. Richard mußte ihm unbedingt noch einmal den exakten Wortlaut des Telefonats mit Rosi wiederholen! Nach Angabe der Theaterleute gab es irgendeine Komponente darin, die sie anscheinend übersehen hatten.

Aber Richard war nicht zu erreichen, und Herbie beschloß, später noch einmal bei ihm vorbeizufahren.

Danach bediente er sich dann ausgiebig am Frühstücksbuffet und zog wegen seines überdimensionierten Schuhwerks die neugierigen Blicke des gesamten Hotelpersonals auf sich.

Und jetzt fuhr er also mit klapperndem Auspuff auf Tante Hettis pompöser Auffahrt vor.

Er entschied sich, das Auto unmittelbar vor ihrer Haustüre abzustellen, da er hoffte, durch den Anblick des beklagenswerten Zustands seines Autos wenigstens so etwas wie einen Funken Reue in Tante Hetti hervorzurufen. Weit gefehlt! Als sie die Haustüre öffnete, sagte er mit geübt ironischem Unterton: »Schau mal! Mein neues Auto.« Aber seine Tante quittierte das, neben einem tadelnden Blick auf ihre brillantenbesetzte Armbanduhr, nur mit einem beiläufigen: »Soso. Wenn du es ein bißchen besser pflegst als deine Fingernägel, hast du gewiß noch eine Weile Freude daran.« Dann schob sie ihn unter Zuhilfenahme ihrer orientalischen Krücke ins Haus. Sie dirigierte ihn ins Wohnzimmer, wo heute, wie auch sonst durchaus üblich, die Audienz abgehalten wurde. Im Polster des riesigen Brokatsessels versank Herbie auch wie jedesmal. Seine Tante baute sich vor ihm auf. Sie stützte die Hände auf die Krücke, beäugte für einen Moment beeindruckt die Beule an seiner Stirne und senkte dann nachdenklich ihren Blick zu Boden.

»Hör mir jetzt gut zu, Herbert!« Sie räusperte sich. Herbie fand, daß sie in den letzten Tagen gealtert war.

Ich finde, sie sieht keinen Tag älter aus als hundertelf, kam es von Julius.

Julius?

»Wo …?« Herbie fuhr herum und erblickte seinen Wegbegleiter an einer antiken Standuhr lehnend. Sofort faßte er sich und drehte sich wieder zu Tante Hetti um. Die hatte seine Reaktion mit wachsendem Unbehagen zur Kenntnis genommen. »Da ist doch nicht etwa …?«

»Was? Oh nein, Tante! Nein, nein!« Herbie winkte mit beiden Händen ab.

Fein! Nur weiter so! Gestern abend schimpfst du mich eine Landplage. Heute verleugnest du mich schon wieder einmal. Tausend Dank!

Herbie stieß innerlich einen Verzweiflungsschrei aus. Das hatte ihm noch gefehlt. Zu allem Überfluß mußte Julius nun auch noch die Mimose herauskehren!

Seine Tante begann erneut: »Ich weiß nicht, was du da oben in Buchscheid treibst, aber ich bete jeden Tag inständigst zu Gott darum, daß er mir meinen geliebten Hund heil und gesund zurückbringen möge. Und darum, daß du mir mit deinen Extratouren dabei keinen Strich durch die Rechnung machst.« Sie umrundete den kleinen Chippendaletisch, und Herbie erblickte ein kleines cremefarbenes Lederköfferchen, das sie nun mit geradezu theatralischer Geste öffnete. Zum Vorschein kam das mit gebündelten Hundertmarkscheinen prall gefüllte Innere, wie Herbie es aus zahllosen Kriminalfilmen kannte.

Ich frage mich, ob diese Köfferchen extra zu diesem Zweck zu erwerben sind. Die Bündel passen immer exakt aneinandergereiht hinein!

»Das ist viel Geld. Nicht viel für mich, aber mehr, als du vermutlich in deinem gesamten nutzlosen Dasein jemals mit ehrlicher Arbeit verdienen wirst.« Sie ließ den Koffer wieder zuschnappen, bevor Herbie sich an den Anblick gewöhnen konnte. »Ich möchte, daß dieses Geld heute abend gegen meinen Hund ausgetauscht wird. Sollte es dir im nachhinein gelingen, das Geld zusätzlich wieder zu mir zurückzubringen, könnte ich mich dazu hinreißen lassen, den Hotelaufenthalt aus meiner Tasche zu bezahlen.«

»Aber …« Herbie erschrak. »Du sagtest doch …«

»Mein lieber Herbert. Ich wußte genau, daß du in dem Moment, in dem du die Chance witterst, ein paar Tage auf Kosten deiner Tante zu prassen und zu schlemmen, hemmungslos über die Stränge schlagen würdest. Die Hotelrechnung geht selbstverständlich auf deine Kosten.«

»Das ist nicht fair!«

»Widersprich mir nicht!« Ihr Ton gewann an Schärfe. »Noch habe ich das letzte Fünkchen Hoffnung in dich nicht verloren. Betrachte das neue Fahrzeug, das du seit gestern besitzt, als Zeichen meines guten Willens!« Dann drückte sie ihm den Koffer in die Hand und deutete mit einem dezenten Wink zum Ausgang. Als Herbie vollkommen frustriert und demoralisiert ins Freie trat, musterte sie diesmal etwas intensiver das Fahrzeug.

Als sie es umrundeten, sagte Julius plötzlich in betont beiläufigem Tonfall: *Hotel Eifelhöhe. Soso. Aha.*

Herbie lief eine Gänsehaut über den Rücken, als er in diesem Moment am unteren Rand der Kofferraumklappe einen Zipfel des Hotelbettlakens mit aufgesticktem Emblem entdeckte, auf dem sich ein dichter Pelz dreckigtürkisfarbener Hundehaare kräuselte. Tante Hetti war gerade im Begriff, sich nach dem Nummernschild zu bücken, um die TÜV-Marke in Augenschein zu nehmen, als Herbie ihr in letzter Sekunde um den Hals fiel und sie fest an sich preßte.

Henriette Hellbrecht erschrak fürchterlich. Das hatte ihr Neffe seit über einem Jahrzehnt nicht gemacht. Und in diesem Moment glaubte sie, daß er erfüllt war von tiefer, ehrlicher und unterwürfiger Dankbarkeit, weil sie ihm dieses Fahrzeug zum Geschenk gemacht hatte.

Für einen kurzen Augenblick kämpfte sie mit einem aufkeimenden Gefühl der Rührung. Dann jedoch riß sie sich zusammen, löste sich unwirsch aus der Umklammerung und ging entschlossen zum Haus zurück. »Ich erwarte deinen Anruf«, sagte sie barsch, und dann beobachtete sie, wie ihr Neffe in das Auto stieg, mit mehrmaligem Anlauf den Motor zum Laufen brachte und schließlich unter dröhnender Musikbegleitung den Hof verließ.

Hinter ihr trat Helmut Strecker aus der Haustüre. Er nieste und hielt sich danach mit schmerzverzerrtem Gesicht das geschwollene Kinn.

»Fahren Sie ihm nach, Herr Strecker! Ich werde das Gefühl nicht los, daß er entsetzlichen Unsinn anstellt. Ihr Bericht macht mich rasend. Achten Sie auf ihn! Er hat viel Geld bei sich und das Leben meines Hundes in der Hand.«

*

Ich bin natürlich bereit, großmütig über deine Verfehlungen hinwegzusehen, und hoffe, daß du dich in Zukunft eines besseren Tons mir gegenüber befleißigen wirst.

»Julius, du bist die Pest, und das weißt du auch. Ich kann nicht mit dir, und ich kann nicht ohne dich. Also bleib in Gottes Namen bei mir, wenn es dir Spaß macht.« Er grinste zum Beifahrersitz hin.

Hast du tatsächlich gedacht, ich sei verschwunden?

»Ich denke des öfteren, du seist plötzlich verschwunden, und dann weiß ich nie, ob ich lachen oder weinen soll.«

Wieder in Buchscheid angekommen, steuerte Herbie als erstes Richards Haus an. Als er den Wagen an der Straße abgestellt hatte und zum Haus hinunterging, fiel ihm zum ersten Mal Rosis Auto auf. Ein roter Golf älterer Bauart. Herbie versuchte, während er nach dem Klingeln auf Richard wartete, sich Rosi darin vorzustellen. Er sah ihr lachendes Gesicht, und er sah in seiner Phantasie die Situation vor sich, in der sie das kleine, bunte Stoffpüppchen am Rückspiegel befestigt hatte. Das Fahrzeug stand in der offenen Garage, und Herbie dachte an Richards Angebot zurück. Er warf einen Blick zur Straße hinauf, wo er das Dach des Kadett durch das Geäst erkennen konnte.

Richard war beschäftigt. Das drückte seine ganze Körperhaltung aus, das sagte seine Miene und die Tatsache, daß er keinen Millimeter zur Seite trat, um Herbie in seinem Haus willkommen zu heißen. Also beschloß Herbie, es kurz zu machen.

»Ich störe nicht lange, Richard. Da wäre nur eine kleine Frage.«

Richard wischte seine Hände an einem schmutzigen Lappen ab. Es sah aus, als sei er mit irgendwelchen Reinigungsarbeiten beschäftigt. »Ich bin gerade auf dem Speicher. Dreckige Angelegenheit. Wo brennt's?«

»Da ist etwas, das die Rosi dir am Telefon erzählt haben muß. Etwas, das vielleicht ganz unwichtig erscheint, aber das Aufschluß über ein enormes Geheimnis geben kann, dem Rosi auf der Spur war, verstehst du?«

»Ein Geheimnis? Rosi?« Richard rieb sich die Mundwinkel. Zurück blieb verschmierter Staub am Kinn. »Ich habe wirklich keine Ahnung, was du meinst, Herbie!«

»Irgend etwas, das mit Päul zusammenhängt. Etwas, das er erzählt hat. Etwas, wegen dem sie deinen Rat einholen wollte.«

Richard seufzte. »Herbie, ich finde es phantastisch und aufopfernd von dir, daß du deine Tage damit verbringst, die letzten Stunden meiner Frau zu rekonstruieren, aber ich kann dir nicht weiterhelfen. Ich habe von Anfang an keinen Hehl daraus gemacht, daß ich von deinen Theorien bezüglich Rosi und Päul nichts halte.«

»Können wir nicht vielleicht doch einen Moment ...?«

»Nein. Was ich dir zu sagen habe, ist in einer Minute erklärt, und das kann ich durchaus auch hier, zwischen Tür und Angel, kundtun: Rosi hat mir von Päuls Tod erzählt. Sie hat mir erzählt, daß sie sich um seine Hinterlassenschaft kümmern will. Dabei handelte es sich um einen Haufen Schrott und ein bißchen Geld, das ich erben werde. Ach, und seine Waffen! Ich vergaß. Aber die Waffen und der restliche Müll haben sich bei dem kleinen Feuerchen ja von selbst erledigt. Das war's!« Er legte Herbie kurz die Hand auf die Schulter und war im Grunde genommen schon wieder im Haus. »Und jetzt, bitte, laß mich in Frieden mit dieser Sache, Herbie! Ich freue mich, wenn wir uns irgendwann wiedersehen, aber dann laß uns von alten Zeiten reden oder von der Zukunft. Aber laß mich bitte mit dieser Sache in Frieden!«

Sie schüttelten sich die Hand wie flüchtige Bekannte, und Richard verschwand wieder im Haus. Herbie stieg die Stufen zur Straße hinauf und grübelte darüber nach, was an den Informationen ›Hinterlassenschaft‹, ›Schrott‹, ›Waffen‹ und ›Geld‹ wohl Geheimnisvolles sein konnte. Aber er kam zu keinem Ergebnis.

Enttäuscht?

»Nicht richtig, Julius. Nicht richtig. Im Grunde genommen habe ich nichts anderes erwartet.«

Er hielt für einen Augenblick inne und blickte die Straße hinunter.

Was ist? Eine Fata Morgana?

»So ähnlich«, sagte Herbie und schloß den Wagen auf, den er zehn Minuten zuvor sorgfältig abgeschlossen hatte. »Ich habe für einen Moment geglaubt, ich hätte Streckers Wagen da unten an der Kurve gesehen.«

Der würde uns jetzt gerade noch fehlen.

»Allerdings!«

*

Sie saßen in Herbies Nobelappartement, spielten mit graublauen Banknoten herum und machten sich über nigerianisches Sokoyokoto her, das ungemein lecker und sättigend war und aus Spinat, Räucherfisch und Reis bestand. Herbie hatte mit Freude auf das Mittagessen verzichtet, als Rufus sich, Fritz und die afrikanischen Köstlichkeiten telefonisch angekündigt hatte.

»Sokoyokoto bedeutet bei uns: Das Blatt, das Ehemann macht glücklich. Heißt soviel wie: Macht dick. Kriegt man leider hier kein Fisch, der so ähnlich schmeck wie unser Fisch. Aber Hering geräuchert isse auch gut.«

»Schmeckt Wein dazu?« wollte Fritz wissen.

»Klar!« Rufus nickte und ahnte offensichtlich, was Fritz im Schilde führte.

»Ich habe irrsinnige Lust, diesem Armleuchter Faßbender noch ein wenig Schaden zuzufügen. Ich weiß, wo der Schlüssel zu seinem Allerheiligsten hängt.« Sie schmunzelte schelmisch, und Herbie fand, daß das einen Hauch von Charme auf ihre herben Gesichtszüge zauberte.

»Ein Château Iqem 1926 wäre der richtige«, feixte er.

Du hast im Nu gelernt, die wirklich kostbaren Dinge des Lebens zu schätzen. Ich hoffe, du wünschst ihn dir nicht, um einen Glühwein daraus zu brauen. Wäre dir zuzutrauen!

Fritz huschte aus dem Zimmer und eilte den Flur entlang, wobei sie sorgfältig darauf achtete, daß niemand bemerkte, daß sie sich in Herbies Zimmer aufgehalten hatte. Sie kannte den Weg genau, den sie nehmen mußte, um in Faßbenders Büro zu kommen. Dort pflegte er, an einem Schlüsselbrett in der angrenzenden Teeküche seine Schlüssel aufzubewahren. Als sie in das Vorzimmer des Büros kam, in dem am Vormittag Frau Drossel das Regiment führte, war dort alles totenstill. Sie schlich durch den Raum und öffnete zielstrebig die kleine Türe zur Teeküche. Dort fand sie, wie erwartet, die Schlüssel zu den Weinkellern. Es klimperte leise, als sie sie in der Hosentasche verschwinden ließ. Sie hatte gerade das Licht in der fensterlosen Teeküche wieder gelöscht und steuerte auf die Türe zum Flur zu, als sie plötzlich kräftige Schritte von draußen vernahm. Sie kamen direkt auf die Türe zu.

Rasch flüchtete sie hinter den großen Aktenschrank, der ihr gerade ausreichend Deckung bot.

Dann flog polternd die Türe auf, und Faßbender schoß herein. Er durchquerte den Raum mit großen, eiligen Schritten und stürmte in sein Büro. Hinter sich warf er donnernd die Türe ins Schloß. Fritz atmete erleichtert auf und beeilte sich, aus ihrem Versteck zur Türe zu gelangen. Sie hatte gerade den Fuß auf die Schwelle gesetzt, als sie innehielt.

Aus Faßbenders Büro drang eine Stimme. Der Hoteldirektor war alleine hineingegangen, und doch war da jetzt eine andere Stimme. Rauh und mürbe klang sie durch die Türe und irgendwie blechern. Fritz erkannte diese Stimme auf Anhieb. Sie hatten sie am Vortag aus dem Cassettenrecorder von Herbies Auto gehört, und Fritz war sie schon seit längerem bekannt. Es war die Stimme vom Raben-Päul!

Wenn sie nicht alles täuschte, war Faßbender offensichtlich im Besitz der Cassette.

Auf Zehenspitzen wandte sich Fritz wieder um und pirschte sich zur Bürotüre vor, um zu verstehen, was der Alte da auf Band geschwafelt hatte. Sie bekam jedoch nur noch die letzten Sätze mit: »Dat Roland die treibende Kraft jewesen is, die misch damals mitjerissen hat, bedeutet net, dat ich net jenauso schuldig war wie er.« Es entstand eine kurze Pause, in der Päul tief atmete und nachzudenken schien. »Un weil isch mein janzes Leben lang zu feige war, die Jeschichte zuzujeben, wünsch isch mir wenistens, dat nach meinem Tod jeder erfährt, wat damals passiert is. Deshalb die Cassette. Ich hab et jestern jebeichtet un die Absolution bekommen. Aber in de Himmel komm isch bestimp trotzdem net mehr.«

Dann brach die Aufnahme ab, und das klassische Stück, das offensichtlich damit überspielt worden war, ging weiter. Fritz hörte ein deutliches Seufzen von Roland Faßbender. Sie beeilte sich hinauszukommen.

Auf dem Flur blickte sie sich gehetzt um und lief dann den Gang entlang. Diese Nachricht würde bei ihrem Hobbydetektiv Herbie einschlagen wie eine Bombe! Sie bremste ihren Elan und überlegte, daß es jetzt erst recht an der Zeit war, eine Flasche Wein zu köpfen.

*

Ein lautes Niesen kündigte Helmut Strecker an. Er blickte sich erschrocken nach hinten um. Niemand hatte ihn bemerkt. War das nicht diese häßliche Komplizin Feldmanns gewesen, die da gerade aus der Türe mit der Aufschrift ›Privat‹ herausgeschlichen war? Er beschloß, sich an ihre Fersen zu heften. Wieder einmal hatte er Feldmann aus den Augen verloren. Sie konnte ihn unter Umständen zu ihm führen.

Ihre hektischen Bewegungen und ihre panischen Blicke, die sie alle paar Schritte um sich warf, signalisierten ihm, daß sie ganz offensichtlich etwas zu verbergen hatte.

Es ging in den Keller, und Strecker beschlich eine hoffnungsvolle Ahnung: Hatten sie in den Kellergewölben möglicherweise den Hund versteckt, nachdem sie ihn aus der Hütte herausgeholt hatten? Strecker witterte Morgenluft.

In sicherem Abstand folgte er der schlaksigen Gestalt die Treppen hinunter. Es wurde kühler. Der Weg führte durch mehrere Türen, die jedes Mal mit rasselndem Schlüsselbund geöffnet wurden. Und schließlich erspähte Strecker einen Weinkeller. Zuerst war er enttäuscht. Sollte sie hier unten wirklich nur eine Flasche Wein besorgen wollen? Aber dann machte sie sich an einer weiteren Türe zu schaffen. Dahinter war vielleicht der Hund verborgen! Aufmerksam wartete er auf irgendwelche Laute, die seine Theorie untermauern könnten. Aber es blieb still. Neugierig näherte Strecker sich der Türe. Fehlanzeige. Auch hier war nur ein Weinkeller.

Als er Fritz nicht direkt entdeckte, huschte er mutig die Steinstufen hinunter, um nach einer weiterführenden Türe zu suchen, aber in dem Moment, in dem er das erste Flaschenregal erreichte, erschien auch Fritz wieder auf der Bildfläche. Strecker preßte sich mit dem Rücken an ein Regal. Die Flaschenhälse bohrten sich kühl und hart in seine Rückenpartie.

Noch bevor er etwas unternehmen konnte, war Fritz die Stufen wieder hinaufgestapft, versonnen das Etikett der Flasche betrachtend, die sie in Händen hielt. Dann wurde das Licht gelöscht, die Türe verschlossen, und das Klimpern des Schlüsselbundes war das letzte, was Strecker für längere Zeit hörte.

Nach wenigen Minuten angestrengten Lauschens in der Finsternis kam er zu der Überzeugung, daß das Gangstertrio ihn eiskalt abserviert hatte. So eiskalt wie ... Seine Hand glitt über einen Flaschenrücken. Angeekelt zog er sie zurück. Staub!

In diesem Moment erkannte er einen schwachen Lichtschein in der totalen Finsternis. Am anderen Ende des Kellers schimmerte ein mattes, bläuliches Leuchten etwa in Deckenhöhe an der Wand. Ein Fenster? Eine Luke in die Freiheit?

Er tastete sich hinüber und stieß dabei etliche Male gegen die ein oder andere Kiste und das ein oder andere Regal. Das Festhalten und Reiben der schmerzenden Körperstellen wurde dabei vom klirrenden Zerschmettern diverser Weinflaschen begleitet.

Schließlich erreichte er das Licht und stellte fest, daß es sich hier in der Tat um einen Kellerschacht handelte, an dessen oberem Ende eine Metallplatte angebracht war, die mit etwa zwanzig zehnpfenniggroßen Löchern perforiert war.

Die Höhe war ein Problem. Strecker fischte ein Feuerzeug aus seiner Hosentasche. Wie gut, daß er gewappnet war.

Er ließ die kleine Flamme aufflackern und beleuchtete mit ihrem Schein zunächst die Luke, die tatsächlich einen Griff hatte, der anscheinend zu öffnen war, und dann eine Holzkiste, deren Aufschrift zufolge Flaschen der Marke ›Kidricher Gräfenberg 1996, Robert Weil‹ darin schlummerten. Sie sah stabil genug aus. Er schob sie unter die Luke, stieg darauf und bemerkte verunsichert ein gefährliches Knarren der Holzbretter unter seinen Füßen. Dann folgte ein Knistern, und schließlich zerbarst die Kiste unter dem Gewicht des großen Mannes in tausend Einzelteile, Flaschenhälse wurden unter seinen Schuhen zermalmt, Splitter flogen durch die Gegend. Strecker trat auf einen glitschigen Korken, verlor den Halt, fuchtelte wild umher, um etwas in die Hände zu bekommen, das ihn vor dem Sturz bewahren konnte, und bekam das Regal zu fassen. Als er sich daran klammerte, merkte er, daß sein Körpergewicht zu groß war, und mit geradezu alberner Langsamkeit kippte das Regal, entledigte sich all seiner kostbaren Flaschen und riß bei seinem Sturz nach Art des Domino-Prinzips ein zweites und ein drittes Weinregal ebenfalls mit zu Boden.

*

Als Fritz die Botschaft überbrachte, war Herbie nicht mehr nach Wein zumute. Er trank nur hastig ein paar Schlucke, betrachtete das Etikett und murmelte beiläufig: »Nicht übel. Aber sechstausend Kröten halte ich für zart überschätzt.«

»Es war total gruselig, als Päuls Stimme plötzlich durch die Tür drang«, sagte Fritz eifrig. »Es war beinahe so, als könnte ich die Türe öffnen, und er säße da.«

»Er hat gebeichtet«, murmelte Herbie. »Das war es also, was den Pastor das Leben gekostet hat. Er wußte zuviel. Da war zwar das Beichtgeheimnis, aber dann machte er sich auf die Suche nach der Cassette, und die hätte es ihm ermöglicht, das Ganze öffentlich zu machen, ohne daß er eben dieses Beichtgeheimnis brach.«

Fritz wedelte gedankenverloren mit einem Bündel Banknoten hin und her. »Wieso hat Faßbender dich nicht kaltgemacht? Er hätte auf dem Schlösserhof bei deinem Schädel nur fester zuschlagen müssen.«

Er mußte sich zu sehr konzentrieren, nicht ins Leere zu treffen.

Herbie winkte ab. »Er hatte keinen Grund, mich zu töten. Schließlich war der Pastor der Informant, mit dessen Hilfe ich unter Umständen alles erfahren hätte. Das Treffen hat er geschickt verhindert. Wieso sollte er sich noch einen Mord aufbürden? Was ich vielmehr nicht verstehe, ist: Weshalb behandelt er mich hier immer noch wie den Prince of Wales?« Er drehte sich einmal komplett in seiner fürstlichen Suite um die eigene Achse.

»Muß doch weitemache wie bisher«, schloß Rufus messerscharf. »Dad wär doch auffällig, wenne jetz plötzlich so tut, als weiß er genau, was du suchs. Vielleich denkt er imme noch, dassu reiche Mann bis.«

Herbie betrachtete versonnen das Geld. »Ach, wenn es doch wenigstens zum Teil stimmen würde«, seufzte er. »Ich hätte Rosis Auto kaufen können. Zwei Jahre TÜV. Gestern frisch aus der Werkstatt. Rosi wäre bestimmt froh.«

Rosi wäre vor allen Dingen froh, wenn sie dich heute abend in Pömps auf der Bühne sehen könnte.

»Ach ja!« Herbie sah auf die Uhr, hinter deren Glas immer noch leichte Milchschlieren erkennbar waren. »Die Generalprobe!« Er hatte Julius bereits mehrere Male verflucht und übel beschimpft, weil dieser ihn dazu gedrängt hatte, diese blödsinnige Rolle als tote Krankenschwester anzunehmen. Er holte seine Wildlederschuhe aus dem Badezimmer, wo er sie mit Hilfe des Föns mittlerweile halbwegs trocken bekommen hatte. Der Wildlederoberfläche war das Milchbad nicht eben zuträglich gewesen, und darüber hinaus sorgte es im nachhinein für eine leicht säuerliche Duftnote. Als Herbie hineinstieg, knisterten sie trocken. »Und sonst ist alles in Ordnung? Ihr wißt Bescheid?«

»Jawohl, Sir!« salutierte Fritz. »Als erstes werden wir gleich unsere Sachen packen. Und dann machen wir Dienst wie üblich. Vielleicht schneien wir zwischendurch mal bei der Probe rein.«

Rufus sah auf die Karte. »Der Plass is gut gewählt. Isse nur paa Kilometer bis zu Autobahn.«

»Ich denke, daß es Köbes ein Vergnügen sein wird, euch sein Auto für die Fahrt zum Flughafen zur Verfügung zu stellen. Habt ihr die Tickets?« fragte Herbie. Die Situation hatte etwas Generalstabsmäßiges. Die beiden nickten eifrig.

Jetzt fehlt nur noch der Uhrenvergleich.

»Uhrenvergleich«, ordnete Herbie an und blickte erneut auf die Zeiger seiner Tchibo-Uhr.

»Uhrenvergleich?« Fritz und Rufus sahen ihn skeptisch an.

»Kleiner Scherz.«

Sie räumten das Geld in den Koffer zurück. Gemeinsam waren sie übereingekommen, daß es zwar weitaus bequemer wäre, wenn Fritz und Rufus es sofort behielten, aber daß es sicherer war, auch bei diesem Teil des abendlichen Austauschs so authentisch wie möglich vorzugehen.

Fritz steckte das Köfferchen in eine Plastiktüte, und Rufus

nahm die Schüsseln und Teller. Bevor sie zu dritt das Zimmer verließen, hielt Herbie für einen Moment inne.

»Wißt ihr ... ich kenne euch zwar erst seit zwei Tagen, aber ... schade, daß ihr weggeht.«

Fritz hatte plötzlich sichtlich mit der Rührung zu kämpfen, die sie zu übermannen drohte. Mit einem Mal umarmte sie Herbie wild, was besonders komisch aussah, weil sie beinahe zwei Kopf größer war als er. »Du hast uns so sehr geholfen. Ich habe nicht die geringste Ahnung, wie wir dir das jemals wieder gutmachen sollen.«

Herbie winkte ab. »Ihr habt mir auf die richtige Fährte geholfen, was Rosis Mörder betrifft.«

»Was wirs du wegen Faßbender mache?« fragte Rufus, der Herbie ebenfalls herzlich die Hand drückte.

»Laßt das mal meine Sorge sein. Zuerst bringen wir die Lösegeldsache über die Bühne, und dann werden wir sehen.«

»Hoffentlich sitzt deine Perücke!« sagte Fritz lachend und zeigte Herbie den hochgestreckten Daumen. Dann verschwanden sie und Rufus im Dienstbotentrakt.

»Ein feiner Kerl«, murmelte Fritz, und Rufus nickte zustimmend. In seinen Händen klapperte das Geschirr.

Als sie sich an der Nottreppe verabschiedeten, sagte Fritz mit nachdenklicher Miene: »Ich möchte zu gerne wissen, was wir tun könnten, um uns zu bedanken.« »Uns wird was einfallen«, sagte Rufus, gab ihr einen schmatzenden Kuß und stieg die Treppe hinunter. Fritz verharrte in ihrer nachdenklichen Haltung. Was war da nur zu tun? Sie dachte an Geld, dachte an Rosis Auto, und plötzlich kam ihr ein Gedanke. Ein Gedanke, der sie zuerst versonnen lächeln ließ, der aber plötzlich eine Art wissendes Entsetzen auf ihre harten Gesichtszüge malte. Sie erkannte plötzlich Dinge, die sie bisher vollkommen außer acht gelassen hatten, und mit einem Mal war ihre Idee perfekt. »Oh ja, Herbie Feldmann. Ich weiß jetzt, wie wir dir eine kleine Freude bereiten können!«

Fünfzehntes Kapitel

Seine Finger fuhren durch sanft gewelltes Haar, das nicht einfach nur blond war, sondern eher mit der appetitlichen Färbung einer Karamelcreme oder dem sanften Farbton einer Sanddüne verglichen werden konnte. Sachte teilten die zärtlichen Finger die üppigen Locken und folgten ihrem Verlauf bis zu den Rundungen der Schulter.

Herbie blickte in den Spiegel und zupfte sich ein paar Strähnen aus der Stirne. »Ich weiß nicht …«

Du siehst zum Anbeißen aus, mein Schatz! Ich bin sicher: Du würdest dich auf der Stelle unsterblich in dich verlieben, wenn du dir begegnen würdest. Die Frage wäre dann nur: Geht ihr in deine Wohnung oder in deine?

Der Regisseur betrat den kleinen Nebenraum, der zur Künstlergarderobe umfunktioniert worden war, und schlug verzückt die Hände zusammen. »Ich bin begeistert!« Lachend klopfte er Herbie auf die Schulter. »Du bist eine erstklassige Blondine.«

Und so klug!

»Ich finde, ich könnte ein wenig Rouge vertragen.«

»Nicht zur Generalprobe. Das brauchst du erst bei der Aufführung. Es sei denn, du stehst drauf.«

»Hier waren doch irgendwo meine Gesundheitsschuhe«, zeterte Catrin, die ebenfalls im weißen Kittel steckte. »In diesem ganzen Tohuwabohu findet man nichts mehr!« Wütend wirbelte sie einen Berg abgelegter Klamotten durch die Luft. »Frau Doktor in Lederstiefeln. Na super!«

Jetzt rauschte auch Thorben herein und verkündete stolz: »Ich glaube, ich kann jetzt meinen Text ein bißchen!«

»Das war deine letzte Hauptrolle, mein Lieber! Diesen Nervenkrieg mache ich nicht mehr mit.« Der Regisseur fuchtelte wild in der Luft herum. »Und überhaupt ist es das letzte Mal, daß ich die Generalprobe ein paar Stunden vor der Premiere durchziehe. Wo ist mein Textheft? Haffner!« Brüllend verschwand er wieder im Saal.

»Durchziehen!« Jacqueline, die sich an ihm vorbei in den Raum schob, lachte verächtlich. »Das schaffen wir doch gar nicht mehr bis sieben!«

»Wir fangen an«, erscholl die Stimme des Regisseurs.

Hals und Beinbruch! Oder wie heißt es unter Schauspielern?

Nervös wackelte Herbie auf seinen hochhackigen Schuhen zur Bühne. Als er die Bretter betrat, die angeblich die Welt bedeuteten, knickte er sofort mit dem Fuß um.

Ein gutes Vorzeichen. A star is born!

»So, Herbie«, rief der Regisseur. »Jetzt leg dich mal bitte ganz ruhig da vorne hin!«

*

Rufus klopfte zaghaft an die Zimmertüre von Fritz. Er war vollkommen überrascht, als ihre Kollegin Gertrud zu ihm in die Küche gekommen war, um zu fragen, wo Fritz denn bloß steckte. Rufus war gerade damit beschäftigt, das Abendessen vorzubereiten. Während er die Lachsmousse schaumig schlug, mußte er ununterbrochen an seine Heimat denken. Er dachte an Fritz und an den Flug und an das, was sie vorher noch hinter sich bringen mußten.

Als Gertrud in die Küche gestürmt kam, wußte er wirklich nicht, was er denken sollte. Wieso hatte sich Fritz nicht an die Abmachung gehalten und am Nachmittag ihren Dienst nach Vorschrift abgeleistet? Wo steckte sie nur?

In ihrem Zimmer stand ein großer, fertig gepackter Koffer. Das beruhigte ihn. Ihre Pläne waren also anscheinend noch immer unumstößlich.

Dann fand er den Zettel auf ihrem Nachttisch.

›Will noch rasch etwas Wichtiges erledigen. Bin rechtzeitig zurück. Nichts Herbie sagen! Fritz‹

Was hatte das zu bedeuten? Rufus ließ den Koffer aufschnappen. Im Inneren fand er ihre Kleidung. Zusammengelegt und keinesfalls säuberlich gefaltet. So, wie es nun mal eben ihre Art war. Dann erinnerte er sich an eine Diskussion, die sie vor ein paar Tagen hatten, als es um die Reisevorbereitungen gegangen war. Er hatte gesagt: »Du kanns das nich mitnehmen. Denk an de Flughafen. Die leuchten doch alles durch.« Fritz hatte das eingesehen und beschlossen, es einfach vor der Abreise in der untersten Schrankschublade zu verstecken, so daß es eine Weile dauern würde, bis es jemand fand. Und wenn sie dann erst einmal in Nigeria waren, würde sowieso kein Hahn danach krähen.

Rufus ging zum Kleiderschrank und öffnete die unterste Schublade. Sie war leer.

Er zog nacheinander die anderen drei Schubladen auf, öffnete die Türen der Schrankfächer und tastete mit den schwarzen Händen oben auf dem Schrank herum. Alles war leer. Die gesamte Habe von Fritz steckte in diesem schwarzen Koffer und war bereit für die große Reise.

Beunruhigt machte er sich daran, den Koffer zu durchsuchen, aber auch hier wurde er nicht fündig. Er schluckte und begegnete seinem Blick im Spiegel. Über den blitzenden Augen hatte er die Stirne besorgt in Falten gelegt. Rufus bekam Angst.

Rasch klappte er den Koffer wieder zu und verließ das Zimmer.

Dann stürzte er die Feuertreppe hinunter und eilte einen kleinen, fensterlosen Gang entlang, der in das rückwärtige Foyer mündete. Zwei Akteure waren gerade dabei, mit einem Tisch und zwei Stühlen eine provisorische Theaterkasse zu errichten.

Rufus stürzte an ihnen vorbei in den Saal hinein. Auf der Bühne kämpfte ein junger Mann mit seinem Text. »Nein, nein, Kim, das will ich nachher ein bißchen deutlicher!« lamentierte der Regisseur.

»Ja, wenn der Haffner nicht ordentlich souffliert …«

»Haffner!«

Rufus unterbrach zwei junge Aktricen bei ihrem Geplauder und fragte nach Herbie. »Der ist hinten, mit Steffi in der Maske.« Rufus ging in die ihm gewiesene Richtung, während der Regisseur die beiden anschnauzte: »Kristina, Manuela, wenn ihr euch nicht bald umzieht, kriege ich einen Blutrausch! Wo ist Andrea? Und Kim!«

»Hier, auf der Bühne!«

»Nicht *der* Kim ... *die* Kim! Ihr macht mich wahnsinnig!«

Herbie war tatsächlich im Umkleideraum. Rufus winkte ihm aufgeregt. Als Herbie ihn bemerkte, unterbrach er seine Unterhaltung und kam auf ihn zu. »Rufus, lach jetzt bitte nicht! Ich weiß, daß diese Ohrringe total behämmert aussehen, aber nachher mit der Perücke ist es ganz okay.«

Du willst ja nur wieder süße Komplimente einheimsen.

»Klasse, Herbie, echt groß Klasse. Aber weiß du, wo Fritz is?«

»Fritz? Ich denke, die arbeitet noch.«

»Eben nicht!« Der Schwarze rang verzweifelt die Hände.

»Mach dir keine Sorgen! Fritz wird schon rechtzeitig wieder da sein. Vielleicht will sie noch etwas besorgen. Schließlich verläßt sie auf unbestimmte Zeit ihr Heimatland. Vergiß das nicht!«

Wie steht's mit dir? Was wolltest du unbedingt noch machen, bevor du dich auf der Flucht vor deiner Tante nach Papua-Neuguinea absetzt? Einmal die heilige Johanna von Orleans spielen?

»Stimmt natürlich. Du has ja recht.« Rufus zeigte ihm den Zettel. »Aber was mich wirklich nervös macht ... Fritz hat die Pistole mit!«

»Pistole?« Herbie glaubte, nicht richtig gehört zu haben. »Fritz hat eine Pistole?«

Rufus nickte. »Als de alte Päul gestorben is, hat se sich die geholt. Sechs Millimeter Walter. Päul hat de Tiere damit geschossen, die er in de Falle hatte. Füchse ... Raubtiere.«

»Und die ist jetzt weg?«

Rufus ließ das Kinn wieder energisch hoch und runter tanzen.

»Worüber habt ihr denn zuletzt gesprochen, bevor ihr euch heute nachmittag getrennt habt?«

»Fritz wollte dir so gern Freude mache. So hat se gesagt. Vielleich kam ihr de Auto von Rosi in de Sinn.«

»Rosis Auto?« Herbie spielte nachdenklich mit den blaßlila Ohrringen, die an seinen Ohrläppchen baumelten. »Moment mal!« Er hatte es plötzlich sehr eilig, zu Catrin zu kommen. Sie saß gerade mit Nora und Maso zusammen an der Fensterfront und repetierte ein letztes Mal ihren Text. »Catrin, wann, sagtest du, hat Rosi dich mit ihrem Auto nach Münstereifel gefahren?«

»Vor vier Tagen. Am Abend, bevor sie starb. Wieso?«

»Und es war ganz sicher ihr eigenes Auto?«

Verwundert nickte Catrin und sah erst die anderen beiden und dann wieder Herbie an.

Herbie drehte sich ruckartig um, faßte Rufus beim Arm und stapfte quer durch den Raum zum Ausgang. Als er Haffner fand, zog er auch diesen mit sich. »Haffner«, sagte er ernst, »ich brauche deine Hilfe.«

*

Während sie mit dem Auto durch Buchscheid kurvten, berichtete Herbie dem staunenden Rufus, was ihm von einer Sekunde auf die andere wie ein Sturm der Erkenntnis durchs Hirn gefegt war:

»Fritz hat alles durchschaut. Sie war die erste, die gemerkt hat, daß da etwas nicht stimmt. Ein cleveres Mädchen! Wirklich absolut clever!«

Rufus knabberte an den Fingernägeln. »Hoffentlich passiert ihr nix. Weiß du, Herbie, Fritz is nich schön. Fritz is auch nich schön bei uns zu Haus in Nigeria. Aber Fritz is da unheimlich schön.« Er klopfte sich an die Brust. »Ich brauch Fritz so sehr. Verstehs?«

Herbie nickte ernst. »Fritz wird nichts passieren! Ich habe zwar den Eindruck, daß sie sich da gerade auf etwas sehr Gefährliches einläßt, aber ich bin mir sicher, daß alles gut ausgeht.«

Du kannst mich totschlagen, aber ich habe keinen blassen Schimmer, worum es sich drehen könnte. Muß ich einen schriftlichen Antrag auf Erleuchtung stellen, oder weihst du mich freiwillig ein?

»Als ich Richard nach all der Zeit wiedergetroffen habe, haben wir uns ein Taxi genommen. Gemeinsam. Wir fuhren von Euskirchen nach Bad Münstereifel, und er fuhr von dort aus weiter nach Buchscheid. Es war eins von diesen englischen Gefährten. Diese aufsehenerregenden, weißen, weißt du, welche ich meine?«

Rufus wußte Bescheid. »Hab ich schon gesehn.«

Auch Julius nickte. *Ich war mit an Bord. Schon verdrängt?*

»Siehst du. Und Richard hatte es doch noch nie gesehen, weißt du? Die gibt es erst seit einem Jahr, und Richard war zwei Jahre weg.« Er fuhr an der Kirche vorbei. Seine Fahrerei führte sie scheinbar vollkommen ziel- und planlos durch den kleinen Ort Buchscheid. »Zweitens: Catrin von der Theatergruppe behauptet, Rosi habe sie am Vorabend ihrer Ermordung in ihrem roten Golf mitgenommen. Richard sagt aber, er habe das Auto aus der Reparatur in Euskirchen abholen müssen. Neuer TÜV und jede Menge Reparaturen. Merkst du was?«

Rufus blickte immer noch sehr skeptisch. »Nich so ganz ...«

»Verstehst du nicht? Richard hat nicht mal mit der Wimper gezuckt, als wir dieses Taxi bestiegen. Das bedeutet, er hatte eines dieser Taxis schon vorher gesehen. Und Rosis Auto war natürlich nicht in der Reparatur! Ich verwette mein ... ja, ich weiß eigentlich gar nicht, was ich verwetten könnte. Auf jeden Fall möchte ich wetten, daß der Mörder nach seiner Tat mit dem Auto vom Steinbruch nach Euskirchen geflohen ist und es da hat stehenlassen. Wir müssen diesen Anhalter finden, der immer am Ortsschild wartet. Es könnte sein, daß wir ganz großes Glück haben und daß er uns etwas erzählen kann, was niemand anderen interessiert und wonach niemand fragt. Und wir wissen dann alles!«

Rufus begriff immer noch nicht. »Aber warum sollte de Richard lügen?«

Herbie sah ihn verblüfft an. »Aber verstehst du denn nicht? Richard lügt, weil er es getan hat!«

Richard Kley? Warum in aller Welt sollte er es gewesen sein?

Sie erreichten wieder die Hauptstraße auf der Höhe der Kneipe ›Zum Ruppertsnück‹. »So hat das keinen Zweck. Da suchen wir ja, bis wir schwarz werden!« Er stellte den Wagen am Straßenrand ab und erklärte Rufus, er sei gleich wieder zurück. Dann stieg er aus und stapfte entschlossen auf die Kneipe zu.

Richtig so! Trink ein Gläschen Bier, und kühle dich ab!

»Ich habe jetzt keine Zeit für Bier!«

Oho, du hast es eilig. Ich bezweifle aber, daß du hier in Buchscheids Kneipe die passenden Burschen findest, die du mit deinem schnuckeligen Ohrring abschleppen kannst.

Im letzten Moment, bevor er die Kneipentüre öffnete, zupfte er sich den zweiten Ohrring, den er vergessen hatte auszuziehen, vom Ohrläppchen.

In der Kneipe erklärte ihm ein Bauarbeiter, der damit beschäftigt war, seine Feierabendration Bier und Korn zu vertilgen, wie er zu Feuser-Hännes gelangte, der im Oberdorf bei seiner Mutter lebte.

»Auf zum Feuser-Hännes!« rief Herbie schwungvoll, als er die Kneipe verließ und wieder ins Auto sprang. Es dämmerte bereits, und Herbie schaltete das Licht an. Mit volltönenden Fehlzündungen fuhr er an und brauste die Hauptstraße entlang, die Steigung hinauf.

Das Haus von Mutter Feuser und ihrem Sohn war ein alter Backsteinbau, dessen Mauerfugen unbedingt eine Überarbeitung nötig hatten.

Feuser Castle. Scheint ja die beste Wohngegend Buchscheids zu sein. Julius rümpfte pikiert die Nase.

»Aber warum? Was hat de Richard davon?« hakte Rufus nach, als sie aus dem Auto stiegen. Herbie fand zwei blanke Metalldrähtchen, die offensichtlich den Klingelknopf ersetzen sollten. Er klingelte, indem er sie aneinanderführte. Ein weißblaues Blitzen und der Duft von Verschmortem begleiteten das Klingelgeräusch.

»Er hat von Rosi schon am Telefon erfahren, daß Päul und Faßbender in diese alte Geschichte verwickelt waren. Wahrscheinlich auch alles über die Cassette. Das war das, was Rosi als ›schwere Gewissenslast‹ bezeichnete, die Richard ihr abnehmen würde. Er wird ihr gesagt haben: ›Warte, bis ich da bin. Unternimm nichts! Ich regle das.‹ Ja, so wird es gewesen sein!«

Julius hatte keine Skrupel, seinem Begleiter ein schlechtes Gewissen einzureden: *Hättest du dein Köpfchen ein wenig früher angestrengt, bräuchtet ihr euch jetzt keine Sorgen um die verlorene Schönheitskönigin zu machen.*

Was jetzt die Türe öffnete, schien ihn zu beeindrucken. *Oh, die ist aber auch nicht ohne. Mal salopp ausgedrückt.*

Eine fette, alte Frau öffnete die Türe. Herbie tippte auf irgendein Alter zwischen achtzig und neunzig. Ihr Gesicht war trotz ihrer Fülle von Knittern und Falten zerfurcht wie ein Rübenacker. Ihr hellgraues Haar war teils zum Dutt geknotet, und andernteils umkränzte es wirr und strähnig ihren breiten Schädel. »Jaaaa?« raunzte sie breit. Aus ihrem Hausflur drang ein penetranter Geruch von Blumenkohl und abgestandenem Zigarettenrauch.

»Guten Tag, Frau Feuser.« Herbie bemühte sich um ein Mindestmaß an Charme, was ihm deutlich schwerfiel. »Ist Ihr Sohn vielleicht da?«

»Welcher?«

»Oh, äh …«

»Dä Matthias, dä Pitter, dä Jäächt oder dä Oliver?«

»Der Hännes?«

»Ach, dä Johannes!« Sie drehte sich um, und Herbie entdeckte einen klaffenden Riß an der Seitenpartie ihres engen Jogginganzuges, der mit Sicherheitsnadeln notdürftig geflickt worden war. »Johannes!« Ihr rauhes Organ hätte ohne Mühe noch im Nachbarort zu hören sein können.

Julius hielt sich die Nase zu. *Keine Tochter im Haus? Kein Wunder, daß alles verlottert.*

Es dauerte eine Weile, bis ihr Sohn angewackelt kam. Er hustete gottserbärmlich, und bei näherer Betrachtung seiner bemerkenswert verwahrlosten Gestalt bedauerte es Herbie nicht, ihn am Vortag nicht mitgenommen zu haben.

»Häste im Lotto jewonne, oder wat wollen die höck all vun dir?«

»War schon eine hier?« entfuhr es dem aufgeregten Rufus, und die verkommene Alte musterte den Farbigen unverhohlen. »Du bis jedenfalls de erste Nejer für höck. Hammer dann at de Hillije drei Könije, oder wat? Wo is dann dä Melchior?« Sie lachte heiser und dröhnend.

Julius lachte ebenfalls. Herbie beschloß, ihn bei passender Gelegenheit darauf anzusprechen.

»Da hat eben schon en Frau anjerufen«, sagte ihr Sohn trübe. »Die hat misch nach enem Auto jefracht.«

Herbie trat ungeduldig von einem Fuß auf den anderen. »Und? Konnten Sie ihr weiterhelfen?«

Der Gesichtsausdruck des fetten, alten Kerls wurde beinahe noch ein bißchen blöder als zuvor. »Wieso weiterhelfen? Ach, Sie meinen, ob ich dat Auto mit dem Mann jesehen hab.«

»Ganz genau!« Rufus verdrehte die Augen.

»Hab isch.«

»Welches?«

»Wieso welches?« Er wurde trotzig.

»Wir würden gerne wissen, was Sie der jungen Dame eben am Telefon erzählt haben.«

»Wat jeht Sie denn dat an?«

Dann packte Rufus den Alten am Kragen und näherte sich seinem Gesicht auf zwei Zentimeter. »Hör gut zu, Kerl! Wenn du jetz nich auspacks, dann hol ich Medizinmann von meine Stamm, und dann geht dir un deine Brüder un Mama ganz schlecht.« Seine Augen funkelten gefährlich.

Voller Panik schlug die Alte ein Kreuzzeichen und begann,

auf der Stelle in ein »Oh Jesses, oh Jesses, oh Jesses ...« auszubrechen.

Ihr Sohn beeilte sich plötzlich wiederzugeben, was er Fritz am Telefon erzählt hatte. Er erklärte, immer noch schwerfällig, aber bereitwilliger als vorher, daß er Fritz bestätigt hatte, daß er am Vormittag von Rosis Todestag ihr Auto aus Buchscheid in Richtung Münstereifel hatte davonfahren sehen. Oder in Richtung Euskirchen. Je nachdem. Nein, Rosi habe nicht hinterm Lenkrad gesessen. Es sei ein Mann gewesen. Einer mit roter Jacke und einer Kappe, die er tief in die Stirne gezogen hatte. Mehr wisse er nun beim besten Willen auch nicht.

»Und vielleicht auch ein Taxi?« hakte Herbie nach. »So ein altmodisches, weißes. Mit viel Reklame auf den Seiten.«

»Ach, en Taxi war dat ... isch hab misch schon jefracht ... dat war aber vorher. Fuhr auch in Richtung Euskirchen weg.«

Rufus und Herbie blickten sich an. Zustimmung und wachsende Beunruhigung mischten sich in ihrem Blick. Rufus ließ Hännes los, der sich sofort zwei Schritt in den Schutz des heimischen Hausflurs flüchtete.

Als sie zum Auto zurückliefen, begann Rufus, laut irgendeinen Sermon in seiner Heimatsprache zu intonieren. Es klang wie eine nichtendenwollende Verwünschung oder ein böser Voodoofluch, den er auf das Haus der Feusers legte. Seine Stimme schwoll an und ließ die beiden jämmerlichen Gestalten in ihrem Hauseingang erzittern.

Als sie die Autotüren schlossen, sah Herbie seinen schwarzen Begleiter fragend an.

»Kochrezepte«, grinste Rufus.

»So einfach ist das: Dieser Mistkerl ist schon früher in Köln gelandet und war auch schon am Morgen in Buchscheid. Nach Rosis Tod wäre es töricht gewesen, ein Taxi zu bestellen. Also nimmt er ihr Auto und begibt sich nach Euskirchen, um am späten Abend dann anscheinend nichts ahnend wieder aufzutauchen und die schreckliche Nachricht entgegenzunehmen. Wie simpel. Leicht nachprüfbar. Die Passagierlisten des Flughafens, Leute, die ihn in Euskirchen gesehen haben. Und doch kommt keiner drauf, weil keiner einen Mord vermutet.«

Außer dir, formulierte Julius betont beiläufig.

»Außer dir!« sagte Rufus voller Anerkennung.

»Auf zu Richard Kley!« Herbie ließ den Motor an.

Dann fuhren sie los, und Mutter und Sohn blickten angsterfüllt dem klapprigen Fahrzeug nach, das im Halbdunkel verschwand und dröhnende orientalische Musik absonderte.

Verrate mir doch mal, mein Bester, was deiner Meinung nach deinen Freund Richard bewogen hat, seine Frau wegen dieser Cassette zu töten? Julius schien immer noch gewisse Zweifel an Herbies Theorie zu hegen.

»Vermutlich hat Richard sich in den Kopf gesetzt, Faßbender zu erpressen. Die Tatsache, daß er die Cassette hat oder wahrscheinlich eher eine Kopie, spricht deutlich dafür. Der Mann hat Angst um seinen Ruf, um seinen Sitz im Stadtrat, um sein Hotel. Und der Mann ist steinreich. Da ist viel Geld zu holen. Und dann mußte Rosi sterben.«

»Wieso denn am Steinbruch? Wieso haben sich die nich bei Rosi getroffen?« Rufus kämpfte mit dem Sicherheitsgurt.

»Ich denke, sie sind von der Hütte zum Steinbruch rüberspaziert. Das sind ja nur ein paar Minuten. Vielleicht haben sie sich da oben getroffen, weil Richard Scheu hatte, wieder so hopplahopp ins Dorf einzumarschieren, das er zwei Jahre zuvor fluchtartig verlassen hatte. Könnte doch sein. Vielleicht haben sie sich aber auch bei Rosi getroffen und sind hochgefahren. Das wird die Polizei bei dem entsprechenden Taxifahrer schon noch herausfinden.«

»Die Polizei?«

Herbie nickte. »Aber keine Sorge. Erst finden wir Fritz, und dann macht ihr euch aus dem Staub. Erst dann werde ich dafür sorgen, daß Richard seiner gerechten Strafe zugeführt wird.«

Julius' Kopf tauchte zwischen den beiden auf. *Ganz schön kaltblütig, seine Frau auf diese Art und Weise auszuradieren.*

»Das mit Rosi war ein Unglück. Ich bin mir sicher. Richard hat sie geliebt. Wenn ich mich anstrenge, kann ich die Szene regelrecht vor mir sehen: Richard und Rosi, die miteinander um die Cassette kämpfen. Rosi war zu ehrlich, um Richards Erpressertour mitzumachen. Das wurde ihr zum Verhängnis. Hätte sie doch nicht auf Richards Rat am Telefon gehört!«

Unterdessen hatten sie den Ortsrand von Buchscheid erreicht. Wie schon einige Male zuvor ließ Herbie den Wagen an der Straße vor Richards und Rosis Haus stehen und stieg die Stufen hinunter. Rufus folgte aufgeregt. Julius tönte schon an der Straße: *Spar dir den Weg! Der Vogel ist ausgeflogen.*

Er behielt recht. Im Inneren des Hauses war es stockfinster. Herbie machte ein paar unmotivierte Schritte um das Haus herum, und Rufus begutachtete die offenstehende, leere Garage. Der Abend senkte sich mit atemberaubender Geschwindigkeit über Buchscheid. Wind kam auf und zupfte an den restlichen dürren Blättern der Bäume. Herbie atmete tief ein.

Er spielte die ganze Geschichte noch einmal in groben Zügen durch und fand keinen Fehler darin. So, und nur so konnte es gewesen sein. Jetzt konnte er sich auch einen Reim darauf machen, warum er in der Nacht seines Milch-Abenteuers nicht getötet worden war. Vermutlich hatte er das einzig und allein der Tatsache zu verdanken, daß er einmal mit Richard Kley zusammen die Schulbank gedrückt hatte.

Eine gute Ausbildung verbindet eben, meinte Julius lapidar.

»Komm mal her!« ertönte Rufus' aufgeregte Stimme aus der Garage.

Als Herbie ihn fand, kniete er auf dem ölfleckigen Betonboden der Garage und weinte. Dicke Tränen rannen über die dunkle Haut seiner Wangen. Es sah aus wie schwarzer Lack. In seinen Händen hielt er ein kleines Schmuckstück, das aus Federn und Perlen zusammengesteckt war. »Das gehört mein Fritz«, schluchzte er. »Ich hab Angst. Was sollen wir nur tun?«

Julius stemmte verärgert die Hände in die Seiten. *Wenn dem Mädchen was passiert, hoffe ich, daß deine Tante einen bestech-*

lichen Maurer findet, der sich bereit erklärt, deine jämmerliche Gestalt in einem entlegenen Winkel ihres Kellers einzumauern. Ich werde bis zu deinem letzten Atemzug bei dir bleiben und mich daran ergötzen!

»Wir müssen los. Zuerst holen wir eure Sachen, das Geld und die Tickets. Wir sollten darauf achten, daß uns im Hotel keiner bemerkt. Ich kann mich irren, aber ich glaube, ich weiß, wo wir sie treffen werden.«

Sechzehntes Kapitel

Faßbender klimperte verheißungsvoll mit dem Schlüsselbund. »Ein seltsamer Mensch. In der Tat. Ich kann nur soviel sagen: Ganz große Familie aus dem Ruhrpott! Man sollte es nicht meinen, wenn man seine Schuhe sieht, aber er hat Stil und Klasse. Natürlich sehr exzentrisch, unser Herr Lohse. Jetzt hat er sich auch noch dieser komischen Laienspielgruppe angeschlossen, die gerade oben im Saal aufführt. Tststs. Gefällt er Ihnen, Frau Schütze-Appelbach?« Die sichtlich alkoholisierte Seminarmanagerin an seiner Seite kicherte enthemmt. »Ob Sie's glauben oder nicht, Direktorchen, ich finde ihn ganz schön putzig.«

Faßbender legte lüstern grinsend den Arm um ihre Hüfte. »Putzig kann ich auch sein, das dürfen Sie mir ruhig glauben.« Dann drehte er den Schlüssel im Schloß. »Jetzt zeige ich Ihnen mal etwas wirklich Beeindruckendes.« Seine Hand wanderte ihren Rücken hinunter zu ihrem Gesäß und drückte ihren Unterkörper unerwartet fest gegen den seinen. Dann öffnete er die Türe.

»Voilà!« Er schaltete das Licht ein.

Dann erschlaffte sein kraftvoller Griff, und er stieg langsam und fassungslos Stufe um Stufe in die jämmerlichen Reste seines ehemals so stolzen Weinkellers hinunter. Der ganze

Raum war ein einziger Scherbenhaufen. Der Steinfußboden war schwarz von der Nässe des versickernden Rebensafts. Regale lagen zertrümmert übereinander, und ein unüberschaubares Meer von Flaschenhälsen reckte sich dazwischen grünlich und zerborsten in die alkoholgeschwängerte Kellerluft.

»Iiiih, das ist ja alles Wein«, kiekste die Schütze-Appelbach, die hinter ihm die Treppe hinuntergestolpert war. »Ich mag gar keinen Wein.«

Faßbenders Augen wußten nicht, welchen Teil des Desasters sie zuerst durchmessen und vor welcher Katastrophe sie sich als nächstes verschließen sollten. Er wünschte sich, daß sich die bereits drängenden Tränen sofort Bahn brechen würden, aber seine Emotionen waren genauso gelähmt wie seine Arme, mit denen er dieser dämlich dreinblickenden Schnepfe jetzt am liebsten an die magere Gurgel gegangen wäre.

Strecker preschte aus seinem Versteck hinter einem Mauervorsprung hervor und raste die Treppe hinauf. Seine gesamte Kleidung war ein einziger Rotweinfleck. Splitter und Flaschenhälse hatten seine Hose zerrissen und zerfetzt, und ob ihm Blut oder Rotwein an Händen und Gesicht klebte, war nicht mehr auseinanderzuhalten.

Er hörte gerade noch, wie Faßbender einen bestialischen Schrei ausstieß, als er die Türe ins Schloß warf und den Schlüssel umdrehte. Wild entschlossen durchmaß er mit Riesenschritten den ersten Weinkeller und erreichte dann den Kellerflur des Hotels. Er kannte sein Ziel. Dieser Hoteldirektor hatte ihm gerade ungewollt mitgeteilt, wo Feldmann, alias Lohse, zu finden war. Er sah auf die rotweinverschmierte Uhr. Neunzehn Uhr! Frau Hellbrechts Hund schwebte in höchster Gefahr, und dieser Idiot spielte Theater!

Er eilte die Stufen des Treppenhauses hinauf und erreichte das rückwärtige Foyer. Die letzten Nachzügler des Theaterpublikums, die gerade an der Kasse abgefertigt wurden, musterten den übelriechenden, bärtigen Kerl verwundert, nickten sich lachend zu und freuten sich erwartungsvoll auf eine besonders moderne Inszenierung.

Strecker schoß in Windeseile hinter die Bühne und packte den erstbesten, den er zu fassen kriegte. Thorben, der Dicke mit dem roten Bart, wußte gar nicht, wie ihm geschah. Bis vor zwei Minuten hatte er die Zeit zwischen Generalprobe und Aufführung auf der Toilette verbracht, wie er das immer zu tun pflegte, weil ihm am Premierenabend sein Magen zumeist einen Streich spielte. »Wo ist Herbert Feldmann? Lohse. Herbie … Was weiß ich, wie ihr ihn nennt«, herrschte Strecker ihn an. Thorben schnappte nach Luft. Dies war der erste Säufer, dessen Alkoholfahne sich ihren Weg sogar unter den Achseln heraus- und aus den Kniekehlen hervorbahnte. Verstört deutete Thorben auf die blonde Frauenleiche auf dem Bühnenboden. Strecker stutzte, stürzte sich dann auf den reglosen Körper und riß die langhaarige Perücke herunter. Haffner quiekte auf. Strecker packte ihn an der Gurgel. »Wo ist Feldmann?«

»Herbie?« röchelte Haffner. »Der mußte dringend weg. Ich kann doch nichts dafür! Der mußte plötzlich irgendwo anders hin. Ich kann doch wirklich nichts dafür!«

Rasselnd öffnete sich der Vorhang, und das Scheinwerferlicht blendete Strecker. Erschrocken ließ er den jammernden Haffner los und stürzte von der Bühne. Haffner nestelte seine Brille aus der Schwesternkluft hervor und setzte sie auf. Er blickte in das staunende Publikum, raffte seine Perücke vom Boden auf und dachte plötzlich nur noch an seine künstlichen Brüste und die Ohrringe. »Ich kann doch nichts dafür!« jammerte er.

»Haffner!« schrie der Regisseur.

Das Publikum war begeistert.

*

Nur für wenige Augenblicke riß die dichte Wolkendecke ab und zu auf und erlaubte dem Mond, einen erhellenden

Schein zwischen den dichtgewachsenen Fichten hindurch auf die Stelle zu werfen, an der Herbie das Auto geparkt hatte. Der Wind war stärker geworden. Er ließ die Wipfel der hochgewachsenen Bäume im Gleichtakt hin und her schwingen. Der Wald war voller Geräusche, und ein paarmal hatten Herbie und Rufus den Eindruck, daß sich ein Tier vorsichtig näherte, um im nächsten Moment genauso geräuschlos wieder zu verschwinden.

Von Zeit zu Zeit hatte Rufus mit den Handflächen mechanisch ein paar Takte aus seiner Heimat auf der Seitenfläche des Geldkoffers intoniert.

Julius hatte begonnen, rhythmisch mitzuschnippen. Aber Herbie war nicht zu Späßen aufgelegt. Seine Nerven waren zum Zerreißen gespannt, und er wußte gar nicht, was ihn im Moment mehr beunruhigte: Die Sache mit Fritz oder der bevorstehende Lösegeldaustausch, bei dem so vieles schiefgehen konnte.

Die Sache mit Fritz natürlich!

Julius hatte recht. Natürlich, da gab es keine Überlegung.

Sie saßen seit einer Viertelstunde in der Finsternis und redeten kaum. Es war Viertel vor acht, und Herbies Mut schwand. Wieso tauchte Richard nicht auf? Hatte er sich so verschätzt? War überhaupt seine ganze Theorie eine Menge Unsinn?

Laß dich trösten, mein Teuerster! Ich verstehe, daß du beginnst, an dir selber zu zweifeln, aber ich sage dir: Deine Vermutung ist die einzig richtige.

Dankbar blickte Herbie in den Rückspiegel, in dem gerade in diesem Moment ein Hauch von Mondlicht Julius' Silhouette aus dem Dunkel hervorhob.

Da bahnte sich ein Auto seinen Weg auf der schmalen Straße.

Rufus spannte jeden Muskel an.

Ein gelber Ford Fiesta. Es war nur Köbes.

Herbie atmete trotzdem auf. Wenigstens dieser Teil des Plans funktionierte!

Er beeilte sich, aus dem Wagen herauszukommen, und

lief Köbes entgegen. Aus seinem Auto erscholl, wie üblich, laute Monumentalmusik. »Dead again. Patrick Doyle … Gefällt's dir?« Köbes wirkte ungewohnt betrübt.

»Ausnehmend gut.« Herbie bat ihn, die Musik auszuschalten, was Köbes auch ohne Gegenwehr tat. »Ich habe einen Brief von Ulrike gekriegt«, jammerte er. »Sie ist mit ihrem Trierer Lover auf die Bahamas geflogen.« Tröstend klopfte Herbie ihm auf die Schulter. Aber richtiges Mitleid wollte sich heute abend bei ihm gar nicht einstellen. Er dachte an Fritz und überlegte fieberhaft, wie er jetzt weiter vorgehen mußte. Köbes kletterte mühsam aus dem Auto und umrundete es. »Die Kofferraumklappe ist ein bißchen lädiert. Ich mußte mit Draht improvisieren«, murmelte er und bückte sich. »Bitte krieg keinen Schrecken, wenn du das Fell von dem Köter siehst! Da war diese Dose Lack im Kofferraum, und …« Aus dem Heck des Wagens ertönte bedrohliches Knurren.

Dann kam das dritte Fahrzeug!

Es war rot. Das sahen sie erst, als es schon ganz nahe war. Es war ein Golf. Rosis Golf!

Er rollte ganz langsam auf sie zu und wurde so gelenkt, daß die Scheinwerfer die gesamte Szenerie taghell ausleuchteten. Etwa zehn Meter vor ihnen kam er zum Stehen. Der Motor wurde ausgeschaltet. Die Lampen leuchteten immer noch hell.

Rufus stieg aus dem Kadett und stellte sich breitbeinig neben Herbie. Seine Kiefer malmten, sein Blick war trotzig. Herbie fühlte sich ungemein hilflos.

Richard stieg aus. Er trug eine rote Jacke. Seufzend stützte er sich auf der geöffneten Türe des Autos ab. Er hatte eine Hand in das Innere des Wagens gerichtet. Sie konnten nur vermuten, daß sich in dieser Hand die Pistole vom Raben-Päul befand.

Richard schwieg einen Moment. Er kratzte sich am Kopf, und Herbie hatte den Eindruck, daß es ihm schwerfiel, die richtigen Worte zu finden.

Nicht gerade ein eiskalter Killer, dein Freund Richard. Ob er beim Herrn Pastor auch so gezaudert hat? Oder bei Rosi?

Herbie räusperte sich. »Julius fragt, ob es dir bei Rosi auch so schwer gefallen ist.«

Rufus warf ihm einen fragenden Blick zu. Julius?

Richard wischte sich über die Mundwinkel. »Sag ihm, es war viel schwerer. Sag ihm, daß ich das überhaupt nicht vorhatte«, stieß er mühsam hervor. »Ich habe Rosi schließlich geliebt. Das hätte alles gar nicht passieren dürfen.«

»Es war ein Unfall?«

»Allerdings. Es ging alles nur um diese verfluchte Cassette. Ich hatte die grandiose Idee, Faßbender zu erpressen. Ich kriege jetzt richtig Kohle von ihm, verstehst du? Er hat panische Angst davor, daß diese Sache bekannt wird. Er hat mit meinem Onkel zusammen diesen Feldschütz getötet. Damals, 1951. Selbst wenn ihm da heute keiner mehr am Zeug flicken kann, wegen Verjährung oder Minderjährigkeit, oder was weiß ich, dann hieße das trotzdem, daß er seinen Laden dichtmachen kann. Das würde er nie verwinden. Ich habe das direkt erkannt.« Er schluckte. »Aber die Rosi hat sich gesträubt. Verdammte Scheiße, sie war immer so ehrlich!« Er schlug mit der flachen Hand auf die Autotür. Der Knall schallte durch den nächtlichen Wald. Aus dem Kofferraum des Fiesta meldete sich Bärbelchen zu Wort. »Sie wollte mir die Cassette partout nicht geben, riß das Band heraus und wollte sie hinunterwerfen. Sie sagte, das letzte, was sie zulassen würde, wäre, daß ich die Cassette bekäme. Dann warf sie sie in den Steinbruch hinunter. Es war so schrecklich! Wir kämpften am Rande des Abgrunds. Manchmal denke ich, sie wollte sogar hinunterstürzen.« Er atmete schwer und rieb sich die Schläfen.

»Geht es Fritz gut?« fragte Rufus zaghaft.

Richard nickte. »Sitzt hier drin. Ich mußte sie nur fesseln und knebeln. Sie wollte mich reinlegen.«

»Und jetzt?« fragte Herbie. »Weißt du, wie's weitergeht?«

Rufus machte Anstalten, auf den Golf zuzulaufen.

Das ist nicht gerade klug, was unser Neger da machen will.

»Halt!« schrie Richard schrill. »Das würde ich nicht tun.

Ihr habt alles verdorben! Ich habe dir gesagt, du sollst die Finger von dieser Sache lassen, Herbie! Habe ich es dir nicht gesagt?« Er sog die Luft tief ein. »Du bist mir in der Schule schon auf die Nerven gegangen. Du und deine verdammte Aufrichtigkeit. Dein freundliches Getue, deine schüchterne Art ... Ich fand das zum Kotzen!«

»Das ist jetzt nicht der richtige Zeitpunkt, um in Erinnerungen zu schwelgen«, sagte Herbie verächtlich.

Richards Stimme nahm an Schärfe zu. »Es wird keine weitere Gelegenheit mehr geben. Jetzt ist Schluß!« Er wirbelte hilflos mit der freien Hand in der Nachtluft herum und rief: »Ich muß ... ich muß jetzt hier ... ich muß irgend etwas inszenieren. Diese Lösegeldgeschichte hilft mir ungemein. Wenn alles gutgeht, wird es so aussehen, als hättet ihr euch gegenseitig abgeknallt.«

»Und wenn nicht?«

Vom Heck des Fiesta ertönte plötzlich ein blechernes Geräusch, und etwas Kleines, schwarz Geflecktes schoß um das Auto herum. Bärbelchen kläffte und geiferte. Der Hund sah verheerend aus. Sein verfilztes Fell hatte eine schwarze Tönung erfahren, die den ursprünglichen schmutzverkrusteten Türkiston nur schwerlich abdeckte. Und um die Palette zu vervollständigen, war der gesamte Rücken des Tieres mit roter Signalfarbe besprenkelt.

»Was ist das?« schrie Richard.

Aber, aber. Unser Bärbelchen ist doch bekannt wie ein bunter Hund! Julius schüttelte mißbilligend den Kopf.

»Nehmt den Hund weg!« brüllte Richard außer sich. Das Tier wandte sich ihm zu und begann, knurrend und zähnefletschend auf ihn anzugehen. Richard richtete mit einem Mal beide Hände nach vorne und hielt die Pistole fest umklammert. Der Lauf zielte auf Bärbelchen, deren Blick ihn haßerfüllt fixierte. Das Tier war tagelang eingesperrt gewesen und war nun bereit, dem erstbesten die Wade zu perforieren, der sich ihm in den Weg stellte.

»Wenn ihr ihn nicht wegnehmt, knalle ich ihn ab!«

»Wie sollen wir denn?« rief Herbie entnervt.

Dein Freund Köbes versucht sich an einer Kriegslist. Laß dir nichts anmerken, und kümmere dich derweil um den Hund von Baskerville!

»Bärbelchen, sei ein braver Hund! Bei Fuß!« Aus dem linken Augenwinkel heraus beobachtete Herbie Köbes, der in gebückter Haltung auf die Türe des Golf zuschlich. Rufus schien es auch bemerkt zu haben. Herbie sah, wie er zum Sprung ansetzte.

Dann schoß Richard.

Der Knall des Revolvers peitschte ohrenbetäubend durch die Stille und echote hundertfach über dem dunklen Eifelwald zurück.

Bärbelchen sprang jaulend aber unverletzt zur Seite, und Köbes riß die Beifahrertüre des Golf auf. Rufus schnellte nach vorne. Mit der vollen Wucht seines ganzen Gewichts warf er sich gegen die Autotüre und klemmte Richard zwischen Türe und Rahmen ein. Richard schrie gellend auf, als seine Beine gequetscht wurden. Herbie stürzte dazu und schlug ihm die Waffe aus der Hand. Es ging ungewöhnlich leicht, da Richard kraftlos in sich zusammensackte. »Mein Bein«, wimmerte er. »Mein Bein ist gebrochen.«

In diesem Moment heulte am Ende des Weges ein Motor auf, und ein weinroter Peugeot schoß auf sie zu.

Strecker trat das Gaspedal bis zum Anschlag durch und kam erst kurz vor den parkenden Fahrzeugen abrupt zum Stehen. Er sprang aus seinem Auto heraus und rannte auf sie zu.

Herbie stieß Rufus in die Seite. »Schnell!« zischte er. »Schnappt euch den Fiesta und dann nichts wie weg!« Köbes hatte es unterdessen zuwege gebracht, Fritz zumindest von den Fußfesseln zu befreien, so daß sie es schaffte, sich alleine zu bewegen. Rufus drückte dem verdutzten Herbie ein kleines Paket aus braunem Packpapier in die Hand. »Für die Spesen«, sagte er und zeigte für einen Augenblick das blendendweiße Strahlen seiner Zähne. Dann half er Fritz in den Wagen. Bevor ihr Gesicht, Richard hatte ihr mit Paketband den Mund zugeklebt, im Inneren des Autos verschwand, warf sie Herbie noch einen letzten Blick zu. Es war ein Blick voller Dankbarkeit, ein kurzer Augenaufschlag, der all das ausdrückte, wozu es normalerweise vieler unnützer Worte bedurft hätte.

Auf Wiedersehen, Beauty Queen, rief Julius.

Strecker hatte die Waffe aus dem herbstlichen Laub aufgelesen. »Halt!« rief er den beiden nach, in deren Händen er ganz richtig das Geldköfferchen vermutete. »Ihr bleibt sofort stehen!«

Der Fiesta brauste los, und Strecker fuchtelte wie wild mit dem Revolver herum. Eine atemberaubende Alkoholwolke umgab ihn. Er warf einen hektischen Blick auf sein Auto und stellte fest, daß er Mühe haben würde, schnell genug mit ihm um den mitten auf dem Weg parkenden Golf herumzuzirkeln. Dann sprintete er kurz entschlossen auf Herbies Auto zu, sprang hinein, und mit ohrenbetäubenden Fehlzündungen und einer ebenso ohrenbetäubenden Musikbegleitung nahm er die Verfolgung auf.

Fritz und Rufus waren gezwungen, ihren Fluchtweg zu ändern. Ohne Risiko blieb für sie jetzt nur der Weg über Vollmert, Schönau und Bad Münstereifel zur Autobahn.

Strecker holte auf, aber auf der Höhe Vollmert, als die Straße sich gerade anschickte, besonders steil und ungewunden talwärts in Richtung Schönau abzufallen, rasselte irgend etwas ungesund in der ungefähren Gegend der Pedale, und Strecker stellte fest, daß das Bremspedal seinen Dienst versagte.

Der buntlackierte Kadett schoß an dem Fluchtfahrzeug der beiden Kidnapper vorbei und trat zu orientalischer Säbeltanzmusik eine talwärts führende Reise mit ungewissem Ziel an.

*

Richard krümmte sich vor Schmerzen. »Er braucht einen Krankenwagen«, meinte Köbes, und Herbie nickte. Er blickte ernst auf das hinunter, was von seinem früheren Klassenkameraden übriggeblieben war. Ein bejammernswertes Häufchen Mensch. Ein echter Versager.

Er rieb sich entkräftet den Nacken und deutete auf Richard. »Kannst du auf ihn aufpassen?« Köbes nickte, und Herbie meinte: »Da hinten ist irgendwo ein Bauernhof. Die Leute werden ohnehin schon durch den Schuß aufgeschreckt worden sein. Ich möchte zu Fuß hingehen und die Polizei verständigen.« Er richtete den Blick in die milchigen Wolken, die am Himmel über sie hinwegzogen. »Ich muß den Kopf freikriegen.«

Freikriegen? Freier kann ein Kopf doch kaum sein, witzelte Julius. *So gänzlich unbelastet von überflüssigem Hirn.*

Herbie schlenderte los. Mitten hinein in das Dunkel eines abendlichen Eifelherbstes.

»Bärbelchen sieht gräßlich aus«, murmelte er.

Wir wollen abwarten, was der Typberater deiner Tante dazu zu sagen hat. Eventuell kann er sich ja sogar damit anfreunden.

»Sie hat ihren Hund wieder, Richard ist schachmatt gesetzt, Faßbender kriegt die große Abreibung, und wenn dieser Knalldepp Strecker sich nicht ausnahmsweise einmal geschickter anstellt als sonst, haben Fritz und Rufus eine echte Chance, ihr Traumziel noch heute zu erreichen. Was wollen wir mehr?«

Wir schwimmen auf einer Welle des Erfolgs!

»Rufus hat mir Geld gegeben. Bestimmt ein Drittel der Summe, wie mir scheint. Schätzungsweise sechstausend Mark.« Herbie inhalierte die kalte Abendluft. »Ich werde zuerst einmal die Hotelrechnung davon bezahlen.« Er seufzte. »Da werde ich nicht drum herumkommen. Aber dann …«

Was dann? Julius schlenderte neben ihm und hatte die Arme hinter dem Rücken verschränkt.

»Dann mache ich eine Reise nach München!« Er jauchzte voller Vorfreude. »Ich werde Nina wiedersehen! Ich denke so oft an sie.«

Julius war stehengeblieben und hatte sich umgedreht. Auch Herbie hielt inne. »Was ist?« Er folgte Julius Blick, den dieser versonnen auf die hinter ihnen liegende Szenerie gerichtet hatte. Mit immer noch leuchtenden Scheinwerfern stand Rosis Golf auf dem Weg und strahlte die dahinter stehenden Fichten an. Köbes lehnte lässig an der Fahrerseite und drehte sich eine Zigarette. Zu seinen Füßen kauerte Richard. Bärbelchen lag unweit von ihnen und kaute wütend auf einem kleinen, viereckigen, bräunlichen Gegenstand herum, an dem sie ihre aufgestaute Wut ausließ.

Ein richtiges kleines Rabenaas, dieser Hund.

»Bitte, Julius: Von Raben und ähnlichem Getier habe ich fürs erste wirklich genug! Du, Julius …«

Was ist dein Begehr?

Herbie tastete seine Taschen ab. »Hast du eine Ahnung, wo ich das Geld gelassen habe?«

Ende

KBV-KRIMI

Ralf Kramp
Tief unterm Laub
KBV-Krimi Nr. 11
Taschenbuch · 256 Seiten
ISBN 3-927658-41-3

Ein alter Mann wird überfahren. Nur ein Unfall? Einige Zeit später kommt sein ehemaliger Zivi beim Sturz aus dem Fenster seiner Dachwohnung ums Leben. Selbstmord? Laurentius Bock, Besitzer eines kleinen Copy-Shops, wird unfreiwillig in den rätselhaften Fall hineingezogen. Zusammen mit Lindy, der Freundin des jungen Mannes, versucht er, die Hintergründe des seltsamen Geschehens aufzudecken. Die Spur führt sie zu einem Antiquitätenhändler und damit von Köln in ein kleines Eifeldorf. Doch hier sind sie offensichtlich nicht willkommen. Bald findet er heraus, daß auch in der Eifel die Welt nicht mehr in Ordnung ist, und das schon seit vielen, vielen Jahren.

»... wirklich gelungen ... brilliant ... sehr gut!«
Jacques Berndorf

Ralf Kramp
Spinner
KBV-Krimi Nr. 25
Taschenbuch · 256 Seiten
ISBN 3-927658-56-1

Herbie Feldmann ist ein Spinner. Das weiß jeder in Euskirchen, denn seit seinem Nervenzusammenbruch vor vielen Jahren hat der junge Mann »einen neben sich gehen«. Niemand kann ihn sehen, aber Julius wandelt stets an Herbies Seite.
Ein Serienmörder, dem die Presse schon bald den Namen »Der Motzer« gibt, sucht die Voreifel heim. Als Herbie und sein Begleiter eines Tages über ein weiteres Opfer stolpern, beschließen sie, die Suche nach dem Täter mit ihren eigenen Methoden fortzuführen. Eine Jagd beginnt, die zeigt, daß es Spinner gibt, die nicht annähernd so harmlos sind wie Herbie.

Angelika Koch
Jemand wie Ginsterblum
KBV-Krimi Nr. 31
Taschenbuch · 256 Seiten
ISBN 3-927658-74-X

Ulrike Marx leidet unter dem heißen Eifelsommer – und unter dem Tod ihrer Freundin Aischa Ginsterblum. Die Marx glaubt allerdings nicht an die offizielle Version *Unfall mit Fahrerflucht.*
Die unerschrockene Zeitungsredakteurin Ginsterblum war einer höchst unheiligen Allianz von Bundeswehr, Polizei und Neonazisekte auf den Fersen.
Als ein Junge erhängt im Wald aufgefunden und Kommissar Ingelheim von den Ermittlungen abgezogen wird, ist klar: Es geht längst nicht nur um unappetitliche politische Verstrickungen. Jemand muß mehr zu verbergen haben als rechtslastige Gedanken. Ulrike Marx bekommt es mit offener Gewalt zu tun ... und mit ganz kleinen, subtilen Gemeinheiten.
Wie tröstlich zu wissen, daß es Freunde gibt. Oder?

KBV - KRIMI

Gisela Blümmert

Eine Woche Mallorca

KBV-Krimi Nr. 33

Taschenbuch · 192 Seiten

ISBN 3-89711-001-6

Plötzlich fürchtet sich Anna wieder vor Nina. Sie war aufgeregt und konnte weder ihr albernes Gekicher noch ihren entsetzlichen Schluckauf kontrollieren. Sie öffnete die Weinflasche und kippte sich einen großen Schluck in den Rachen. Sie gurgelte und spuckte den Wein wieder aus. Nur nicht betrunken werden! Ängstlich schaute Anna nach allen Seiten. Da, weiter vorne, erblickte sie zwei Polizisten. Langsam schlich sie rückwärts in die neben dem Pool angepflanzten Büsche. Sie fand einen Trampelpfad, dem sie folgte. Dornen zerkratzten ihre Haut. Trotzdem eilte sie weiter, ohne einzuhalten. Der Weg führte zu einer morsch wirkenden Brücke. Nachdem Anna diese überquert hatte, befand sie sich in einer Landschaft mit kleinen Erdhügeln, die nur spärlich bewachsen waren. Im Hintergrund erblickte sie hohe Berge, die in der Dunkelheit gespenstisch schwarz wirkten …

Anna Freier

Heißer Schnee

KBV-Krimi Nr. 36

Taschenbuch · 256 Seiten

ISBN 3-89711-006-7

Ein schöner Tag im Mai hat weitreichende Folgen für das Leben von M. L. Schweiger. Heimatlos, entwurzelt, Gräfin ohne Land, schmückt sie sich mit einer Fassade aus Designerklamotten, hinter der die Leichen im Keller liegen und ist auf dem besten Weg, als Alkoholikerin zu enden.

Schauplatz der Handlung ist eine Klinik für Drogensüchtige, die in einer großbürgerlichen Villa aus der Zeit der Jahrhundertwende untergebracht ist. Spannend und mit viel Selbstironie wird ein Krimi im Krimi erzählt. Die Heldin versagt bei dem Versuch, aus den Zeichen die richtigen Schlüsse zu ziehen, denn sie ist verstrickt in Klischeevorstellungen über die Dinge, in Erinnerungen und Spiegelungen.

Der Roman berichtet von den Anstrengungen der Menschen, ihrer Einsamkeit zu entgehen und den Fallen, die sich dabei auftun, und das Leid der Heldin trifft mitten ins Herz.

Werner Möllenkamp

Tod in der Börse

KBV-Krimi Nr. 34

Taschenbuch · 224 Seiten

ISBN 3-89711-004-0

Im Keller der Frankfurter Börse wird der Leiter der Haustechnik tot aufgefunden. Das Management hat sofort die Todesursache parat: natürlicher Tod – denn der Tote war Diabetiker. Aufsehen soll um jeden Preis vermieden werden. Doch diese Diagnose kommt Kommissar Polowski viel zu schnell. Und schon entrollt sich ein Szenario, das bis nach Brasilien führt, zur Companiha Serra Dourada, die um jeden Preis auf den dritten Platz der Welt-Platinproduzenten vorrücken will.

Nun hat die Serra Dourada Aktien in vielfachem Millionenwert auf den internationalen Markt geworfen, und der Kurs steigt und steigt …

Cui bono, fragte Cicero (und mit ihm Kommissar Polowski): Wer hat einen Vorteil davon? Zum ersten natürlich die Serra Dourada. Aber vielleicht auch der eine oder andere Berater, Insider oder gar Outsider. Wer weiß das schon so genau?

KBV-KRIMI

Holger Möllenberg
Christopher Street Day
KBV-Krimi Nr. 28
Taschenbuch · 224 Seiten
ISBN 3-927658-61-8

Frank Dahlheimer ist zwar ein schauspielerndes Weichei, aber kein Schlappschwanz. Seit dem 26. Mai erhält er mysteriöse Drohbriefe, kurze Zeit später wird er sogar durch Erpresser-Anrufe terrorisiert. Und sein Freund Mark Kämpner, seines Zeichens Generalsekretär in Bonn und zum jung-dynamischen Aushängeschild einer alten, etablierten Partei avanciert, läßt ihn links liegen und will lieber im politischen Getümmel Karriere machen. In der Kölner Altstadt-Szene fallen im Laufe des Mais und des Junis mehrere Stricher aus Osteuropa einem Killer zum Opfer, die Angst geht um ... Und Hauptkommissar Nelles von der Kölner Kripo taucht ab ins Schwulen-Milieu, tappt lange im Dunkeln und ist sich auf einmal gar nicht mehr so sicher ... Erst der Christopher Street Day, das größte Fest der Lesben und Schwulen in Deutschland, bringt so einiges ans Licht ... es kommt zum großen Showdown.

Peter Schmidt
Erfindergeist
KBV-Krimi Nr. 27
Taschenbuch · 224 Seiten
ISBN 3-927658-60-X

Wegen diverser Pannen soll der Militärische Abschirmdienst (MAD) dem BND unterstellt werden. Um das zu verhindern, ersinnt der von seinem Außenposten aus dem Ausland abgezogene MAD-Agent Känder – ein „unbekanntes Gesicht im Lande" – eine Operation, die ein Ausbund an Verwicklung und Raffinesse ist. Nur eines der süffisant mitgeteilten Details: als wichtigster Mitarbeiter für das Komplott wird der Insasse einer Irrenanstalt engagiert. Ohne sich in allgemeinen Reflexionen ergehen zu müssen, ist damit schon alles über die Geheimdienstarbeit gesagt. Eine Geschichte voller Boshaftigkeiten gegen die bekannte Bunkermentalität der Geheimdienste.

Peter Schmidt
Roulette
KBV-Krimi Nr. 26
Taschenbuch · 176 Seiten
ISBN 3-927658-59-6

Leo Wunsch pflegt ein skurriles Hobby: er dressiert ein ganzes Heer williger Küchenschaben (diese Tierchen gelten als sehr intelligent und sozial) und schickt sie im Auftrag von Restaurantbesitzern durch die Büffets der kulinarischen Konkurrenz, der dann – wen wundert's – wie beabsichtigt die Kunden weglaufen. Doch die Konkurrenz schläft nicht und setzt ihrerseits die Detektive der Agentur *Pro-Pro* auf Leo an, um ihn durch ganz Europa zu jagen. In höchster Not trifft Leo an der Côte d'Azur auf seinen Lehrmeister Ernie P. Cord, einen eleganten Gauner mit Theologiestudium, der aus ihm einen völlig anderen Menschen macht. Gemäß Cords Maxime (»Das Nehmen ist die wahre Struktur der Wirklichkeit«) plant das Duo den endgültigen Coup ... Eine witzige, ironische Gaunerkomödie, wie man sie auf diesem Niveau in Deutschland höchst selten antrifft.

Blutspur
DAS KRIMI-WOCHENENDE
IN DER EIFEL
Eine idyllische Landschaft, eine malerische alte Burg und eine geheimnisvolle Leiche. Die Behörden haben den Fall bereits zu den Akten gelegt. Jetzt kann nur noch eine hochkarätige Crew von Hobby-Kriminalisten helfen.
Machen Sie mit bei der mörderischen Spurensuche im Herzen der rauhen Eifel. Testen Sie Ihren detektivischen Spürsinn, erleben Sie ein spannendes Wochenende und lernen Sie Gleichgesinnte kennen.
Sachdienliche Hinweise
erhalten Sie unter
Telefon: (02236) 38 00 95
Telefax: (02236) 6 96 32